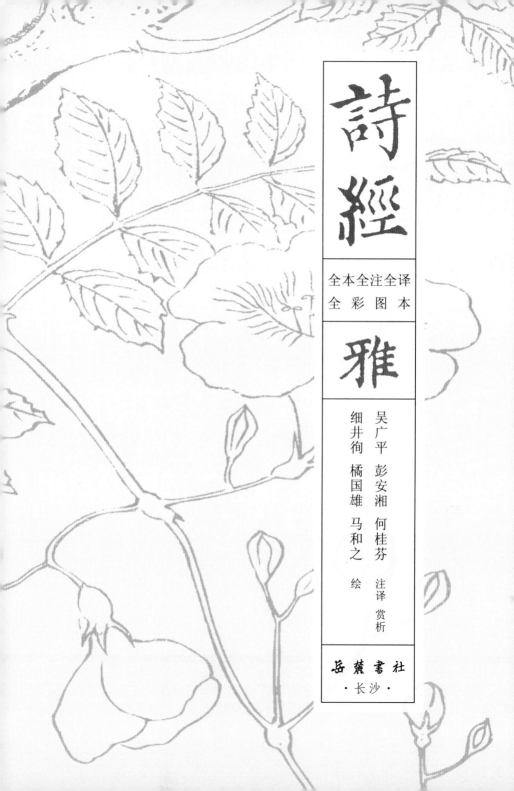

詩經

雅

全本全注全译
全彩图本

吴广平　彭安湘　何桂芬　注译　赏析

细井徇　橘国雄　马和之　绘

岳麓書社
·长沙·

目 录

小 雅

大雅

小
雅

鹿 鸣

呦呦鹿鸣，　　　　　群鹿呦呦相和鸣，

食野之苹。[1]　　　　呼吃野地嫩青苹。

我有嘉宾，　　　　　我有满座好宾客，

鼓瑟吹笙。　　　　　弹瑟吹笙来助兴。

吹笙鼓簧，[2]　　　　吹奏笙管振动簧，

承筐是将。[3]　　　　竹筐盛满好礼品。

人之好我，　　　　　诸位宾朋喜欢我，

示我周行。[4]　　　　告我正道最欢迎。

呦呦鹿鸣，　　　　　群鹿呦呦相和鸣，

食野之蒿。　　　　　呼吃野地嫩青蒿。

我有嘉宾，　　　　　我有满座好宾客，

德音孔昭。[5]　　　　嘉德美誉多显耀。

1 呦呦：鹿鸣叫的声音。苹：即青蒿，蒿的一种。
2 簧：笙管中的簧舌。
3 承筐：用竹筐装上礼品。承，奉上。筐，竹筐。将：赠送。
4 示：告。周行：大道，引申为正道、至道。
5 德音：美好的品德声誉。孔：很。昭：明。

鹿

芣

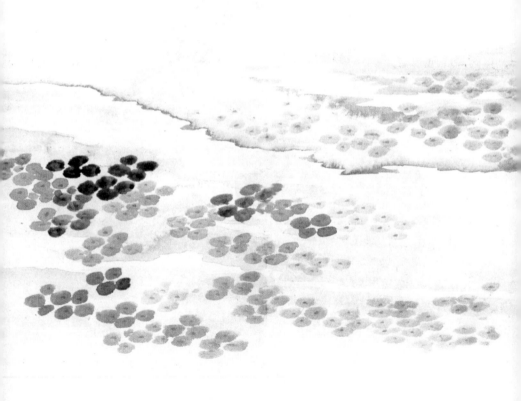

视民不恌，[6]　　　　　示范人们不轻佻，

君子是则是效。[7]　　　君子学习作仿效。

我有旨酒，　　　　　　我有美酒甘而醇，

嘉宾式燕以敖。[8]　　　邀客宴饮乐逍遥。

呦呦鹿鸣，　　　　　　群鹿呦呦相和鸣，

食野之芩。[9]　　　　　呼吃野地嫩黄芩。

我有嘉宾，　　　　　　我有满座好宾客，

鼓瑟鼓琴。　　　　　　助兴鼓瑟又弹琴。

鼓瑟鼓琴，　　　　　　弹琴鼓瑟情意深，

和乐且湛。[10]　　　　　宾主和乐且尽兴。

我有旨酒，　　　　　　我有美酒甘而醇，

以燕乐嘉宾之心。[11]　以此安乐众宾心。

6 视：通"示"。恌：同"佻"，刻薄，轻薄。
7 是：代词，之。则：法则。效：仿效。
8 式：语气助词，无实义。燕：同"宴"，宴会。敖：即"遨"，游乐，逍遥。
9 芩：蒿一类的植物。
10 湛：喜乐。
11 燕：安。

这是周代贵族举行宴会所演唱的迎宾曲，表达了主人对宾客的欢迎和赞美。诗共三章，每章以恳诚的鹿鸣起兴，营造出轻松、和谐的氛围。在瑟、笙、琴的音乐伴奏声中，宴会热烈而欢快地举行献礼馈赠、饮酒致辞的活动。整首诗在情绪上一章比一章亲切，在气氛上一章比一章热烈，至末章达到"和乐且湛"的高潮，实现了主客沟通感情、安乐其心的宴会目的。

四 牡

四牡^{fēi fēi}騑騑，¹　　四匹公马跑得累，

周道倭迟。^{wēi chí}²　　道路遥远又迂回。

岂不怀归？　　难道不想把家归？

王事靡盬，^{gǔ}³　　王家差事积成堆，

我心伤悲。　　我的心里太伤悲。

四牡騑騑，　　四匹公马急驰驱，

嘽嘽骆马，^{tān tān}⁴　　累得骆马气喘吁，

岂不怀归？　　难道不想家里居？

王事靡盬，　　王家差事多又苦，

不遑启处。⁵　　哪有空闲在家住！

翩翩者雏，^{zhuī}⁶　　鹁鸪飞翔无拘束，

载飞载下，　　忽高忽低多舒服。

1 四牡：四匹公马。騑騑：马不停地走而显得疲劳的样子。
2 周道：大道。倭迟：即"逶迤"，道路迂回遥远。
3 靡：无。盬：止息。
4 嘽嘽：喘息的样子。骆马：颈上长有黑鬃的白马。
5 遑：闲暇。启处：在家安居休息。
6 雏：鹁鸪。

集于苞栩。[7]	累了停歇在柞树。
王事靡盬，	王家差事多又苦，
不遑将父。[8]	没空回家养老父！

翩翩者雕，	鹁鸪飞翔无拘束，
载飞载止，[9]	飞飞停停多欢愉，
集于苞杞。	累了歇在枸杞树。
王事靡盬，	王家差事多又苦，
不遑将母。	没空回家养老母！

驾彼四骆，	四骆马车赶行程，
载骤骎骎。[10]	车儿急驰马不停。
岂不怀归？	怎不思念家里人？
是用作歌，	将这心事作歌吟，
将母来谂。[11]	日夜想念老母亲！

7 苞：茂盛。栩：柞木。
8 将：供养，奉养。
9 载：词缀，嵌在动词前边。
10 载：语首助词，这里含有勉力的意思。骎骎：马疾速奔跑的样子。
11 谂：思念。

这是一首写官吏出使在外，驾着马车奔走在漫长征途而思念家乡和父母的行役诗，表达了主人公因公事繁劳不能归家奉养父母的悲伤心情。全诗五章，基本上都采用赋的手法。每章前三句分别以马和雏作为叙事抒情的载体，形成鲜明有趣的对照。马的苦累是主人公长期奔波在外的真实写照，雏的悠闲则是他向往的居家安稳的生活。然而，"王事靡盬"与"岂不怀归"的矛盾，使他无法在家安居，更遑论孝敬父母，因而极其自然地展现了人物"我心伤悲"的感情世界。

雏

皇皇者华

皇皇者华，　　　　　　草木之花真鲜丽，

于彼原隰。¹　　　　　遍布平畴与洼地。

^{shēn shēn}

駪駪征夫，　　　　　　众多使者奔走急，

每怀靡及。²　　　　　常作思虑有不及。

^{jū}

我马维驹，　　　　　　我的马儿为骏驹，

^{rú}

六辔如濡。³　　　　　六条缰辔真柔舒。

载驰载驱，　　　　　　风尘仆仆急驰驱，

^{zōu}

周爰咨诹。⁴　　　　　博访广求多参与。

^{qí}

我马维骐，　　　　　　我的马儿为骏骐，

六辔如丝。⁵　　　　　六条缰辔柔如丝。

1 皇皇：色彩鲜明的样子。华：同"花"。原：广平之地。隰：低湿之地。
2 駪駪：急急忙忙。征夫：行人，出使者。靡及：没有达到。
3 驹：少壮的马。六辔：古代一车四马，马各二辔，其中两边骖马的内辔系在轼前不用，
故称六辔。濡：有光泽的样子。
4 周：遍及，普遍。爰：于、在。咨诹：访问商酌，谋划。
5 骐：青黑色的马。

载驰载驱，　　　　　　风尘仆仆急驰驱，
周爰咨谋。[6]　　　　　博访广求多重视。

我马维骆，　　　　　　我的马儿为骏骆，
六辔沃若。[7]　　　　　六条缰辔真顺妥。
载驰载驱，　　　　　　风尘仆仆急驰驱，
周爰咨度。[8]　　　　　博访广求多探索。

我马维骃，　　　　　　我的马儿为骏骃，
六辔既均。[9]　　　　　六条缰辔调均匀。
载驰载驱，　　　　　　风尘仆仆急驰驱，
周爰咨询。　　　　　　博访广求多问询。

6 咨谋：讨论商酌。
7 沃若：驯顺的样子。
8 咨度：咨询，商酌。
9 骃：浅黑色间有白色的马。均：调和。

这是一首写周代的使臣在奉使途中时刻不忘君主的教诲，以"靡及"自警而博访广求的诗。全诗分五章，第一章交代出使的时间、对象和使命。后四章均先写途中马匹和六辔的威仪之盛，再写谘、谋、度、询必咨于周的出使目的，反复见意。既在内容上酣畅淋漓地表现出使臣奉命"每怀靡及"的殷殷之意和忠于职守、忠于明命的品质，又在结构上错落有致，与第一章互相照应。

常 棣
chánɡ dì

常棣之华，[1]　　　　花儿明艳的常棣，

鄂不韡韡。[2]　　　　花萼花蒂两相依。
è fū wěi wěi

凡今之人，　　　　　试看如今世上人，

莫如兄弟。　　　　　没谁比过亲兄弟。

死丧之威，　　　　　倘遇可畏的死亡，

兄弟孔怀。[3]　　　　只有兄弟放心上。

原隰裒矣，[4]　　　　倘葬野地乱坟场，
póu

兄弟求矣。　　　　　只有兄弟找寻忙。

脊令在原，[5]　　　　好比鹡鸰困高原，
jí línɡ

兄弟急难。　　　　　兄弟担忧救急难。

每有良朋，　　　　　虽有好友情谊笃，

况也永叹。[6]　　　　徒唤奈何空长叹。
huǎnɡ

1 常棣：亦作棠棣、唐棣，即郁李，蔷薇科落叶小灌木，花或红或白，两三朵为一缀，茎
长而花下垂，果实像李子而较小，可食。华：同"花"。
2 鄂不：花萼和花蒂。鄂，通"萼"。不，同"柎"。韡韡：光明华美的样子。
3 威：通"畏"。孔怀：很关心。
4 裒：聚集。
5 脊令：即鹡鸰，水鸟名。
6 每：虽。况：同"怳"，失意的样子。永叹：长久叹息。

兄弟阋^{xì}于墙，　　　　　兄弟家里虽争斗，

外御其务。⁷　　　　　　却能携手抗外侮。

每有良朋，　　　　　　　虽有好友情谊笃，

烝^{zhēng} 也无戎。⁸　　　　灾难临头难相助。

丧乱既平，　　　　　　　死丧灾祸已平定，

既安且宁；　　　　　　　生活幸福又安宁；

虽有兄弟，　　　　　　　虽有手足亲兄弟，

不如友生。⁹　　　　　　情意反没朋友亲。

傧^{bìn}尔笾^{biān}豆，¹⁰　　　　碗碟杯盘案前举，

饮酒之饫^{yù}。¹¹　　　　　开怀宴饮酒气浮。

兄弟既具，　　　　　　　一家兄弟齐相聚，

和乐且孺。¹²　　　　　　融洽笃爱真欢愉。

7 阋：争吵。务：通"侮"。
8 烝：众多。戎：帮助。
9 友生：朋友。
10 傧：陈列，摆。笾豆：古代祭祀或宴会时常用的两种器具。笾用竹制，豆用木制。
11 饫：吃饱喝足。
12 孺：亲睦。

妻子好合，　　　　　夫妻和睦情意深，

如鼓瑟琴。　　　　　好似琴瑟齐和鸣。

兄弟既翕，[13]　　　　兄弟既已一条心，

和乐且湛。　　　　　亲情久长乐融融。

宜尔室家，　　　　　你的家庭事业兴，

乐尔妻帑。[14]　　　　你的妻儿好心情。

是究是图，[15]　　　　如若深思啥原因，

亶其然乎。[16]　　　　前头确实已言明。

13 翕：合，和顺。
14 帑：通"孥"，儿女。
15 究：深思。图：考虑。
16 亶：实在，确实。然：这样。

这是一首宴请兄弟的诗，歌咏了兄弟友爱之情。全诗八章，第一章以常棣之花比兴，引出"凡今之人，莫如兄弟"的主题。其余章节既从生死、困境、防御三个典型情境正面对主题进行了具体深入的阐发，又以死丧祸乱与和平安宁，朋友妻子与兄弟关系进行对比，进一步凸显了兄弟友爱的重要性。

脊令

伐 木

伐木丁丁^{zhēngzhēng}，　　　　砍树之声响丁丁，

鸟鸣嘤嘤^{yīngyīng}。¹　　　　惊动群鸟叫嘤嘤。

出自幽谷，　　　　鸟儿本栖大深谷，

迁于乔木。²　　　　飞来迁住高树丛。

嘤其鸣矣，　　　　嘤嘤好鸟相和鸣，

求其友声。　　　　只为寻求好知音。

相^{xiàng}彼鸟矣，³　　　　看那小鸟为飞禽，

犹求友声。　　　　还思寻觅好知音。

矧^{shěn}伊人矣，　　　　何况我辈贵为人，

不求友生？⁴　　　　怎能不去寻知音？

神之听之，　　　　谨慎听从这道理，

终和且平。⁵　　　　才能和乐又安宁。

1 丁丁：砍树的声音。嘤嘤：鸟叫的声音。
2 幽谷：幽深的山谷。乔木：高大的树木。
3 相：察看，仔细看。
4 矧：况且，何况。友生：朋友。
5 神：通"慎"，谨慎。听：听从。

伐木许许，^{hǔ hǔ}

众人砍树齐声呼，

酾酒有藇。^{shī xù} 6

滤酒香浓迎面扑。

既有肥羜，^{zhù}

备好肥嫩小羊羔，

以速诸父。 7

诚心邀请我伯叔。

宁适不来，

即使碰巧没能来，

微我弗顾。 8

不是对我不念顾。

於粲洒扫，^{wǔ}

洒扫房屋明又净，

陈馈八簋。^{guǐ} 9

摆上佳肴和美酒。

既有肥牡，

备好肥美公羊肉，

以速诸舅。 10

诚心邀请众亲友。

宁适不来，

即使碰巧没能来，

微我有咎。 11

不能说我有错咎。

伐木于阪，　　　　　砍树在那山坡上，

酾酒有衍。[12]　　　　清酒甘美多又满。

篷豆有践，　　　　　碗碟杯盘摆整齐，

兄弟无远。[13]　　　　兄弟之情莫疏远。

民之失德，　　　　　人们为啥失情义？

干糇以愆。[14]　　　　饭菜不周招人怨。

有酒湑我，　　　　　有酒滤清让我饮，

无酒酤我。[15]　　　　没酒请去买一壶。

坎坎鼓我，　　　　　咚咚鼓声为我响，

蹲蹲舞我。[16]　　　　兴致满怀翩翩舞。

迨我暇矣，　　　　　等到我有空闲时，

饮此湑矣。[17]　　　　饮这清酒不含糊！

12 阪：山坡。衍：满溢出来。
13 篷豆：古代祭祀或宴会时常用的两种器具。篷用竹制，豆用木制。践：陈列整齐。无远：不要疏远。
14 民：人。失德：失去人与人之间的情义。干糇：干粮，也泛指普通的食品。愆：过错。
15 湑：将酒滤清。酤：买酒。
16 坎坎：拟声词。蹲蹲：翩翩起舞的姿态。
17 迨：及，趁。

这是一首宴请亲朋好友的诗，体现了诗人对亲情和友情的渴望。诗分三章，第一章以伐木声、鸟鸣声两个意象起兴，有感于好鸟嘤嘤和鸣寻求知音而发出"相彼鸟矣，犹求友声。矧伊人矣，不求友生"的感慨。第二章诗人展示了现实生活中亲友不顾情谊、互相猜忌的不良现象，末章诗人为失去的亲情和友情而振臂高呼，希望亲友之间能相互理解信任、和睦快乐。

天 保

天保定尔，　　　　　　上天保佑和庇护，

亦孔之固。[1]　　　　　政权安定很稳固。

俾尔单厚，　　　　　　使您尽善待人厚，

何福不除？[2]　　　　　何种福禄不相赐？

俾尔多益，　　　　　　使您物产多又丰，

以莫不庶。[3]　　　　　人民生活都富庶。

天保定尔，　　　　　　上天保佑和庇护，

俾尔戬穀。[4]　　　　　使您安乐又幸福。

罄无不宜，　　　　　　万事称心又如意，

受天百禄。[5]　　　　　蒙受天恩享福禄。

降尔遐福，[6]　　　　　久远之福降在身，

维日不足。　　　　　　唯恐一天享不足。

1 保定：保护和安定。尔：您，指君主。孔：很。固：巩固。

2 俾：使。单厚：诚厚，敦厚。除：赐予，给予。

3 多益：众多。庶：富庶。

4 戬穀：福禄。

5 罄：满，全。百禄：多福。

6 遐福：久远之福。

天保定尔，　　　　　　上天赐您安且宁，

以莫不兴。[7]　　　　　各种事业旺蒸蒸。

如山如阜，　　　　　　恰如起伏的丘陵，

如冈如陵，[8]　　　　　又如绵长的山岭。

如川之方至，　　　　　更似大河奔流涌，

以莫不增。　　　　　　福泽延绵永昌盛。

吉蠲为饎，　　　　　　吉日沐浴备酒食，
juān chì

是用孝享。[9]　　　　　拿来祭祀众祖上。

禴祠烝尝，　　　　　　春夏秋冬常祭享，
yuè zhēng

于公先王。[10]　　　　敬我先公与先王。

君曰卜尔，[11]　　　　祖宗显灵话语传，

万寿无疆。　　　　　　赐您寿命永久长。

7 兴：兴盛。

8 阜：土山。冈：山脊。陵：大土山。

9 吉蠲：祭祀前选择吉日，斋戒沐浴。饎：酒食。孝享：祭祀。

10 禴：夏祭。祠：春祭。烝：秋祭。尝：冬祭。

11 卜：予，赐给。

神之吊矣，	先君神灵降下土，
诒尔多福。[12]	赐您大运与洪福。
民之质矣，	人民老实又质朴，
日用饮食。[13]	有吃有穿就满足。
群黎百姓，	不管是民还是官，
遍为尔德。[14]	受您美德的感化。
如月之恒，[15]	您像新月渐充盈，
如日之升，	您像旭日正东升。
如南山之寿，	您像南山寿无穷，
不骞不崩。[16]	江山永固不亏崩。
如松柏之茂，	您像松柏常茂盛，
无不尔或承。[17]	千秋万代永相承。

12 吊：至，降临。诒：通"贻"，赠与、给与。
13 质：质朴。
14 群黎：万民，众民。百姓：百官。为：通"讹"，感化。
15 恒：此指月到上弦。
16 骞：亏损。崩：倒塌。
17 或：语气词，在否定句中加强否定语气。承：奉。

这是一首祝愿和祈福君王的诗，体现了诗人对君王的热情鼓励和殷殷期望，以及深沉的爱心。全诗共六章，第一章鼓励君王是天命所佑而江山稳固。接下来两章祝愿君王即位后，上天将保佑王室和国家百业兴旺。末三章则记载了一次祭祀仪式：择吉日，祭祖先，表祝愿。本诗在表现方法上最突出的特点是恰如其分地使用了一些新奇的比喻而组成博喻，使诗人对君王的深切期望与美好祝愿得到了细致入微的体现。

采薇

采薇采薇，	采薇菜啊采薇菜，
薇亦作止。[1]	又见薇菜长出来。
曰归曰归，	说回家啊说回家，
岁亦莫止。[2]	年终岁末仍在外。
靡室靡家，	抛舍亲人离家园，
_{xiǎn yǔn}	
猃狁之故。[3]	只因猃狁兴战霾。
不遑启居，[4]	没有空闲家里待，
猃狁之故。	只因猃狁兴战霾。
采薇采薇，	采薇菜啊采薇菜，
薇亦柔止。[5]	薇菜如今嫩又柔。
曰归曰归，	说回家啊说回家，
心亦忧止。	不能归家心烦忧。

1 薇：野豌豆苗，可食。作：初生。止：语末助词。
2 莫："暮"的古字。岁暮，指岁末，岁终。
3 靡：无，没有。猃狁：即玁狁，我国古代北方游牧民族，在当时周的北部，邻近西周国境。人们多善骑射，民性强悍，战斗力强，经常对周人进行侵犯与掠夺。故：原因。
4 不遑：无暇，没有闲暇。启居：跪和坐，均为古人家居生活行为，泛指安居。
5 柔：柔嫩。"柔"比"作"更进一步生长。

忧心烈烈，	心里忧愁似火烧，
载饥载渴。⁶	又饥又渴真难受。
我戍未定，	军营流动难驻久，
靡使归聘！⁷	没人回乡捎问候！
采薇采薇，	采薇菜啊采薇菜，
薇亦刚止。⁸	薇菜变得硬又枯。
曰归曰归，	说回家啊说回家，
岁亦阳止。⁹	今年十月来得促。
王事靡盬，	王家公事无休止，
不遑启处。¹⁰	哪有空闲在家住。
忧心孔疚，	忧愁在心真痛苦，
我行不来！¹¹	我要出征家难顾！

6 烈烈：本指火势盛大，此处形容忧虑之状，忧心如焚。
7 戍：防守。定：固定。使：使者。聘：探问。
8 刚：坚硬。
9 阳：农历十月。
10 靡盬：没有止息。启处：安居。
11 孔：很，非常。疚：痛苦，难过。不来：不归。

彼尔维何，　　　　　　　什么花儿开得欢？

维常之华。[12]　　　　　是那美艳常棣花。

彼路斯何，　　　　　　　什么车儿高又大？

君子之车。[13]　　　　　是那将帅的兵车。

戎车既驾，　　　　　　　兵车征战已起驾，

四牡业业。[14]　　　　　四匹公马壮又大。

岂敢定居，　　　　　　　怎敢贪图睡床榻，

一月三捷！　　　　　　　捷报频传把敌杀！

驾彼四牡，　　　　　　　驾起四匹好公马，

　kuí kuí
四牡骙骙。[15]　　　　　马儿强壮高又大。

君子所依，　　　　　　　将帅乘车作指挥，

　　　féi
小人所腓。[16]　　　　　士卒隐蔽战车下。

12 尔：通"薾"，花繁盛鲜艳的样子。维何：是什么。常：常棣，棠棣。
13 路：即辂车，古代的一种大车。君子：将帅。
14 戎车：兵车。业业：马高大雄壮的样子。
15 骙骙：马强壮的样子。
16 依：倚靠。小人：士卒。腓：覆庇，倚庇。

四牡翼翼，　　　　　四匹公马齐步伐，

象弭鱼服。¹⁷　　　鱼皮箭袋雕弓挂。

岂不日戒，　　　　　哪有一天不戒备，

猃狁孔棘！¹⁸　　　抵御猃狁不卸甲！

昔我往矣，　　　　　回想我们出征初，

杨柳依依。¹⁹　　　杨柳轻柔随风拂。

今我来思，　　　　　如今我们出征归，

雨雪霏霏。²⁰　　　大雪纷飞道路阻。

行道迟迟，²¹　　　归途遥遥慢慢行，

载渴载饥。　　　　　又饥又渴真辛苦。

我心伤悲，　　　　　我的心里好悲伤，

莫知我哀！　　　　　满腔哀情向谁诉！

17 翼翼：整齐有秩序的样子。象弭：以象牙装饰末梢的弓。鱼服：鱼皮制的箭袋。

18 日戒：每天警惕戒备。孔棘：很紧急、很急迫。

19 昔：指出征时。依依：轻柔披拂的样子。

20 思：语末助词。雨雪：下雪。霏霏：大雪纷飞的样子。

21 迟迟：漫长，遥远。

这是一首描写久戍边关的士兵在归途中追忆唱叹的诗。全诗六章，分为三层。前三章为第一层，运用倒叙手法，叙述难归原因。这三章的前四句以"采薇"起兴，形象地将薇"作止""柔止""刚止"的生长过程与戍役难归结合起来，喻示了戍役的漫长和思乡的深切。后四句则对原因作了说明，因狁之患、战事频繁而王差无穷。前三章构成全诗的感情基调，即恋家思亲的个人情感与为国赴难的责任感交织在一起。第四、五章为第二层，追述了行军作战的紧张生活：雄壮的军容、高昂的士气、精良的装备和激烈的战斗。至此，全诗感情基调由忧伤转为激昂，恋家之情与报国责任再一次联系在一起。其中，同仇敌忾、抵御外侮的爱国情绪，令人感奋不已。末章为最后一层，诗人由追忆回到现实，通过今昔对比的写景记时，陷入更深沉的悲伤之中。既实写了归程道路的漫长，路途的艰难，也隐喻了士卒心路的漫长、内心不尽的哀伤和心灵遭受的煎熬。总之，全诗从思乡恋家的悲苦到保家卫国的悲壮再到返家途中的悲伤，体现出先民对于生命的归宿、价值以及苦难的关怀和感悟，再现了人类生命在寻找栖息家园过程中的失落和痛楚、迷惘和感伤，昭示出诗人强烈的生命意识。

出 车

我出我车，　　　　　　赶快出动我兵车，

于彼牧矣。[1]　　　　　待命在那远郊外。

自天子所，　　　　　　军令来自天子处，

谓我来矣。[2]　　　　　叫我前来不懈怠。

召彼仆夫，　　　　　　召集驾车的马夫，

谓之载矣。[3]　　　　　为我驱车到边塞。

王事多难，　　　　　　国家此时罹外患，

维其棘矣。[4]　　　　　战事紧急把兵派。

我出我车，　　　　　　赶快出动我兵车，

于彼郊矣。　　　　　　待命在那城郊外。

设此旐矣，　　　　　　兵车插上龟蛇旗，
zhào

建彼旄矣。[5]　　　　　再立干旄好气派。
máo

1 牧：郊外。
2 所：处所。谓：使。
3 仆夫：驾驭车马的人。
4 维：用于句首，无实义。棘：通"亟"，紧急，急迫。
5 设：列置。旐：画有龟蛇图案的旗。建：竖立。旄：用牦牛尾装饰旗杆首的旗。

彼旟旐斯，　　　　　各种旗帜迎风飘，

胡不旆旆？[6]　　　　怎不飞扬亮光彩？

忧心悄悄，　　　　　操心战事忧虑深，

仆夫况瘁。[7]　　　　马夫憔悴真无奈。

王命南仲，　　　　　天子传令给南仲，

往城于方。[8]　　　　速往北方筑城防。

出车彭彭，　　　　　兵车众多马雄壮，

旂旐央央。[9]　　　　旌旗明艳亮晃晃。

天子命我，　　　　　天子下令给我们，

城彼朔方。　　　　　筑城戍守到北方。

赫赫南仲，　　　　　威名赫赫的南仲，

猃狁于襄。[10]　　　扫除猃狁上战场。

6 旟旐：泛指旌旗。胡：怎么。旆旆：旗帜飞扬的样子。

7 悄悄：忧伤的样子。况瘁：憔悴。况，通"怳"。

8 南仲：周宣王时的大臣。城：筑城。方：北方。

9 彭彭：马强壮的样子。旂：绘有交龙并杆头挂有铜铃的旗。央央：鲜明的样子。

10 赫赫：显赫盛大的样子。襄：通"攘"，扫除。

昔我往矣，　　　　　　　　先前我们出征去，

黍稷方华。[11]　　　　　　　黍稷扬花才夏初。

今我来思，　　　　　　　　今日我们出征回，

雨雪载涂。[12]　　　　　　　大雪纷飞满路途。

王事多难，　　　　　　　　国家此时罹外患，

不遑启居。　　　　　　　　哪有空闲在家住。

岂不怀归？　　　　　　　　难道不想把家归？

畏此简书。[13]　　　　　　　担心又有急军书。

yāo yāo
喓喓草虫，　　　　　　　　草虫喓喓地叫鸣，

tì tì zhōng
趯趯阜螽。[14]　　　　　　　蚱蜢跳跃在草丛。

未见君子，　　　　　　　　未曾见到君子面，

忧心忡忡。[15]　　　　　　　令我担忧心思重。

11 方：正值。华：开花。
12 载涂：满途。
13 简书：周王传令出征的文书。
14 喓喓：虫鸣声。趯趯：跳跃的样子。阜螽：蚱蜢。
15 忡忡：忧虑不安的样子。

既见君子，　　　　　如今见到君子面，

我心则降。[16]　　　　石头落地心轻松。

赫赫南仲，　　　　　威名赫赫的南仲，

薄伐西戎。[17]　　　　指挥我们征西戎。

春日迟迟，　　　　　春天太阳暖又明，

卉木萋萋；[18]　　　　草木茂盛绿茵茵；

仓庚喈喈，　　　　　轻盈黄莺婉转鸣，

采蘩^{fán}祁祁。[19]　　　　采蘩女子结队迎。

执讯获丑，　　　　　问讯俘虏杀敌寇，

薄言还归。[20]　　　　得胜归来往家行。

赫赫南仲，　　　　　威名赫赫的南仲，

狁于夷。[21]　　　　为国已将狁平。

16 降：放下。
17 薄伐：征伐，讨伐。西戎：古代西北少数民族。
18 迟迟：阳光温暖、光线充足的样子。卉木：草木。萋萋：草木茂盛的样子。
19 仓庚：黄莺。喈喈：鸟鸣声。蘩：白蒿。祁祁：众多，丰盛的样子。
20 执讯：对俘虏进行讯问。获丑：俘获敌众。薄言：急急忙忙。还：凯旋。
21 夷：平定，铲平。

草虫

这是一首咏颂周宣王时出征士兵凯旋的诗，赞扬了统帅南仲的英明和赫赫战功，也反映了当时尖锐的民族矛盾。全诗共六章，前三章写战前准备。分别以"出车""到牧""传令""集合"四个动作，"多难""棘""悄悄""况瘁"的心理活动以及"旐""旄""旆""旂"的旗帜仪仗，刻画出战前的紧急氛围、焦急紧张心理以及军容之盛。后三章写凯旋。运用今昔对比的时空错位，参战士兵从忧到喜的心理转换，水到渠成地完成了对主帅的赞美。

杕 杜
dì

有杕之杜，	孤零甘棠长路旁，
有睆其实。 [1]	浑圆果实挂枝上。
王事靡盬，	王家差事无休止，
继嗣我日。 [2]	孤独时日又延长。
日月阳止，	光阴已是十月中，
女心伤止，	女子思郎心忧伤，
征夫遑止！ [3]	征夫辛劳太匆忙！
有杕之杜，	孤零甘棠路旁立，
其叶萋萋。 [4]	繁茂枝叶翠欲滴。
王事靡盬，	王家差事无尽期，
我心伤悲。	令我伤悲长叹息。
卉木萋止，	草木茂盛绿萋萋，
女心悲止，	女子思郎心悲戚，
征夫归止！	征夫哪天归故里！

睆 huǎn（有睆其实）
盬 gǔ（王事靡盬）

1 杕：树木孤立的样子。杜：俗称"杜梨"，也称"甘棠""棠梨"。睆：浑圆的样子。实：果实。
2 靡盬：没有止息。继嗣：延续，继续。
3 遑：匆忙不安定的样子。
4 萋萋：草木茂盛的样子。

陟彼北山，(zhì)　　　　思念郎君登北山，

言采其杞。5　　　　采摘枸杞难展颜。

王事靡盬，　　　　王家差事做不完，

忧我父母。　　　　使我父母心不安。

檀车幝幝，(chǎnchǎn)　　檀木役车破又烂，

四牡痯痯，(guǎnguǎn)6　　四匹公马快累瘫，

征夫不远！　　　　征夫归期该不远！

匪载匪来，　　　　没见车子载你还，

忧心孔疚。7　　　　使我忧愁心病添。

期逝不至，　　　　归期已过人不见，

而多为恤。8(xù)　　忧心忡忡肠欲断。

卜筮偕止，　　　　把占卜来把卦算，

会言近止，9　　　　共说归家已不远，

征夫迩止！10　　　征夫已近就见面！

5 陟：上、升、登。言：语气助词，无实义。杞：枸杞。
6 檀车：檀木制的役车或兵车。幝幝：破旧的样子。痯痯：疲惫不堪的样子。
7 匪：非。载：车子载运。孔疚：非常难过，很痛苦。
8 期：约定的期限。逝：过去。恤：忧虑。
9 卜筮：占卜算卦。偕：合，一起。会言：合言，即都说。
10 迩：近。

这是一首妻子思念久役不归的丈夫的诗，抒发了女子对丈夫真挚、深切、浓烈的思念之情，也反映出长期服役给人民带来的痛苦。诗分四章，第一、二章的前两句以杕杜起兴，以杕杜果实的浑圆、树叶的茂密反衬女子的孤独、寂寞与凄苦。后几句直接抒发分离的忧伤和对丈夫早日回归的企盼之情。第三、四章为赋体，写女子登北山、采枸杞、望归车、求卜筮等一系列动作和焦急、忧郁、失望和得到安慰的心理活动。

鱼　丽 ^{lí}

鱼丽于罶 ^{liǔ}，　　　　　　鱼儿落入鱼篓中，

鳠鲨。[1]　　　　　　　鳠鱼鲨鱼真鲜活。

君子有酒，　　　　　　主人家中有美酒，

旨且多。[2]　　　　　　味儿醇美又盛多。

鱼丽于罶，　　　　　　鱼儿落入鱼篓中，

鲂鳢。[3] ^{fáng lǐ}　　　　　　鳊鱼黑鱼摆上桌

君子有酒，　　　　　　主人家中有美酒，

多且旨。　　　　　　量多味美客满座。

鱼丽于罶，　　　　　　鱼儿落入鱼篓中，

鰋鲤。[4] ^{yǎn}　　　　　　鲇鱼鲤鱼真不错。

1 丽：通"罹"，遭遇，落入。罶：捕鱼的竹篓子，鱼进去就出不来。鳠：黄颡
（sǎng）鱼。鲨：吹沙鱼，是一种生活在溪涧的小鱼。
2 旨：美味。
3 鲂：鳊鱼。鳢：黑鱼。
4 鰋：鲇鱼。

鲦

君子有酒，　　　　　　　主人家中有美酒，

旨且有。⁵　　　　　　味儿醇美又盛多。

物其多矣，　　　　　　　各种佳肴真不少，

维其嘉矣。⁶　　　　它是那样的美好。

物其旨矣，　　　　　　　各种佳肴味真美，

维其偕矣。⁷　　　　它是那样的齐备。

物其有矣，　　　　　　　各种佳肴多又全，

维其时矣。⁸　　　　它是那样合时鲜。

5 有：多。

6 嘉：善、好。

7 偕：齐备。

8 时：合时宜的，适时的。

这是一首周代贵族宴会宾客的诗。诗从鱼和酒着笔，以列举法写鱼类之丰富，暗示其他肴馔的丰盛；以复沓法写酒之丰足和甘美，渲染了宴席上宾主尽情欢乐的气氛。在形式上，此诗也颇为特别。前三章采用四、二、四、三的句式，既有反复赞歌之美，又有参差不齐的音乐节奏。后三章每章只有两句，重在点明主旨，又有一唱三叹之妙。

鱧

南有嘉鱼

南有嘉鱼，
烝 然罩罩。[1]
_{zhēng}

君子有酒，
嘉宾式燕以乐。[2]

南国鱼儿肥又美，
成群结队水中游。
主人家中有美酒，
嘉宾宴饮乐悠悠。

南有嘉鱼，
烝然汕汕。[3]
_{shànshàn}

君子有酒，
嘉宾式燕以衎。[4]
_{kàn}

南国鱼儿多又好，
群鱼游水摆尾梢。
主人家中有美酒，
嘉宾宴饮乐陶陶。

1 烝：众多。罩罩：鱼游动的样子。
2 式：语气助词。燕：宴饮。以：且。
3 汕汕：鱼游水的样子。
4 衎：快乐。

南有樛木，   南国樛树长得弯，
甘瓠累之。5   葫芦瓜蔓串串缠。

君子有酒，   主人家中有美酒，
嘉宾式燕绥之。6   嘉宾宴饮乐且安。

翩翩者雕，   天上鹁鸪翩翩飞，
烝然来思。7   成群结队落堂前。

君子有酒，   主人家中有美酒，
嘉宾式燕又思。8   宴饮嘉宾频相劝。

5 樛木：枝向下弯曲的树。瓠：葫芦。累：缠绕。
6 绥：安。
7 雕：鹁鸪。思：语末助词，无实义。
8 又：通"侑"，在筵席旁助兴，劝人吃喝。

这是一首周代贵族宴会宾客的诗。全诗分四章，分别以游鱼、樛木、鵁鹕起兴，从水、陆、空三个角度描绘宾客们初饮、宴中、酣饮时的情态，表达了宾主间亲密真挚、和乐美好的情感。

嘉
鱼

南山有台

南山有台，　　　　　南山生着莎草，

北山有莱。[1]　　　　北山长有野藜。

乐只君子，[2]　　　　君子快乐无比，

邦家之基。　　　　　为国树立根基。

乐只君子，　　　　　君子快乐无比，

万寿无期！　　　　　寿命没有穷期！

南山有桑，　　　　　南山生着绿桑，

北山有杨。　　　　　北山长有白杨。

乐只君子，　　　　　君子快乐非常，

邦家之光。[3]　　　　为国争得荣光。

乐只君子，　　　　　君子快乐非常，

万寿无疆！　　　　　年寿永远无疆！

1 台：草名，即莎草，又名蓑衣草，可织蓑衣。莱：草名，即藜，嫩叶可食。
2 乐只：和美，快乐。只，语气助词。
3 邦家：国家。光：光荣。

薹

南山有杞，　　　　　　　南山生着枸杞，

北山有李。　　　　　　　北山长有李树。

乐只君子，　　　　　　　君子快乐无比，

民之父母。　　　　　　　人民视作父母。

乐只君子，　　　　　　　君子快乐无比，

德音不已。⁴　　　　　　　美名必将永驻！

南山有栲，　　　　　　　南山生着鸭椿，
（kǎo）

北山有杻。⁵　　　　　　　北山长有菩提。
（niǔ）

乐只君子，　　　　　　　君子快乐无比，

遐不眉寿？⁶　　　　　　　怎不高寿眉齐？

乐只君子，　　　　　　　君子快乐无比，

德音是茂。⁷　　　　　　　美名充塞天地！

4 德音：美好的品德、声誉。已：止。

5 栲：常绿乔木，山樗，俗称鸭椿。杻：檍树，俗称菩提树。

6 遐：通“何”。眉寿：长寿。

7 茂：盛。

茉

南山有枸，   南山生着枳枸，

北山有楰。[8]   北山长有苦楸。

乐只君子，   君子快乐无比，

遐不黄耇？[9]   怎不年高长寿？

乐只君子，   君子快乐无比，

保艾尔后。[10]   子孙永得保佑！

8 枸：枳枸，落叶乔木，果可食，又名鸡爪树，拐枣。楰：楸树。
9 黄耇：年老。
10 保艾：养育。

这是一首贵族宴饮时颂德祝寿的诗。全诗五章，每章六句。各章前两句均以南山和北山的草木起兴。兴中有比，以草木种类之多喻国家拥有具备各种美德的君子贤人。后四句表功祝寿，称被祝贺者为谦谦"君子"，赞颂他是"邦家之基""邦家之光""民之父母"，并祝愿他延年益寿。全诗结构安排精巧，首尾呼应，回环往复，内容吉祥适用，不愧为一首宴享通用的乐歌。

狗

蓼萧

蓼彼萧斯，　　　　　又高又大绿艾蒿，
零露湑兮。^{xǔ}[1]　　叶上清露圆如玉。
既见君子，　　　　　已经见到周天子，
我心写兮。[2]　　　　我的心情真欢愉。
燕笑语兮，　　　　　宴乐笑语满朝堂，
是以有誉处兮。[3]　　众人安乐齐欢聚。

蓼彼萧斯，　　　　　又高又大绿艾蒿，
零露瀼瀼。^{rángráng}[4]　叶上清露晶晶亮。
既见君子，　　　　　我已见到周天子，
为龙为光。[5]　　　　是那恩宠和荣光。
其德不爽，　　　　　君子美德永不变，
寿考不忘。[6]　　　　祝愿长寿且安康。

1 蓼：高大的样子。萧：艾蒿。零：降落，滴落。湑：本指将酒滤清，引申为清澈。
2 写：通作"泻"，倾吐，倾诉，抒发。
3 誉处：安乐。
4 瀼瀼：露水盛多。
5 为：是。龙：通"宠"。光：光荣。
6 爽：差错，失误。寿考：年高，长寿。

蓼彼萧斯，　　　　　　　又高又大绿艾蒿，

零露泥泥。[7]　　　　　　叶上清露好浓密。

既见君子，　　　　　　　我已见到周天子，

孔燕岂弟。[8]　　　　　　安乐闲适没嫌隙。
（kǎi tì）

宜兄宜弟，　　　　　　　和谐犹如亲兄弟，

令德寿岂。[9]　　　　　　祝愿德与寿等齐。

蓼彼萧斯，　　　　　　　又高又大绿艾蒿，

零露浓浓。　　　　　　　叶上清露重又浓。

既见君子，　　　　　　　我已见到周天子，
（tiáo）
鞗革冲冲。[10]　　　　　马儿辔勒垂饰动。
（yōngyōng）
和鸾雍雍，　　　　　　　和鸾铃声响叮当，

万福攸同。[11]　　　　　祝愿万福归圣躬。

7 泥泥：露水浓重的样子。

8 孔燕：十分安乐、闲适。岂弟：同"恺悌"，和乐平易。

9 令德：美德。寿岂：长寿而快乐。岂，通"恺"。

10 鞗：马辔头上的铜质装饰。革：通"勒"，马络头。冲冲：马络头的装饰下垂的样子。

11 和鸾：古代车上的铃铛。挂在车前横木上称"和"，挂在轭首或车架上称"鸾"。雍雍：铃声和鸣。攸：所。同：聚。

这是诸侯在宴会中祝颂周王的诗，表达了诸侯朝见周天子时的尊崇、歌颂之意。全诗四章，各章均以萧艾含露起兴。兴中有比，即周天子恩泽如露，诸侯如萧艾，形象而含蓄地点明了天子恩泽四海，诸侯有幸承宠的诗旨。兴句之后，或写朝圣的感受，或写君臣之谊，或写天子的车马威仪，叙事中杂以抒情，进一步书写出诸侯对周天子感恩戴德和无限景仰之情。

湛^{zhàn} 露

湛湛露斯，　　　　　清晨露水重又浓，
匪阳不晞。^{xī}¹　　没有太阳晒不干。
厌厌夜饮，²　　　宴饮和乐夜未散，
不醉无归。　　　　　不到大醉不回转。

湛湛露斯，　　　　　清晨露水重又浓，
在彼丰草。　　　　　沾在茂盛芳草梢。
厌厌夜饮，　　　　　宴饮和乐夜未消，
在宗载考。³　　宗庙燕享乐钟敲。

1 湛湛：露水浓重的样子。斯：语气助词。匪：非，不。晞：干。
2 厌厌：同"恹恹"，和悦。
3 宗：宗庙。载：则，再。考：击，敲。

湛湛露斯，　　　　　　清晨露水重又浓，

在彼杞棘。⁴　　　　沾在枸杞与酸枣。

显允君子，　　　　　　英明诚信君子们，

莫不令德。⁵　　　　都有美善的德操。

其桐其椅，^{yī}　　　　梧桐椅桐满山谷，

其实离离。⁶　　　　枝头果实多又密。

岂弟君子，^{kǎi tì}　　和乐平易君子们，

莫不令仪。⁷　　　　都有美好的容仪。

4 杞棘：枸杞和酸枣树。

5 显：明。允：诚信。令德：美好的品德。

6 椅：山桐子。离离：果实盛多。

7 岂弟：同"恺悌"，和乐平易。令仪：美好的仪容、风范。

这是周王宴会诸侯的诗。诗分四章，每章前两句均为起兴，有交代时令、天气、环境和气氛的作用。后两句既描绘了夜饮的热闹与和乐，又有周天子对众诸侯"令德""令仪"的称赞，体现了君臣和乐的融洽氛围。全诗动静映衬、音韵谐美、意蕴深厚，余味无穷。

杞

彤弓

彤弓弨兮,^{chāo}

受言藏之。¹

我有嘉宾,

中心贶之。^{kuàng} ²

钟鼓既设,

一朝飨之。^{xiǎng} ³

彤弓弨兮,

受言载之。⁴

我有嘉宾,

朱红长弓弦松弛,

功臣受赐将它藏。

我有这些好宾客,

诚心赠物表衷肠。

钟鼓乐器陈列好,

终朝宴饮情意长。

朱红长弓弦松弛,

受赐之后装车上。

我有这些好宾客,

1 彤弓:漆成红色的弓,天子用来赏赐有功的诸侯或大臣。弨:(弓弦)松弛。言:句
中助词。藏:收藏。
2 中心:衷心。贶:赠,赐。
3 一朝:一个上午。飨:设盛宴待宾客。
4 载:装上车。

中心喜之。 衷心喜欢伴我旁。

钟鼓既设， 钟鼓乐器陈列好，

一朝右之。⁵ 终朝宴饮劝酒忙。

彤弓弨兮， 朱红长弓弦松弛，

受言櫜之。⁶
<small>gāo</small> 受赐之后用袋装。

我有嘉宾， 我有这些好宾客，

中心好之。 衷心喜爱伴我旁。

钟鼓既设， 钟鼓乐器陈列好，

一朝酬之。⁷ 终朝宴饮敬一觞。

5 右：同"侑"，劝酒，劝食。
6 櫜：收藏盔甲、弓矢的器具，此指装入弓袋。
7 酬：互相敬酒。

这是一首叙述周天子宴飨有功诸侯并赐弓矢以作奖赏的诗。各章前二句从诸侯接受赏赐的仪式入笔，叙写了彤弓的形态和受赐者的感激心理，有揭示诗旨的作用。各章后四句一方面以"贶""喜""好"三字写出赏赐者对有功诸侯好感的不断增温，另一方面以"飨""右""酬"写出酒宴热烈气氛的不断升级。三章纯用赋法，叙述跌宕起伏，引人入胜。

菁菁者莪

jīng jīng　　é

菁菁者莪，　　　　　　莪蒿嫩绿又葱茏，

在彼中阿。[1]　　　　　丛丛长在山坳中。

既见君子，　　　　　　已经见到那君子，

乐且有仪。[2]　　　　　面色和悦好仪容。

菁菁者莪，　　　　　　莪蒿嫩绿又葱茏，

在彼中沚。[3]　　　　　丛丛长在那小洲。

既见君子，　　　　　　已经见到那君子，

我心则喜。　　　　　　我的心里乐悠悠。

1 菁菁：草木繁茂。莪：莪蒿，多年生草本植物，嫩茎叶可作蔬菜，也叫萝蒿，俗称抱娘蒿。中阿：即阿中，丘陵之中，也指山坳里。
2 仪：仪容，风度。
3 中沚：即沚中。沚，水中的小洲。

菁菁者莪，　　　　　　莪蒿嫩绿又葱茏，

在彼中陵。　　　　　　丛丛长在那丘陵。

既见君子，　　　　　　已经见到那君子，

锡我百朋。⁴　　　　如赐钱币好心情。

泛泛杨舟，⁵　　　　杨木船儿水中漂，

载沉载浮。　　　　　　逐流起伏碧波间。

既见君子，　　　　　　已经见到那君子，

我心则休。⁶　　　　我的心里真喜欢。

4 锡：赐给，赠给。百朋：极多的货币。朋，古代以贝壳为货币，五贝为一串，两串为一朋。
5 杨舟：杨木制的船。
6 休：喜悦，欢乐。

这是一首写女子喜逢心上人的诗，抒发了女子与爱人邂逅时的惊喜心情。此诗前三章均以"菁菁者莪"起兴，叙述了在长满青青莪蒿的"中阿""中沚"和"中陵"，女子三次邂逅一名开朗大方、仪容潇洒的男子而心神荡漾的情景。末章以"泛泛杨舟"起兴，象征两人在人生长河中同舟共济、同甘共苦的愿望。诗歌意境优美，感情真挚，令人心神俱醉。

六月

六月栖栖，
戎车既饬。^{chì}¹　　　盛暑六月军情急，
　　　　　　　　　　各种战车已备齐。

四牡骙骙，^{kuí kuí}
载是常服。²　　　四匹公马强又壮，
　　　　　　　　　　车上军衣满堆积。

狁孔炽，^{xiǎn yǔn}
我是用急。³　　　狁来势太凶猛，
　　　　　　　　　　我方边境已告急。

王于出征，
以匡王国。⁴　　　周王命我去征讨，
　　　　　　　　　　保卫国家驱夷狄。

比物四骊，^{lí}
闲之维则。⁵　　　四匹黑马脚力齐，
　　　　　　　　　　为合法度常练习。

维此六月，
既成我服。⁶　　　在这炎炎六月里，
　　　　　　　　　　已经备好我军衣。

1 栖栖：忙碌紧张的样子。戎车：兵车。饬：修整，整治。
2 骙骙：马强壮的样子。常服：军服。
3 狁：我国古代北方游牧民族，在周的北部，邻近西周国境。人们多善骑射，民性强悍，战斗力强，经常对周人进行侵犯与掠夺。孔炽：很猖獗，很嚣张。是用：是以，因此。
4 王：周宣王。但此次并非宣王亲征。于：往，去。匡：救助。
5 比物：齐同马力。物，马之力。骊：深黑色的马。闲：训练。则：法则。
6 服：军服。

我服既成，　　　　　　已经穿上我军衣，

于三十里。⁷　　　　每日前行三十里。

王于出征，　　　　　　周王命我去征讨，

以佐天子。　　　　　　辅佐天子不停息。

四牡修广，　　　　　　高高大大四公马，

其大有颙。⁸　　　　宽头大耳真强壮。

薄伐猃狁，　　　　　　同心勉力伐猃狁，

以奏肤公。⁹　　　　建立功勋保周邦。

有严有翼，　　　　　　军容威严又敬肃，

共武之服。¹⁰　　　　共参战事守国防。

共武之服，　　　　　　共参战事守国防，

以定王国。　　　　　　国家安定得保障。

7 于：往，去。
8 修广：长而大。颙：大头大耳的样子。
9 薄伐：征伐，讨伐。奏：成。肤公：大功。
10 严：威严。翼：恭谨。共：共同。武：武事，战争。服：事。

狎狁匪茹，　　　　　　　狎狁剽悍不柔弱，

整居焦获。¹¹　　　　既占焦获作驻防。

侵镐及方，¹²　　　　又侵我镐与我方，

至于泾阳。　　　　　　　以至进逼到泾阳。

织文鸟章，　　　　　　　旗帜绘绣鸟隼像，

白旆央央。^{pèi}¹³　　　白旗飘带明又亮。

元戎十乘，　　　　　　　大型战车足十辆，

以先启行。¹⁴　　　　先行冲锋敌难挡。

戎车既安，　　　　　　　战车无损都平安，

如轾如轩。^{zhì xuān}¹⁵　俯仰自如驶向前。

四牡既佶，　　　　　　　四匹公马真雄壮，

既佶且闲。^{jí}¹⁶　　　膘肥体壮技熟练。

11 茹：柔弱。整居：整军旅占据。焦获：皆地名，在今陕西省泾阳县西北。
12 镐：地名，不是周朝的都城镐京。方：地名。
13 织文：旗帜上的纹样。鸟章：鸟形图饰。旆：旗末端状如燕尾的飘带。央央：鲜明的样子。
14 元戎：大的兵车。启行：动身，起程，出发。
15 轾：车向下俯。轩：车向上仰。
16 佶：健壮的样子。闲：通"娴"，熟悉、熟练。

薄伐玁狁，　　　　　　　同心勉力伐玁狁，

至于大原。¹⁷　　　追亡逐北到大原。

文武吉甫，　　　　　　　能文能武尹吉甫，

万邦为宪。¹⁸　　　诸侯效法作仰瞻。

吉甫燕喜，　　　　　　　吉甫宴饮喜洋洋，

既多受祉。¹⁹　　　拜受周王丰厚赏。
　zhǐ

来归自镐，　　　　　　　自从镐地征战还，

我行永久。²⁰　　　长途行军历时长。

饮御诸友，　　　　　　　设宴招待众朋友，

炰鳖脍鲤。²¹　　　蒸鳖脍鲤请品尝。
pào　kuài

侯谁在矣？　　　　　　　请问座中都有谁？

张仲孝友。²²　　　张仲孝悌最贤良。

17 大原：地名。
18 吉甫：尹吉甫，这次出征的大将。万邦：所有诸侯封国。宪：法令，榜样。
19 燕喜：宴饮喜乐。祉：福。
20 永久：历时长久。
21 御：进，侍。炰：蒸煮。脍：细切肉或鱼。
22 侯：语气助词。张仲：周朝名臣，尹吉甫的好朋友。孝友：事父母孝顺、对兄弟友爱。

这是一首追忆周宣王时期北伐猃狁获得胜利的诗，抒发了对主帅尹吉甫的赞美和叹服之情。全诗六章，前五章追述周宣王五年猃狁入侵、宣王授命到出征、交战直至胜利班师的全过程。末章描绘眼前共庆凯旋的欢宴。诗以追忆开始，以现实作结，很好地表现了诗歌主旨，通过记叙战争，赞美主帅尹吉甫文韬武略、指挥若定的才能和堪为万邦之宪的风范；在形式上，时空逻辑被打破，文势由紧张到舒缓，颇为引人入胜。

采芑 ^{qǐ}

薄言采芑，　　　　　急急忙忙去采芑，

于彼新田，　　　　　从那郊外的新田，

于此菑亩。^{zī}¹　　采到初垦田地里。

方叔莅止，　　　　　大将方叔来此地，

其车三千，　　　　　战车三千排整齐，

师干之试。²　　　　众多军士待命立。

方叔率止，　　　　　方叔率军有威仪，

乘其四骐，　　　　　乘坐兵车驾四骐，

四骐翼翼。³　　　　四骐驯良又整齐。

路车有奭，^{shì}　大车车身涂红漆，

簟茀鱼服，^{diàn fú}⁴　鱼皮箭袋细竹席，

钩膺鞗革。^{yīng tiáo}⁵　缰辔皮革配饰齐。

1 薄言：急急忙忙。芑：一种类似苦菜的野菜。新田：开垦两年的田地。菑亩：初耕的田地。

2 方叔：周宣王时大臣，出征荆蛮的主帅。莅：来临。师干：本指军队的防御力量，后用以指军队。试：用。

3 率：带领。骐：青黑色纹理的马。翼翼：整齐有秩序的样子。

4 路车：大车，古代天子或诸侯贵族所乘的车。奭：即"赫"，赤色。簟茀：遮蔽车厢后窗的竹席。鱼服：鱼皮制的箭袋。

5 钩膺：带有铜质钩饰的马胸带。鞗：马辔头上的铜质装饰。革：马络头。

薄言采芑，　　　　　　急急忙忙去采芑，

于彼新田，　　　　　　从那郊外的新田，

于此中乡。⁶　　　采到乡田的中央。

方叔莅止，　　　　　　方叔亲临到南方，

其车三千，　　　　　　战车就有三千辆，

^{qí zhào}
旂旐央央。⁷　　　龙蛇大旗鲜又亮。

方叔率止，　　　　　　方叔率军气轩昂，

^{qí}
约軝错衡，⁸　　　皮饰车毂金纹辕，

^{luán qiāng qiāng}
八鸾玱玱。⁹　　　八只铃鸾响叮当。

服其命服，　　　　　　朝廷官服穿身上，

^{fú}
朱芾斯皇，　　　　　　红色蔽膝亮堂堂，

^{qiāng}　^{héng}
有玱葱珩。¹⁰　　　绿色佩玉铿锵响。

6 中乡：乡中。
7 旂旐：画有龙蛇旗帜的图案。央央：鲜明的样子。
8 约軝：用皮革缠束并涂以红漆的车毂。错衡：用金涂饰成文采的车辕横木。
9 鸾：铃铛。玱玱：玉相击的声音。
10 命服：官服。服，穿。朱芾：红色蔽膝。有玱：玱玱。葱：青绿色。珩：佩玉上面的横玉，形状像磬。

鴥彼飞隼，　　　　　鹞鹰振翅飞翔疾，

其飞戾天，　　　　　忽然高飞九霄上，

亦集爰止。[11]　　　　转眼停歇在树桩。

方叔莅止，　　　　　方叔亲临到南方，

其车三千，　　　　　战车就有三千辆，

师干之试。　　　　　众多军士操练忙。

方叔率止，　　　　　方叔率军自有方，

钲人伐鼓，[12]　　　　钲人击鼓震天响，

陈师鞠旅。[13]　　　　列队誓师军容壮。

显允方叔，　　　　　方叔英明又信诚，

伐鼓渊渊，　　　　　军士击鼓声通通，

振旅阗阗。[14]　　　　整队班师气势昌。

11 鴥：鸟疾飞的样子。隼：鹰、鹞一类猛禽。戾：至。爰：于。

12 钲人：掌管鸣钲击鼓之事的官吏。伐：击、敲。

13 陈：陈列。师：二千五百人为一师。鞠：告，即誓师。旅：五百人为一旅。

14 显允：英明信诚。方叔：周宣王时的大臣。渊渊：鼓声。振旅：整队班师。阗阗：兵士众多的样子。

蠢尔蛮荆，　　　　　荆州蛮子太愚蠢，

大邦为仇！ [15]　　　敢与大国结怨仇！

方叔元老，　　　　　大将方叔为元老，

克壮其犹。 [16]　　　雄才大略有计谋。

方叔率止，　　　　　方叔率军自有方，

执讯获丑。 [17]　　　问讯俘虏杀敌寇。

戎车啴啴，　　　　　兵车众多雄赳赳，
　tān tān

啴啴焞焞， [18]　　　车声隆隆动山丘，
　tūn tūn

如霆如雷。　　　　　势如雷霆震九州。

显允方叔，　　　　　方叔英明又信诚，

征伐猃狁，　　　　　曾经北伐克猃狁，

蛮荆来威。 [19]　　　荆蛮闻风应低首。

15 蠢尔：无知蠢动的样子。蛮荆：即荆蛮，荆州之蛮也。大邦：周邦。
16 克：能。壮：宏大，强盛。犹：通"猷"，谋划。
17 执讯：对俘虏进行讯问。获丑：俘获敌众。
18 啴啴：众多的样子。焞焞：盛大的样子。
19 来：相当于"是"。威：畏。

这是一首描写方叔南征荆蛮的诗。全诗四章，前三章交代了演习的地点、规模与声势。诗以"采芑"起兴，引出演习地点"新田""菑亩"，为主帅及周军的出场提供了一个广阔的背景。用车马之盛、旗帜之多极言演习规模的宏大和气势的浩大。之后，从人物的仪仗、服饰、佩戴等方面精心刻画方叔气度非凡的形象。第四章义正词严直斥无端滋乱的荆蛮。全诗用笔挥洒，格调激昂，令人振奋。

车 攻

我车既攻，　　　　　　我君猎车很耐用，

我马既同。¹　　　　我君驷马已齐同。

四牡庞庞，　　　　　　四匹公马高又壮，

驾言徂东。²　　　　驾车出猎驶向东。

cú

田车既好，　　　　　　我君猎车性能佳，

四牡孔阜。³　　　　四匹公马高又大。

东有甫草，　　　　　　东都圃田有茂草，

驾言行狩。⁴　　　　驾车去把猎物抓。

之子于苗，　　　　　　君王夏猎去野郊，

选徒嚣嚣。⁵　　　　清点随从声喧闹。

xiāo xiāo

1 攻：器物精好坚利。同：整齐。

2 庞庞：高大壮实的样子。驾：乘车。言：语气助词。徂：往。东：指东都洛阳。

3 田车：猎车。田，打猎。孔：很，非常。阜：高大。

4 甫：即圃田，古泽薮名，在今河南中牟县西，其地多生茂草。行狩：游猎，打猎。

5 之子：这个人，此指周宣王。于：往。苗：夏天狩猎。选徒：清点车辆士卒。选，通"算"，清点。嚣嚣：喧哗的样子。

建旓设旄，　　　　　　竖起旗子插上旄，

搏兽于敖。[6]　　　　敖山狩猎兴致高。

驾彼四牡，　　　　　　诸侯驾起四公马，

四牡奕奕。[7]　　　　四马从容步不疾。

赤芾金舄，　　　　　　黄朱鞋子红蔽膝，

会同有绎。[8]　　　　朝见君王已汇集。

决拾既佽，　　　　　　扳指护臂已备齐，

弓矢既调。[9]　　　　强弓利箭正相宜。

射夫既同，　　　　　　射手协作大会合，

助我举柴。[10]　　　捡拾野味赖群力。

6 建：竖立。旓：画有龟蛇图案的旗。设：列置。旄：用牦牛尾装饰旗杆首的旗。敖：山名。

7 奕奕：从容闲习的样子。

8 赤芾：赤色蔽膝，诸侯之服。金舄：黄朱色的复底鞋，诸侯所穿。会同：古代诸侯朝见天子的通称。有绎：绎绎，盛多且连续不断。

9 决：扳指，多以骨制，套在右手拇指上，用以钩弦。拾：套袖，革制，套在左臂上，用以护臂。佽：排列有序，齐备。调：搭配均匀，配合适当。

10 射夫：弓箭手。同：会合，齐聚。举：猎取。柴：堆积的禽兽。

四黄既驾，	四匹黄马已驾起，
两骖不猗。[11]	旁边两马不偏倚。
不失其驰，	车马驰驱合礼仪，
舍矢如破。[12]	箭无虚发好技艺。

萧萧马鸣，	耳听萧萧的马鸣，
悠悠_{pèi jīng}旆旌。[13]	眼望轻飘的旗旌。
徒御不惊，	挽夫驭手真机警，
大庖不盈。[14]	君王庖厨野味盈。

之子于征，	君王猎罢踏归程，
有闻无声。[15]	车马整肃静无声。
允矣君子，	真是勇武好天子，
展也大成。[16]	会猎胜利大有成。

11 四黄：四匹黄色的马。骖：古代用四匹马驾车，两边的两匹马为骖马。猗：通"倚"，依靠。
12 驰：驰驱的法则。舍矢：放箭。如：则。破：射中。
13 悠悠：旗帜飘动的样子。旆旌：泛指旗帜。
14 徒御：挽车、驭马的人。不：语气助词，无实义。惊：通"警"，机警。大庖：君王的庖厨。
15 征：行，指狩猎归来。
16 允：确实，果真。展：诚然，确实。

这是一首叙述周宣王在东都会同诸侯举行田猎的诗。全诗八章，第一章总写车马之行的目的，将往东方狩猎；第二、三章点明狩猎地点人欢马叫、旌旗蔽日的情形；第四章专写诸侯来会；第五、六章描述诸侯及士卒射猎的场面。第七、八章写田猎结束、整队收兵。全诗结构完整，艺术地再现了会同诸侯举行田猎的全过程。

吉 日

吉日维戊，	戊日这天好吉利，
既伯既祷。[1]	既行军祭又马祭。
田车既好，	猎车精好又坚利，
四牡孔阜。[2]	四匹公马好身坯。
升彼大阜，	驱车登上大土坡，
从其群丑。[3]	追逐群兽马蹄疾。

吉日庚午，	庚午这天好吉利，
既差我马。[4]	良马已经挑整齐。
兽之所同，	群兽惊慌聚一起，
麀鹿麌麌。[5] yōu yǔ yǔ	雌鹿雄鹿齐汇集。
漆沮之从，	驱赶野兽到沮漆，
天子之所。[6]	天子狩猎正相宜。

---

1 吉日：吉祥的日子。维：是。戊：天干的第五位。伯：通"祃"，古代行军在军队驻扎的地方举行的祭礼。祷：通"禂"，为马匹等牲畜肥壮而祭祷。

2 田车：猎车。田，打猎。孔：很，非常。阜：高大。

3 阜：土山。从：追逐。群丑：群兽。

4 差：选择。

5 同：聚集。麀：母鹿。麌麌：鹿众多的样子。

6 漆：古水名，渭水支流，今名漆水河。沮：古水名，在今陕西省。从：随，逐。所：处所，地方。

瞻彼中原，　　　　　看那原野阔无边，

其祁孔有。[7]　　　　地域广大野兽齐。

_{biāo biāo sì sì}
儦儦俟俟，　　　　　或跑或行或栖息，

或群或友。[8]　　　　三五成群结伴嬉。

悉率左右，　　　　　左逐右赶齐合力，

以燕天子。[9]　　　　为让天子心欢喜。

既张我弓，　　　　　我的弓已拉满弦，

既挟我矢。[10]　　　　我的箭已瞄中的。

_{bā}
发彼小豝，　　　　　射中那边小母猪，

_{yì}　　_{sì}
殪此大兕。[11]　　　　射死这边大角犀。

以御宾客，　　　　　烹调猎物宴宾客，

_{lǐ}
且以酌醴。[12]　　　　畅饮甜酒乐熙熙。

7 中原：原中，原野中。祁：大。孔有：很富有。

8 儦儦：兽跑动的样子。俟俟：兽行走的样子。群、友：《毛传》："兽三曰群，二曰友。"

9 悉：全部，都。率：驱逐。燕：乐。

10 张：拉开弓，引弓。挟：持，拿。

11 发：放，射。豝：母猪。殪：杀死。兕：犀牛。

12 御：招待，进馐。醴：甜酒。

这是一首叙述周宣王在西都田猎的诗。全诗四章，艺术地再现了周宣王田猎时选择吉日祭祀马祖、野外田猎、满载而归宴饮群臣的整个过程。同时重点描绘了群兽的状貌及天子射猎的场面。全诗层次分明，点面结合，更刻画了天子威严的形象，颇有感染力。

鸿 雁

鸿雁于飞，　　　　　　大雁翩翩往南翔，

肃肃其羽。[1]　　　　　鼓动翅膀沙沙响。

之子于征，　　　　　　这些流民离家乡，

劬劳于野。[2]　　　　　野外劳瘁苦尽尝。

爰及矜人，　　　　　　苦痛连及可怜人，

哀此鳏寡。[3]　　　　　鳏寡难免心更伤。

鸿雁于飞，　　　　　　大雁翩翩往南翔，

集于中泽。[4]　　　　　纷纷停在泽中央。

之子于垣，　　　　　　这些流民来筑墙，

百堵皆作。[5]　　　　　百堵高墙合力夯。

1 鸿雁：大雁。于：语气助词。肃肃：拟声词，鸟羽的振动声。
2 之子：这些人，指被征集的人。劬劳：劳累，劳苦。
3 爰：语气助词。及：到。矜人：可怜的人，指贫弱者。鳏：老而无妻的男人。寡：死了丈夫的女人。
4 集：群鸟栖息。中泽：沼泽中。
5 垣：墙，此为筑墙。百堵：众多的墙。作：起。

虽则劬劳，   虽然劳瘁苦尽尝，

其究安宅。⁶   不知安身在何方？

鸿雁于飞，   大雁翩翩往南翔，

哀鸣嗷嗷。⁷   哀鸣声声好凄凉。

维此哲人，   唯有这位聪明人，

谓我劬劳。⁸   说我劳累辛苦忙。

维彼愚人，   唯有那些糊涂虫，

谓我宣骄。⁹   说我骄奢太张狂。

6 究：究竟，到底。安：何处。宅：居住。
7 嗷嗷：哀鸣声，哀号声。
8 维：只，独。哲人：才智卓越的人。
9 宣骄：骄奢。

这是一首流民以鸿雁自比而自怜自叹的诗，反映了当时人民颠沛流离、无处安身的痛苦生活。全诗三章，每章均以"鸿雁"起兴，第一章写出行野外，次章写工地筑墙，末章表述哀怨。全诗内容逐层展开，感情深沉，兴中有比，寓意贴切自然。自此，"鸿雁""哀鸿"成为流民的代名词，足见其影响之大。

鹤

庭 燎

夜如何其？   夜色沉沉几时许？

夜未央。[1]   夜色蒙蒙天未亮。

庭燎之光。[2]   庭中火炬发亮光。

君子至止，   诸侯赴朝如平常，

鸾声将将。[3]   远处铃鸾叮当响。

夜如何其？   夜色沉沉几时许？

夜未艾。[4]   夜色蒙蒙仍未尽。

庭燎晢晢。[5]   庭中火炬亮又明。

君子至止，   诸侯驾车赴朝廷，

鸾声哕哕。[6]   铃鸾叮当相和鸣。

1 如何：什么时候。其：语尾助词，表疑问语气。未央：未已，未尽。
2 庭燎：古代庭中照明的火炬。
3 君子：朝见周王的诸侯。止：语气助词。鸾声：鸾铃鸣声。将将：同"锵锵"，拟声词，多状金玉之声。
4 未艾：未尽，未止。
5 晢晢：明亮。
6 哕哕：有节奏的铃声。

夜如何其？　　　　　　夜色沉沉几时许？

夜乡晨。⁷　　　　　夜色已退近清晨。

庭燎有辉。⁸　　　　庭中火炬仍有光。

君子至止，　　　　　　诸侯待驾到朝廷，

言观其旂。⁹　　　　依稀望见龙旗影。

7 乡晨：天将亮。乡，通"向"。
8 辉：光亮。
9 言：乃。旂：上面画有交龙，杆顶有铃铛的旗子。

这是一首写周王早起将要视朝的诗，表现了周王急于早朝的心情和对朝仪、朝臣的关注。诗凡三章，每章以设问句起首，呈现出时间上的递进状态，写出了主人公随着时间从深夜渐向天明的推移而产生的微妙心态变化。每章后两句是主人公的想象之词，想象朝臣赴朝路上的景象，始闻其声，而终见其形，似真似幻，妙不可言。

沔 水
miǎn

沔彼流水，　　　　盈盈满满东流水，

朝宗于海。[1]　　　奔腾到海不复西。

yù　　sǔn
淢彼飞隼，　　　　鹘鹰振翅飞翔疾，

载飞载止。[2]　　　或在高飞或止息。

嗟我兄弟，　　　　嗟叹同乡与好友，

邦人诸友。[3]　　　还有我的好兄弟。

莫肯念乱，　　　　无人思虑止乱罹，

谁无父母！[4]　　　谁人父母能靠依！

沔彼流水，　　　　盈盈满满东流水，

shāngshāng
其流汤汤。[5]　　　浩荡湍急入海洋。

淢彼飞隼，　　　　鹘鹰振翅疾飞翔，

载飞载扬。　　　　高高飞在苍天上。

1 沔：水流满的样子。朝宗：古代诸侯春、夏朝见天子，这里比喻小水流注大水。
2 淢：鸟疾飞的样子。隼：鹰、鹘一类猛禽。载：词缀，嵌在动词前边。
3 邦人：乡里之人，同乡。
4 念：考虑。乱：动乱，战乱。
5 汤汤：水势浩大、水流很急的样子。

念彼不迹，　　　　　不依法度人心慌，

载起载行。[6]　　　　行坐不安起彷徨。

心之忧矣，　　　　　苦思如潮心中装，

不可弭忘。[7]　　　　哪有一日将它忘！

鴥彼飞隼，　　　　　鹞鹰振翅疾飞行，

率彼中陵。[8]　　　　自由翱翔在山陵。

民之讹言，　　　　　流言蜚语正流行，

宁莫之惩。[9]　　　　无人制止难消停。

我友敬矣，　　　　　告诫朋友多警醒，

谗言其兴。[10]　　　谗言纷起要小心。

6 不迹：不循法度。
7 弭忘：忘却。
8 率：沿着。中陵：陵中，山陵之中。
9 讹言：流言，假话。宁：为什么。惩：止，制止。
10 敬：警惕。兴：兴起。

这是一首主人公忧虑时局动荡不安，害怕流言蜚语并告诫朋友保持警醒的诗。诗分三章，第一章写因乱不止而忧父母，次章写国事不安而忧不止，末章写忧谗畏讥而告诸友。全诗塑造了一个身处乱世，不随波逐流，爱憎分明，且具有强烈的忧患意识的主人公形象。诗以"流水"和"飞隼"两组比兴开头（末章似脱两句），兴中有比，新颖贴切，增加了诗的艺术表现力。

鹤 鸣

鹤鸣于九皋^{gāo}，　　　　沼泽幽远仙鹤鸣，

声闻于野。¹　　　　　　鸣声清亮四野传。

鱼潜在渊，　　　　　　鱼儿潜在深水潭，

或在于渚。²　　　　　　有时游弋到浅滩。

乐彼之园，　　　　　　赏心悦目好花园，

爰有树檀，　　　　　　那有檀树拂云端，

其下维萚^{tuò}。³　　　　　树下落叶已枯干。

它山之石，　　　　　　他方山上有佳石，

可以为错。⁴　　　　　　可当琢玉的磨盘。

鹤鸣于九皋，　　　　　沼泽幽远仙鹤鸣，

声闻于天。　　　　　　鸣声清亮上九天。

鱼在于渚，　　　　　　鱼儿游弋在浅滩，

1 九：虚数，言沼泽极其曲折深远。皋：沼泽，湖泊。野：郊外。
2 渊：深潭。渚：水中的小洲，此指浅水滩。
3 园：花园。树檀：檀树。萚：枯落的枝叶。
4 错：琢玉用的粗磨石。

或潜在渊。 有时潜藏在深潭。

乐彼之园， 赏心悦目好花园，

爰有树檀， 那有檀树拂云端，

其下维榖。[5] 还有楮树在下面。

它山之石， 他方山上有佳石，

可以攻玉。[6] 可将玉器打造全。

5 榖：树木名，即楮树，树皮是制造桑皮纸和宣纸的原料。
6 攻玉：将玉石琢磨成器。攻，治理，加工。

这是一首用形象的比喻劝谏在位者应招贤纳士的诗。诗共两章，同分两层。"鹤鸣"至"维萚""维穀"为第一层，其中含有三比：一、鹤比隐居的贤人；二、鱼在渊在渚，比贤人隐居或出仕；三、檀树比贤人，萚、穀比小人。它们以并列关系分别直接引出结论，使诗旨更加突出。这个结论，也就是诗的第二层："它山之石，可以为错（攻玉）。"这一层，从形式上看也是比，内容上是以比喻为结论，说明必须揽求异国他乡之贤者。

祈父

祈父！　　　　　　　　　大司马啊大司马！

予王之爪牙。[1]　　　　　我是君王的爪牙。

胡转予于恤？　　　　　　为何调我上战场？

靡所止居。[2]　　　　　　没有定所远离家。

祈父！　　　　　　　　　大司马啊大司马！

予王之爪士。[3]　　　　　我是君王的卫士。

胡转予于恤？　　　　　　为何调我上战场？

靡所底止。[4]　　　　　　不能安居何日止。

祈父！　　　　　　　　　大司马啊大司马！

亶不聪。[5]　　　　　　　确实糊涂不聪明。

胡转予于恤？　　　　　　为何调我上战场？

有母之尸饔。[6]　　　　　老母亲自去劳作。

---

1 祈父：周代职掌封畿兵甲的高级武官，即大司马。予：为，是。爪牙：勇士，卫士。
2 胡：为什么。转：辗转，调动。予：我。恤：忧虑。此指可忧的战场。靡所：没有处所。止居：安居，定居。
3 爪士：卫士，禁卫军将士。
4 底止：停止，终结。
5 亶：实在，确实是。不聪：糊涂，昏庸。
6 尸饔：主管炊食劳作之事。尸，主持，主管。饔，熟食。郑玄笺曰："己从军，而母为父陈馔饮食之具，自伤不得供养也。"

这是一首周王朝的王都卫士斥责大司马的诗，卫士因外调战场而备尝离乡背井、无法奉养高堂的痛苦。诗凡三章，主人公"三呼而责之"，直抒胸臆，步步升级地倾泻了满腔怨恨之情。

白 驹

皎皎白驹， 毛色洁白小马驹，

食我场苗。[1] 吃我园中嫩豆苗。

絷^{zhí}之维之， 把它系住把它拴，

以永今朝。[2] 长留欢情到今朝。

所谓伊人， 让我牵挂的朋友，

于焉逍遥。[3] 你在何处独逍遥？

皎皎白驹， 毛色洁白小马驹，

食我场藿^{huò}。[4] 吃我园中嫩豆叶。

絷之维之， 把它系住把它拴，

以永今夕。[5] 长留欢情到今夜。

所谓伊人， 让我牵挂的朋友，

于焉嘉客。[6] 你在何处自怡悦？

1 皎皎：洁白光亮的样子。场：场圃，园圃。苗：豆苗。
2 絷：用绳子系住马足。维：拴，系。永：延长。今朝：今晨。
3 伊人：那个人，此指骑白驹的人。于焉：在何处。逍遥：优游自得，安闲自在。
4 藿：豆叶。
5 今夕：今晚，当晚。
6 嘉客：与"逍遥"同义。

皎皎白驹，
^{bēn}
贲然来思。⁷

毛色洁白小马驹，

马蹄嘚嘚跑得疾。

尔公尔侯，

逸豫无期。⁸

你是公爵还是侯，

为何安乐无尽期？

慎尔优游，

勉尔遁思。⁹

悠闲度日宜谨慎，

切勿避世图安逸！

皎皎白驹，

在彼空谷。¹⁰

毛色洁白小马驹，

在那幽静的山谷。

生刍一束，

其人如玉。¹¹

青青野草捆一束，

我的友人似美玉。

毋金玉尔音，

而有遐心。¹²

常捎音信别吝啬，

不要疏远离我去。

7 贲然：马快跑的样子。贲：通"奔"。思：语气助词，无实义。
8 尔：你。公、侯：古代爵位名。逸豫：安乐。
9 慎：慎重。优游：悠闲自得。勉：通"免"，打消。遁：隐遁，避世。
10 空谷：空旷幽深的山谷。
11 生刍：鲜草。其人：即伊人。如玉：美好品德如玉。
12 金玉：像金玉般珍贵和美好。音：音信。遐心：与人疏远之心。

这是一首主人留客惜别的诗，体现出主人殷勤好客的热情、真诚以及对友情的珍视。诗共四章，前三章写客未去而挽留，后一章写客已去而相忆。每章均以"白驹"起兴，"白驹"既为诗歌兴咏之物，又可作为诗中客人的坐骑。"絷之维之"，是主人苦心留客的方式。除了留客，主人还劝他放弃隐遁的念头，即使分离也要和他保持联系。主客依依不舍的真情溢于言表，令人感动。

黄 鸟

黄鸟黄鸟，　　　　　黄雀黄雀求求你，

无集于穀，　　　　　不要楮树上聚集，

无啄我粟。[1]　　　　不要啄食我小米。

此邦之人，　　　　　这个地方的人啊，

不我肯穀。[2]　　　　待人不善把我欺。

言旋言归，　　　　　回去回去莫迟疑，

复我邦族。[3]　　　　回到亲爱的故里。

黄鸟黄鸟，　　　　　黄雀黄雀求求你，

无集于桑，　　　　　不要桑树上聚集，

无啄我粱。　　　　　不要啄食高粱地。

1 黄鸟：黄雀。穀：楮树。

2 穀：善待。

3 言：语首助词，无实义。旋：回，归。复：返。邦族：邦国宗族。

此邦之人，　　　　　这个地方的人啊，

不可与明。⁴　　从不与人讲信义。

言旋言归，　　　　　回去回去莫迟疑，

复我诸兄。⁵　　回到故乡找兄弟。

黄鸟黄鸟，　　　　　黄雀黄雀求求你，

无集于栩，⁶　　不要柞树上聚集，

无啄我黍。　　　　　不要啄食我黄米。

此邦之人，　　　　　这个地方的人啊，

不可与处。⁷　　与他相处不适宜。

言旋言归，　　　　　回去回去莫迟疑，

复我诸父。⁸　　回我叔伯父那里。

4 明：通"盟"，讲信义。
5 诸兄：所有同宗之兄弟。
6 栩：柞树。
7 处：相处。
8 诸父：指伯父和叔父。

这是一首客居他乡者思归之歌。诗以"啄我粟""啄我粱""啄我黍"的黄鸟类比起兴，影射"不我肯穀""不可与明""不可与处"的"此邦之人"，体现了客居者在异乡遭遇与该国人互不理解、互不相容的状况，并由此产生了对故国的深切怀念和回归故国的想法。

穀

我行其野

我行其野，　　　　　　独自一人郊野行，
蔽芾其樗。^{fèi chū}　¹　臭椿枝叶茂生生。

昏姻之故，　　　　　　因为你我婚姻成，
言就尔居。²　　夫唱妇随居安宁。

尔不我畜，　　　　　　岂料无情不容我，
复我邦家。³　　只好返回母家中。

我行其野，　　　　　　独自一人郊野行，
言采其蓫。^{zhú}　⁴　采摘野蓫在手中。

昏姻之故，　　　　　　因为你我婚姻成，
言就尔宿。⁵　　夫唱妇随居安宁。

尔不我畜，　　　　　　岂料无情不容我，
言归斯复。⁶　　只好重回母家中。

1 蔽芾：草木茂盛的样子。樗：臭椿。
2 昏姻：即婚姻。言：语首助词，无实义。就：相从。
3 畜：养育。复：返。邦家：家乡。
4 蓫：草名，俗称羊蹄菜。
5 宿：居住。
6 归：此指大归，即妇女被夫家遗弃，永归母家。斯：语气助词，无实义。

樗

我行其野，　　　　　独自一人郊野行，

言采其葍。^{fú} ⁷　　无聊采摘野葍藤。

不思旧姻，　　　　　不念旧日夫妻情，

求尔新特。⁸　　　急急却把新妇迎。

成不以富，　　　　　并非她家真富殷，

亦祇以异。⁹　　　只因你早已变心！

7 葍：多年生蔓草。

8 旧姻：原先的配偶。新特：新的配偶。

9 成：通"诚"，确实。祇：只，仅仅。异：异心。

蓫

这是一首远嫁他乡的女子诉说被丈夫遗弃之后的悲愤和痛苦的诗。诗分三章，每章前二句，以"行其野"所遇"樗""蓫""葍"等恶木劣菜起兴，既呈现出空旷孤独的画面感，又暗示自己所嫁非人、为人所弃的痛苦心情。每章后四句，具体陈述被弃原因，情绪波动逐层升级，末章发展到高潮戛然而止，给人无限同情、惆怅和遗憾。

葍

斯 干

秩秩斯干，	涧水清清静淌流，
幽幽南山。[1]	南山风物好深幽。
如竹苞矣，	苍翠绿竹满涧沟，
如松茂矣。[2]	茂盛松柏立山头。
兄及弟矣，	同气连枝好兄弟，
式相好矣，	友好和睦乐悠悠，
无相犹矣。[3]	不要欺诈生怨尤。
似续妣祖，	继承祖先的功业，
筑室百堵，	盖起千百间房屋，
西南其户。[4]	向西向南开门户。
爰居爰处，	在此生活与相处，
爰笑爰语。[5]	有说有笑真欢愉。

1 秩秩：涧水清清流淌的样子。斯：此，这。干：涧。幽幽：深远的样子。南山：指终南山。
2 如：列举之词，有的意思。苞：茂盛。
3 式：句首语气助词，无实义。好：友好和睦。犹：欺诈。
4 似续：继承。似，通"嗣"。妣祖：先妣和先祖。百堵：众多的墙。户：门户。
5 爰：于是，在这里。

约之阁阁，

桷之橐橐。^{zhuó tuó tuó} ⁶

风雨攸除，

鸟鼠攸去，

君子攸芋。⁷

如跂斯翼，^{qǐ}

如矢斯棘，⁸

如鸟斯革，

如翚斯飞。^{huī} ⁹

君子攸跻。^{jī} ¹⁰

筑板捆得牢又齐，

夯声托托靠重击。

不怕刮风和雨袭，

麻雀老鼠也远离，

君子住着正相宜。

宫室端肃如人立，

檐角整饬似箭齐，

好似大鸟展双翼，

又似飞翔的锦鸡。

君子登临心欢喜。

6 约：缠束，环束。阁阁：扎缚牢固整齐的样子。桷：敲打，捶击。橐橐：拟声词，夯土声。

7 攸：语气助词，无实义。芋：通"宇"，居住。

8 跂：踮起脚跟。斯：语气助词。翼：端正严肃的样子。矢：箭头。棘：棱角整饬的样子。

9 革：翼，翅膀。翚：一种有五彩羽毛的雉。

10 跻：登，上升。

翬

殖殖其庭，　　　　　　　　　阶前庭院正又平，

有觉其楹。[11]　　　　　　　　廊间楹柱高且挺。

kuài kuài
哙哙其正，　　　　　　　　　白天房间敞又明，

huì huì
哕哕其冥。[12]　　　　　　　　夜晚宫室幽而静。

君子攸宁。　　　　　　　　　君子住着心安定。

guān diàn
下莞上簟，　　　　　　　　　莞席竹席铺得平，

乃安斯寝。[13]　　　　　　　　君子睡得很安宁。

乃寝乃兴，　　　　　　　　　早早睡下早早醒，

乃占我梦。[14]　　　　　　　　赶忙占卜我的梦。

吉梦维何？　　　　　　　　　做的好梦是什么？

pí
维熊维罴，　　　　　　　　　梦见黑熊和棕熊，

huǐ
维虺维蛇。[15]　　　　　　　　还有虺蛇令人惊。

11 殖殖：平正的样子。有：发语词，无实义。觉：高大而直的样子。楹：柱子。
12 哙哙：宽敞明亮的样子。正：白天。哕哕：深暗的样子。冥：夜晚。
13 莞：用莞草织的席子。簟：竹席。寝：睡觉。
14 兴：起床。占：占梦之吉凶。
15 维：是。罴：熊的一种，即棕熊，又叫马熊。虺：毒蛇。

莞

它

大人占之：　　　　　卜官占卜把梦解：

维熊维罴，　　　　　梦见熊罴很吉祥，

男子之祥；[16]　　　　预示生个好儿郎；

维虺维蛇，　　　　　梦见虺蛇也吉祥，

女子之祥。　　　　　预示生个好姑娘。

乃生男子，　　　　　如若生了个儿郎，

载寝之床，[17]　　　　就要让他睡在床，

载衣之裳，　　　　　给他穿上好衣裳，

载弄之璋。[18]　　　　让他玩耍白玉璋。

其泣喤喤，　　　　　他的哭声很洪亮，
（huánghuáng）

朱芾斯皇，　　　　　红色蔽膝亮堂堂，
（fú）

室家君王。[19]　　　　将是周室好君王。

16 大人：周代占梦之官。祥：吉祥的征兆。

17 乃：如果。载：则，就。寝：睡，卧。

18 衣：穿上。弄：玩耍，把玩。璋：古代的一种玉器，形状像半个圭。

19 喤喤：形容婴儿哭声洪亮。朱芾：红色蔽膝。斯皇：辉煌。室家：指家庭或家庭中的人。君王：诸侯，天子。

乃生女子，　　　　　　如若生了个姑娘，

载寝之地，　　　　　　地上铺好竹席睡，

载衣之裼，　　　　　　将她包在婴儿被，

载弄之瓦。[20]　　　　让她玩耍瓦纺锤。

无非无仪，　　　　　　穿着朴素性柔顺，

唯酒食是议。[21]　　　操持家务办好炊，

无父母诒罹。[22]　　　莫使父母受苦累。

20 裼：包婴儿的被子。瓦：陶质的纺线锤。
21 无非：没有文饰、文采。非，通"斐"。无仪：没有威仪。酒食：酒与饭菜。议：谋虑，操持。
22 诒：给予。罹：忧患，苦难。

这是一首祝贺周王宫室落成的诗。诗凡九章，大体可分为两个部分。第一至五章为第一部分，主要内容是对建筑本身的外形和建筑过程加以描写和赞美。依次描写了建筑环境、筑室因由、建筑情景、宫室外形及宫室本身。而且每章大体由物及人，写出了家庭和谐、礼敬祖先等文化内涵，显示出物、人互映的艺术表现力。第六至九章为第二部分，主要内容是对宫室主人的赞美和祝愿，即祝愿主人居此室后能寝安梦美、人丁兴旺。诗歌具体生动，层次分明，且具有较为深厚的周代建筑文化内涵。

蛇

无 羊

谁谓尔无羊？	谁说你家没有羊？
三百维群。[1]	三百一群数不清。
谁谓尔无牛？	谁说你家没有牛？
九十其犉。[2]	七尺大牛遍山陵。
尔羊来思，	你的羊群走来了，
其角濈濈。[3]	羊角簇立咩咩鸣。
尔牛来思，	你的牛群走来了，
其耳湿湿。[4]	耳朵摆动在聆听。
或降于阿，	有的牛羊下山冈，
或饮于池，	有的饮水在池旁，
或寝或讹。[5]	有的睡着有的狂。
尔牧来思，	你到这里来放牧，

1 三百：虚数，形容数量多。维：为，是。
2 九十：虚数，形容数量多。犉：七尺大牛。
3 思：语气助词，无实义。濈濈：聚集的样子。
4 湿湿：牛反刍时耳朵摇动的样子。
5 阿：大山陵，大土山。讹：通"吪"，行动，移动。

何蓑何笠，　　　　　　披蓑戴笠把雨防，

或负其糇。[6]　　　　有时身上背干粮。

三十维物，　　　　　　牛羊毛色几十样，

尔牲则具。[7]　　　　牺牲齐备品种良。

尔牧来思，　　　　　　你到这里来放牧，

以薪以蒸，　　　　　　边砍柴来边割草，

以雌以雄。[8]　　　　还射天上雌雄鸟。

尔羊来思，　　　　　　你的羊群走来了，

矜矜兢兢，　　　　　　强健伶俐往前跑，

不骞不崩。[9]　　　　不掉队儿不乱套。

麾之以肱，　　　　　　轻轻用手招一招，

毕来既升。[10]　　　全部跃奔上山腰。

6 何：通"荷"，披戴。或：有时。负：背。糇：干粮。
7 物：杂色牛。牲：牺牲，用以祭祀的牲畜。具：通"俱"，都，完全。
8 以：将，拿。薪：粗柴。蒸：细柴。雌、雄：指飞禽的雌雄。
9 矜矜：强健的样子。兢兢：强壮的样子。骞：亏损。崩：散乱。
10 麾：通"挥"。肱：胳膊。毕：全，都。既：完全，都。升：登。

牧人乃梦，   牧人夜里做个梦，

众维鱼矣，   梦见蝗虫化鱼群，

zhào   yú
旐维旟矣。[11]   旗上龟蛇变鹰隼。

大人占之：[12]   太卜解梦这样说：

众维鱼矣，   梦见蝗虫化鱼群，

实维丰年；   预兆丰年有粮囤；

旐维旟矣，   旗上龟蛇变鹰隼，

zhēnzhēn
室家溱溱。[13]   家旺人兴事事顺。

---

11 众：通"螽"，蝗虫。旐：画有龟蛇图案的旗。旟：画着鸟隼的军旗。

12 大人：周代占梦之官。

13 溱溱：盛多的样子。

这是一首描绘牧人放牧的诗，既歌咏了牛羊的繁盛，又表现了牧人的辛劳、娴熟的牧技和美好的愿望。诗凡四章，第一章概述牛羊之繁盛，劈头即作惊人之语，以连续两个反诘开篇，突出了本诗的主题。下面四句则以远望之景，巧妙地选择了牛羊最富特征的耳和角，点染出牛羊遍地、一望无际的繁盛景象。第二、三章集中描摹牛羊的静动之态和牧人的牧技。第二章既描绘出牛羊或散步或饮水或卧或醒的静穆和谐的安详境界，及会合奔聚、竞相登高、强壮遒劲的喧嚣躁动境界；又以牛羊之驯顺与强壮，侧面赞颂牧人技艺之高超。人畜浑融，形成一个和谐的整体。末章以牧人的幻梦，寄诗人之祝祷，即岁稔年丰、人丁兴旺的美好祈愿。诗境由实化虚，笔法高妙无痕。

牛

节南山

节彼南山，	高峻巍峨终南山，
维石岩岩。[1]	重岩叠嶂危峰立。
赫赫师尹，	声名赫赫尹太师，
民具尔瞻。[2]	人人都在看着你。
忧心如惔，	满心忧虑似火烧，
不敢戏谈。[3]	谁也不敢随口提。
国既卒斩，	国运已衰将要绝，
何用不监！[4]	为何监察不得力！
节彼南山，	高峻巍峨终南山，
有实其猗。[5]	峰峦雄伟又壮阔。
赫赫师尹，	声名赫赫尹太师，
不平谓何！[6]	执政不公是为何！

（惔 tán）

1 节：高峻的样子。南山：指终南山。岩岩：高大，高耸。
2 赫赫：显赫盛大的样子。师尹：指周太师尹氏。具：通"俱"，都。瞻：视，望。
3 惔：火烧。戏谈：嬉笑言谈。
4 卒：尽，完全。斩：断绝。何用：为什么。监：监督，察看督促。
5 有实：实实，广大的样子。猗：同"阿"，山坡。
6 谓何：为何。

天方荐瘥，
cuó

丧乱弘多。⁷

民言无嘉，

憯莫惩嗟！⁸
cǎn

上天屡次降灾祸，

死丧祸乱实在多。

百姓议论口碑差，

竟然未被惩戒过！

尹氏大师，

维周之氐。⁹
dǐ

秉国之均，

四方是维。¹⁰

天子是毗，
pí

俾民不迷。¹¹
bǐ

不吊昊天，
hào

不宜空我师！¹²

赫赫有名尹太师，

应是周邦的砥柱。

执掌朝政的中枢，

四方水土你监督。

天子由你来辅助，

使我百姓不迷途。

上天实在不仁慈，

让我百姓受荼毒！

7 荐：屡次，一再。瘥：疾病瘟疫。弘多：很多。
8 民言：人民的议论。嘉：善。憯：曾，乃，此指竟然。惩：儆戒。嗟：语尾助词，无
实义。
9 大：太。氐：根本。
10 秉：执掌。均：同"钧"，一种制造陶器所用的转轮，又称"陶旋轮"。维：维持，
维系。
11 毗：辅助。俾：使。迷：迷惑。
12 不吊：不仁，不淑。昊天：苍天。空：穷。师：众民。

弗躬弗亲，　　　　　　　　政事从不亲过问，

庶民弗信。[13]　　　　　　百姓对你不相信。

弗问弗仕，　　　　　　　　不咨耆老不聘少，

勿罔君子？[14]　　　　　　岂不蒙蔽君子们？

式夷式已，　　　　　　　　铲除制止要趁早，

无小人殆。[15]　　　　　　避免小人起祸因。

琐琐姻亚，　　　　　　　　猥琐平庸的姻亲，

则无膴仕。[16]　　　　　　不该偏袒委重任！

昊天不傭，　　　　　　　　老天真是不公平，

降此鞠讻！[17]　　　　　　降下如此大祸乱！

昊天不惠，　　　　　　　　老天真是不仁惠，

降此大戾！[18]　　　　　　降下如此大灾难！

君子如届，　　　　　　　　君子如果能执政，

俾民心阕。[19]　　　　　　民愤平息人心安。

13 躬、亲：亲自做事。

14 问：咨询。仕：任用。罔：欺骗，蒙蔽。

15 夷：平除，铲除。已：停止，废止。殆：危殆。

16 琐琐：形容人品卑微、平庸、渺小。姻亚：有婚姻关系的亲戚。膴仕：高官厚禄。膴，厚。

17 傭：均，公平。鞠讻：极大的灾祸。讻，祸乱。

18 惠：仁惠。大戾：大恶。

19 届：至，到。阕：止息、终了。

君子如夷，　　　　　君子如果被排除，

恶怒是违。[20]　　　　反抗怒火处处燃。

不吊昊天，　　　　　上天实在不仁慈，

乱靡有定。[21]　　　　祸乱不息未平定。

式月斯生，　　　　　摧残生灵害百姓，

俾民不宁。[22]　　　　使得人民不安宁。

忧心如酲，　　　　　忧心忡忡如酒病，
　　chéng

谁秉国成？[23]　　　谁来执掌政权柄？

不自为政，　　　　　若不亲自掌朝政，

卒劳百姓。[24]　　　　苦的还是老百姓。

驾彼四牡，　　　　　驾起四匹大公马，

四牡项领。[25]　　　　马儿高大颈脖粗。

我瞻四方，　　　　　东南西北举目望，
　cù cù

蹙蹙靡所骋！[26]　　无处驰骋太局促！

20 夷：平除，铲除。违：违抗，反抗。
21 定：止息。
22 式：乃。月：通"刖"，折断，扼杀。生：众生。
23 酲：酒醒后神志不清有如患病的感觉。国成：国家政务的权柄。
24 卒：通"瘁"，劳累，憔悴。
25 牡：公牛。项：肥大。领：颈项。
26 蹙蹙：局促不舒展。骋：驰骋。

方茂尔恶，　　　　　　当你怨怒正盛时，

相尔矛矣。²⁷　　　　　眼瞅长矛似迎敌。

既夷既怿，　　　　　　怒火已息嗔作喜，

如相酬矣。²⁸　　　　　互相劝酒惺惺惜。

昊天不平，　　　　　　老天真是不公平，

我王不宁。　　　　　　使我君王心烦乱。

不惩其心，　　　　　　邪心没有被惩戒，

覆怨其正。²⁹　　　　　劝谏正言反遭怨。

家父作诵，　　　　　　今日家父作诗篇，

以究王讻。³⁰　　　　　追究王朝祸乱因。

式讹尔心，　　　　　　如能感化君王心，

以畜万邦。³¹　　　　　治理万民得安宁。

27 方：正值。茂：盛。恶：憎恶。相：注视。矛：长矛。

28 夷：心平气和。怿：喜悦。酬：劝酒。

29 惩：惩戒，止。覆：反。正：劝谏的正言。

30 家父：作者自呼其名，周大夫。诵：诗歌。究：穷究，追究。

31 式：语音助词，无实义。讹：改变，感化。畜：养。万邦：所有诸侯封国。

这是一首讽刺太师尹氏执政的诗，抒发了诗人强烈的责怨之情。诗凡十章，共分为三层。首二章为第一层，以"南山"起兴，象征权臣尹氏，指斥尹氏不仁且为政不平，终致民望尽失，天人交怨。第三到第六章为第二层，进一步点明尹氏身居高官显位，不亲身理政而委之姻亲，加之天降穷极之乱，而使人民双重遭殃。第七至十章为第三层，言诗人驾车避难，颠沛流离却无处可往，遂将离乱之苦，归咎于统治者内部矛盾所致，决心勇作诵，成此檄文，垂诚后人。

正 月

正月繁霜，	浓霜降在六月中，
我心忧伤。¹	天气异常忧忡忡。
民之讹言，	民间已经流言起，
亦孔之将。²	沸沸扬扬正闹腾。
念我独兮，	独我一人忧国事，
忧心京京。³	忧思深广何日终？
哀我小心，	胆小怕事令我哀，
癙忧以痒。⁴	忧愁成病憔悴容。

shǔ

父母生我，	父母既然生育我，
胡俾我瘉？⁵	为何使我尽受苦？
不自我先，	我生不早也不晚，
不自我后。	恰逢乱世真无福。
好言自口，	好话出自他的口，

bǐ yù

1 正月：夏历四月，周历六月。繁霜：浓霜。
2 讹言：流言，假话。孔：很。将：大，盛。
3 独：独自为国事忧伤。京京：忧愁不绝的样子。
4 小心：畏忌，顾虑。癙忧：郁闷忧愁。痒：病。
5 胡：为何。俾：使。瘉：病，此指灾难，祸患。

莠言自口。⁶　　　　　坏话也从他口出。

忧心愈愈，　　　　　　　忧思深广神恍惚，

是以有侮。⁷　　　　　因此常常受欺侮。

^{qióngqióng}
忧心惸惸，　　　　　　　忧愁郁闷好孤独，

念我无禄。⁸　　　　　不幸的我命真苦。

民之无辜，　　　　　　　平民百姓更无辜，

并其臣仆。⁹　　　　　都被抓来当奴仆。

哀我人斯，　　　　　　　哀叹我们这些人，

于何从禄？¹⁰　　　　　该在哪里领俸禄？

瞻乌爰止，　　　　　　　看那乌鸦要栖息，

于谁之屋？¹¹　　　　　不知落在谁家屋？

瞻彼中林，　　　　　　　远望那边树林中，

侯薪侯蒸。¹²　　　　　粗细柴草密丛丛。

6 莠言：丑恶之言，坏话。
7 愈愈：忧惧很深。是以：因此。有侮：受人欺侮。
8 惸惸：忧愁而无人理解的样子。无禄：不幸。
9 并：皆。臣仆：奴隶，俘虏。
10 斯：语尾助词，无实义。于：在。从：就。禄：官吏的俸给。
11 瞻：看。爰：语气助词，有"之"的作用。止：止息。于：在。
12 中林：林中。侯：语气助词，无实义。薪：粗柴。蒸：细柴。

民今方殆，　　　　　　　百姓正处危难中，

视天梦梦。[13]　　　　　上天作哑又装聋。

既克有定，　　　　　　　如果天命已确定，

靡人弗胜。[14]　　　　　没人抗拒应服从。

有皇上帝，　　　　　　　伟大光明的天帝，

伊谁云憎！[15]　　　　　恨意究竟对谁冲！

谓山盖卑，　　　　　　　人说山丘矮又平，

为冈为陵。[16]　　　　　实为高山与峻岭。

民之讹言，　　　　　　　民间已经流言起，

宁莫之惩！[17]　　　　　无人制止任横行！

召彼故老，　　　　　　　征召旧臣与元老，

讯之占梦。[18]　　　　　再向卜官问吉凶。

具曰予圣，　　　　　　　人人自夸最高明，

谁知乌之雌雄！[19]　　　乌鸦雌雄谁分清！

13 殆：危险。梦梦：昏乱，不明。

14 既：终。克：能。定：确定。靡：无。弗：不。

15 有皇：光明伟大。伊：发语词。云：句中助词。憎：憎恨。

16 谓：说。盖：通"盍"，何，怎么。

17 宁：乃。惩：制止，惩戒。

18 故老：元老，旧臣。讯：问。占梦：占梦之官。

19 具：通"俱"，都。予圣：自以为圣人，谓自夸高明。

谓天盖高？	谁说苍天高又邈？
不敢不局。[20]	只敢低头又弯腰。
谓地盖厚？	谁说大地深且厚？
不敢不蹐。[21]	只敢小步蹐手脚。
维号斯言，	高声喊出这些话，
有伦有脊。[22]	句句在理识见高。
哀今之人，	哀叹当今世上人，
胡为虺蜴？[23]	何似蛇蝎将人咬？
瞻彼阪田，	远远望那坡上田，
有菀其特。[24]	禾苗茂盛异平常。
天之抗我，	老天这样折磨我，
如不我克。[25]	唯恐不能将我降。

20 局：弯曲不伸。
21 蹐：走小碎步。
22 维：发语词。号：号叫，呼喊。伦、脊：道理，条理。
23 虺蜴：毒蛇和蜥蜴。
24 阪田：山坡上的田。菀：茂盛的样子。特：不平常的，超出一般的。
25 抗：折磨。如：唯恐。克：压倒，制伏。

彼求我则，　　　　　周王当初访求我，

如不我得。²⁶　　　唯恐推辞入庙廊。

执我仇仇，　　　　　得到却又轻慢我，

亦不我力。²⁷　　　并不重用晾一旁。

心之忧矣，　　　　　我心忧伤无处说，

如或结之。²⁸　　　如绳打结不得解。

今兹之正，　　　　　试看当今的朝政，

胡然厉矣！²⁹　　　为何这样的暴虐！

燎之方扬，　　　　　熊熊野火正炽盛，

宁或灭之？³⁰　　　难道有谁能扑灭？

赫赫宗周，　　　　　盛大显赫的西周，

褒姒威之！³¹　　　因为褒姒国运绝！

26 彼：指周王。则：语尾助词，无实义。
27 仇仇：缓持，形容拿东西不用力的样子。不我力：不重用我。
28 或：有人。结：打结。
29 正：通"政"。胡然：为何。厉：暴虐。
30 燎：放火烧草木。扬：炽盛。宁：岂。或：有人。
31 宗周：西周王朝。威："灭"的古字，灭亡。

终其永怀，　　　　　　忧伤既已深且长，

又窘阴雨。³²　　　　又逢阴雨处境窘。

其车既载，　　　　　　货物已经装满厢，

乃弃尔辅。³³　　　　竟把厢板全抽光。

载输尔载，　　　　　　等到货物掉下来，

将伯助予。³⁴　　　　才叫大哥帮帮忙！

无弃尔辅，　　　　　　车厢板子不能弃，

yún
员于尔辐。³⁵　　　　车轮辐条要增益。

屡顾尔仆，　　　　　　经常照顾你车夫，

不输尔载。³⁶　　　　莫使货物掉落地。

终逾绝险，　　　　　　终于度过极险处，

曾是不意！³⁷　　　　你竟丝毫不在意！

32 终：既。永怀：深忧。窘：困。
33 辅：车厢板。
34 载：第一个"载"为语气助词，第二个"载"为所运载的货物。输：掉下来。将：
请。伯：排行大的人，大哥。
35 员：增益。辐：插入轮毂以支撑轮圈的细条。
36 顾：照顾。仆：车夫。
37 终：终于。逾：越过。绝险：极险之处。曾：竟。不意：不在意，不放在心上。

鱼在于沼，　　　　　　群鱼虽在池中游，

亦匪克乐。[38]　　　　也不快乐和无忧。

潜虽伏矣，　　　　　　即使潜藏深水中，

亦孔之炤。[39]　　　　水清照样入眼眸。

忧心惨惨，　　　　　　忧思满怀心不安，

念国之为虐。[40]　　　国政暴虐使人愁。

彼有旨酒，　　　　　　他有香甜的美酒，

又有嘉殽。[41]　　　　又摆美味的嘉肴。

洽比其邻，　　　　　　朋党会聚多融洽，

昏姻孔云。[42]　　　　姻亲裙带乐陶陶。

念我独兮，　　　　　　想我孤独无依靠，

忧心殷殷。[43]　　　　阵阵心痛似刀绞。

38 匪：非。克：能。

39 孔：很。炤：同"昭"，明显。

40 惨惨：忧虑不安。虐：暴虐。

41 旨酒：美酒。嘉殽：美味的菜肴。殽，同"肴"。

42 洽比：融洽，亲近。邻：亲近的、同一类型的人。昏姻：姻戚关系。云：亲近，和乐。

43 殷殷：心痛的样子。

佌佌彼有屋，　　　　　卑劣小人有华屋，

薪薪方有谷。[44]　　　庸陋之徒有好谷。

民今之无禄，　　　　　当今百姓不幸福，

天夭是椓。[45]　　　　天降灾祸命真苦。

哿矣富人，　　　　　　富人快乐又舒服，

哀此惸独！[46]　　　　哀叹穷人太孤独！

44 佌佌：卑微渺小的样子。薪薪：猥琐丑陋的样子。

45 天夭：天所伤害。椓：毁坏，伤害。

46 哿：欢乐。惸独：孤苦伶仃的人。

这是一首政治怨刺诗。诗歌既抒写了一位失意官吏忧国哀民、愤世疾邪的情怀，又展示了西周末年政治的黑暗、贫富的对立和统治阶级内部的矛盾。诗凡十三章，将抒情主人公在霜降异时、谣言四起、国家危在旦夕、百姓无辜受害、当权者昏庸享乐、自己却无能为力之时的忧伤、孤独、愤懑情绪——宣泄出来，很有感染力。

蜴

十月之交

十月之交，	十月时令已来到，
朔月辛卯。[1]	初一这天是辛卯。
日有食之，	天上突然现日食，
亦孔之丑。[2]	这是很大的凶兆。
彼月而微，	那次月亮昏无光，
此日而微。[3]	这次太阳光亮消。
今此下民，	如今天下老百姓，
亦孔之哀。	无比恐惧悲哀号。
日月告凶，	日月预示大凶兆，
不用其行。[4]	已改原来轨道行。
四国无政，	普天之下政无方，
不用其良。[5]	也因不用忠良臣。
彼月而食，	上次月食昏无兆，

1 交：开始进入。朔月：月朔，初一。
2 有：又。丑：恶。古人迷信，认为日食、月食是不祥之兆。
3 微：不明，昏暗。
4 告凶：预告凶兆。行：轨道，规律。
5 四国：四方，天下。无政：治政无方，没有政绩。良：忠良。

则维其常。⁶　　　　　还是常见的情景。

此日而食，　　　　　这次太阳光亮消，

于何不臧！⁷　　　　　奈何灾祸正降临！

^{yè yè}
烨烨震电，　　　　　电光闪烁雷轰鸣，

不宁不令。⁸　　　　　政治黑暗民不宁。

百川沸腾，　　　　　大小江河洪波涌，

^{zú}
山冢崒崩。⁹　　　　　高山倒塌碎石倾。

高岸为谷，　　　　　险峻山崖变深谷，

深谷为陵。¹⁰　　　　　幽幽深谷成丘陵。

哀今之人，　　　　　可叹今天这些人，

^{cǎn}
胡憯莫惩！¹¹　　　　　何不制止这暴政！

6 维：是。
7 于何：奈何。臧：善，好。
8 烨烨：明亮，灿烂，鲜明。震：雷。电：闪电。宁：安。令：善。
9 山冢：山顶。崒崩：倒塌，崒，通"碎"。
10 高岸：高峻的山崖。
11 胡憯：为何。憯，曾。惩：戒止。

皇父卿士，　　　　　　　堂堂皇父是卿士，

番维司徒，¹²　　　　　番氏官职为司徒，

家伯维宰，　　　　　　　家伯担任王冢宰，

仲允膳夫，¹³　　　　　仲允之职是膳夫，

^{zōu}
棸子内史，　　　　　　　棸子担任内史官，

^{guì}
蹶维趣马，　　　　　　　蹶氏任职趣马处，

^{Jǔ}
楀维师氏，¹⁴　　　　　楀氏掌教官师氏，

艳妻煽方处。¹⁵　　　　褒姒势炽众人趋。

抑此皇父，　　　　　　　哎呀哎呀这皇父，

岂曰不时？¹⁶　　　　　难道真不识时务？

胡为我作，　　　　　　　为何派我服劳役，

不即我谋！¹⁷　　　　　不来商量真可恶！

彻我墙屋，　　　　　　　拆毁我家墙和屋，

---

12 皇父：周幽王时的卿士、宠臣。卿士：六卿之长，总管王朝政事。维：是。司徒：六卿之一，掌管土地和人口。

13 宰：冢宰，太宰的别称，原为掌管王家财务及宫内事务的官。膳夫：掌管周王食饮膳羞的官。

14 棸：姓。内史：担任人事、司法的长官。蹶：姓。趣马：管马的官。楀：姓。师氏：掌管辅导王室、教育贵族子弟以及朝仪得失之事的官。

15 艳妻：特指周幽王的宠妃褒姒。煽：炽盛。方：并，并列。处：居，居其位。

16 抑：通"噫"，叹词。岂：难道。不时：不使民以时。

17 胡为：为何。作：服役劳作。即：就，到。谋：商量。

田卒污莱。^{lái}18　　　　　水淹草长田荒芜。

曰予不戕，^{qiāng}　　　　　却说不是我害你，

礼则然矣。19　　　　　礼法如此不含糊。

皇父孔圣，　　　　　皇父手段好高明，

作都于向。20　　　　　要在向邑建都城。

择三有事，　　　　　选择亲信做三卿，

亶侯多藏。^{dǎn}21　　　　钱财确实难数清。

不慭遗一老，^{yìn}　　　　旧臣不肯留一名，

俾守我王。22　　　　　使他卫王在朝廷。

择有车马，　　　　　选择富豪车马乘，

以居徂向。^{cú}23　　　　迁居向邑起行程。

黾勉从事，^{mǐn}　　　　竭尽全力做公事，

不敢告劳。24　　　　　不敢向人诉劳苦。

---

18 彻：拆毁，拆下。卒：尽，完全。污：停积不流的水。莱：田中生草，荒芜。
19 戕：残害，毁坏。
20 圣：圣明，高明。向：地名。在今河南济源市南。
21 有事：有司。即司空、司马、司徒。亶：实在，诚然，信然。侯：维，是。多藏：藏有很多钱财。
22 慭：愿意，肯。遗：留。老：旧臣。俾：使。守：守卫。
23 有车马：有车有马的富豪。徂：往，到。
24 黾勉：勉力，努力。告劳：向别人诉说自己的劳苦。

无罪无辜，	我本无罪又无辜，
谗口嚣嚣。²⁵	众口谗言将我诬。
下民之孽，	百姓遭受大灾难，
匪降自天。²⁶	不是老天太狠毒。
噂沓背憎，	当面谈笑背后恨，
职竞由人。²⁷	罪责应由小人负。
悠悠我里，	我的忧伤深且长，
亦孔之痗。²⁸	日积月累成病恙。
四方有羡，	四方之人多富裕，
我独居忧。²⁹	唯我独居多忧伤。
民莫不逸，	人们生活都安逸，
我独不敢休。³⁰	独我辛苦劳作忙。
天命不彻，	天道无常难预料，
我不敢效我友自逸。³¹	不效我友享安康。

óo óo（谗口嚣嚣处）
niè（孽处）
zǔn（噂处）
mèi（痗处）

25 谗口：说坏话的嘴，谗人。嚣嚣：众口谗毁的样子。
26 孽：灾害。
27 噂沓：议论纷纷。背憎：背地里憎恨。职竞：专事竞逐。
28 悠悠：形容忧伤。里：通"悝"，忧伤。孔：很。痗：病，忧思成病。
29 羡：富余，足够而多余。居：处。
30 逸：安逸快乐。
31 不彻：不循常道。效：仿效。自逸：身心安适。

这是一首讽刺幽王无道、奸臣弄权，以致灾异频生、人民受难、无辜者受迫害的政治怨刺诗。诗凡八章，分作三层。前三章为第一层，诗人描绘出一幅日食、月食、地震迭现的巨大灾变图，诗人在震惊、恐慌之余认为这是上天对人类的警示。第四至六章为第二层，列举了当今执政者皇父诸党强抓丁役、搜括民财、扰民害民等斑斑罪行。最后二章为第三层，申明自己在天灾人祸面前的立身态度。

雨无正

浩浩昊天，　　　　　苍天无边广大，

不骏其德。[1]　　　　施德并不久长。

降丧饥馑，　　　　　降下死亡饥荒，

斩伐四国。[2]　　　　残害天下四方。

旻天疾威，　　　　　苍天威虐暴戾，

弗虑弗图。[3]　　　　不加考虑思量。

舍彼有罪，　　　　　放过罪犯不管，

既伏其辜。[4]　　　　包庇欺瞒罪状。

若此无罪，　　　　　无罪之人善良，

沦胥以铺。[5]　　　　相率牵连遭殃。
_{xū}

周宗既灭，　　　　　宗周已经灭亡，

靡所止戾。[6]　　　　安居没有地方。

正大夫离居，　　　　上卿各自散处，

---

1 浩浩：广大无际的样子。昊天：苍天。骏：长，常。
2 丧：死亡。斩伐：残害。四国：四方、天下。
3 疾威：暴虐，威虐。虑：考虑。图：思量，打算。
4 既：尽。伏：隐藏。辜：罪。
5 沦胥：相率牵连。铺：通"痛"，病苦。
6 周宗：即宗周，指镐京。止戾：安居。

莫知我勚。⁷　　　　　无人知我辛忙。

三事大夫，　　　　　三公虽然还在，

莫肯夙夜。⁸　　　　　不肯日夜佐王。

邦君诸侯，　　　　　四方封邦君侯，

莫肯朝夕。⁹　　　　　不肯早晚相帮。

庶曰式臧，　　　　　希望政令变好，

覆出为恶。¹⁰　　　　　反而更加荒唐。

如何昊天！　　　　　奈何如此苍天！

辟言不信。¹¹　　　　　法度之言不信。

如彼行迈，　　　　　好比一人远行，

则靡所臻。¹²　　　　　没有目的前进。

凡百君子，　　　　　所有百官群臣，

各敬尔身。¹³　　　　　各自谨慎保身。

7 正大夫：上卿，上大夫。离居：散处，分居。勚：劳苦。
8 三事：指三公（太师、太傅、太保）。夙夜：早晚，指早起晚归，日夜操劳。
9 邦君：封国之君。
10 庶：希望。式：语音助词。臧：善，好。覆：反而。
11 辟言：合乎法度的言论。
12 行迈：行走不止，远行。臻：至，到达。
13 君子：指群臣百官。敬：谨慎。

胡不相畏，　　　　　　为何不相畏敬，

不畏于天？　　　　　　不畏天命神灵？

戎成不退，　　　　　　兵灾难以消退，

饥成不遂。¹⁴　　　饥荒严重战溃。

曾我<sup xie>䜏御，　　　　为何我这近侍，

^{cǎn cǎn}憯憯日瘁。¹⁵　日日忧伤憔悴。

凡百君子，　　　　　　所有百官群臣，

莫肯用讯。¹⁶　　　不肯忠言劝告。

听言则答，　　　　　　顺耳谀词进荐，

^{zèn}谮言则退。¹⁷　逆耳忠言废退。

哀哉不能言，　　　　　悲哀忠言难进，

匪舌是出，　　　　　　不是口舌拙笨，

维躬是瘁。¹⁸　　　是我憔悴多病。

14 戎：战争。遂：成功，顺利。
15 䜏御：近侍。憯憯：忧愁的样子。瘁：憔悴，枯槁。
16 讯：劝告，告诉。
17 听言：顺言，顺从之言。答：进用。谮言：本指谗言，此指谏言。退：斥退。
18 出：通"拙"，笨拙。躬：亲身，自身。

哿^{gē}矣能言，　　　　　能言博取欢心，

巧言如流，　　　　　巧言如水流奔，

俾躬处休。¹⁹　　　　　使己享福蒙恩。

维曰于仕，　　　　　要说出去做官，

孔棘且殆。²⁰　　　　　国事非常危急。

云不可使，　　　　　如说政令不行，

得罪于天子。²¹　　　就会得罪天子。

亦云可使，　　　　　如说政令可行，

怨及朋友。　　　　　又遭朋友怨弃。

谓尔迁于王都，　　　劝你迁回王都，

曰予未有室家。²²　　你说没有家住。

鼠思泣血，　　　　　忧至泪尽血出，

无言不疾。²³　　　　　说话遭人嫉妒。

昔尔出居，　　　　　当初你们离居，

谁从作尔室？²⁴　　　是谁营造房屋？

19 哿：快乐。休：吉庆，福禄。
20 于仕：前去做官。于，往。棘：通"亟"，急切，急迫。殆：危险。
21 使：从。
22 尔：指正大夫、三事大夫。室家：家室，家业。
23 鼠思：忧思。泣血：泪尽血出，形容极度悲伤。疾：恨。
24 出居：离居，离开王都到别地去。从：随从。作：营造。

这是一首侍御小臣讽刺幽王昏庸、群臣误国的诗。诗凡七章，第一章埋怨天命靡常，致使灾难降临。第二至四章揭示导致灾难的原因：执事大臣或苟且偷安，或花言巧语，国王信谗拒谏、是非不分。第五至六章写诗人面对昏君乱世不知所措的处境和苦恼悲哀的心情。诗歌采用直接咏叹的方式，层层揭示，感情真挚，满腔忧愤令人感喟不已。

小旻 (mín)

旻天疾威，	老天暴虐又凶残，
敷于下土。[1]	灾难遍布在人间。
谋犹回遹(yù)，	朝廷政策都邪僻，
何日斯沮。[2]	哪天停止不再宣？
谋臧不从，	善谋良策不被用，
不臧覆用。[3]	歪门邪道反称贤。
我视谋犹，	我看现在的朝政，
亦孔之邛(qióng)。[4]	弊病太多无人砭。
潝潝(xī xī)訿訿(zǐ zǐ)，	是非不分真可悲，
亦孔之哀。[5]	阳奉阴违更可哀。
谋之其臧，	善谋良策提上来，
则具是违。[6]	百般刁难不理睬。
谋之不臧，	错误主张提上来，

1 旻天：老天，苍天。疾威：暴虐，威虐。敷：布。下土：人间。
2 谋犹：计谋，谋略。犹，通"猷"。回遹：邪僻。斯：语气助词。沮：阻止。
3 臧：好，善。覆：反而。
4 邛：病。
5 潝潝：形容众口附和。訿訿：毁谤。
6 具：通"俱"，全，都。违：违反，违背。

则具是依。[7]　　　　全部依从即出台。

我视谋犹，　　　　　我看现在的朝政，

伊于胡厎。[8]　　　　结局如何不难猜。

我龟既厌，　　　　　频繁占卜灵龟厌，

不我告犹。[9]　　　　政策吉凶不相告。

谋夫孔多，　　　　　谋臣策士虽然多，

是用不集。[10]　　　　终因空谈不牢靠。

发言盈庭，　　　　　发言的人满庭中，

谁敢执其咎！[11]　　　哪个敢把罪责挑！

如匪行迈谋，　　　　就像远行问路人，

是用不得于道。[12]　　因此目的难达到。

7 依：依从。
8 伊：发语词，无实义。厎：至，地步。
9 龟：占卜用的龟甲。厌：厌恶，厌烦。犹：吉凶之词。
10 谋夫：计谋之士。集：成功。
11 执：承担，担当。咎：罪责。
12 匪：通"彼"。行迈：远行。是用：是以。不得于道：达不到目的。

哀哉为犹，　　　　　　　可叹执政没头脑，

匪先民是程，　　　　　　古圣先贤不仿效，

匪大犹是经。[13]　　　　常规大道不遵从。

维迩言是听，　　　　　　只爱听那亲信话，

维迩言是争。[14]　　　　为此争斗闹哄哄。

如彼筑室于道谋，　　　　就像造屋问路人，

是用不溃于成。[15]　　　很难顺利与成功。

国虽靡止，　　　　　　　国家面积虽然小，

或圣或否。[16]　　　　　也有圣人与凡俗。

民虽靡膴，　　　　　　　人民数量虽然少，

或哲或谋，　　　　　　　有的明智谋略高，

或肃或艾。[17]　　　　　有的恭谨办事熟。

13 为：掌握，制定。匪：非。先民：古人。程：效法。大犹：大道，正道。经：经营。
14 迩言：浅近的话或左右亲信的话。
15 溃：通“遂”，顺利，成功。
16 止：至。圣：圣人。否：平常人。
17 膴：盛，多。哲：明智。谋：灵敏，有智谋。肃：恭谨，严肃。艾：治理，指办事能力强。

如彼泉流，　　　　　像那流动的清泉，

无沦胥以败。[18]　　不让污浊变陈腐。

不敢暴虎，　　　　　不敢空手搏老虎，

不敢冯河。[19]　　　不敢徒步河中行。
　　^{píng}

人知其一，　　　　　人们只知这危险，

莫知其他。[20]　　　不知其他祸患临。

战战兢兢，　　　　　畏惧谨慎我心惊

如临深渊，　　　　　像面对万丈深渊，

如履薄冰。　　　　　像脚踩一层薄冰。

18 沦胥：相率牵连。
19 暴虎：空手和老虎搏斗。冯河：徒步涉水渡河。
20 其他：指种种丧国亡家的祸患。

这是一首揭露周王重用邪僻之徒而致使朝政日非的诗，表达了作者愤恨朝政黑暗腐败而又忧国忧时的思想感情。诗凡六章，前四章着重写周王谋策的错误，从王惑于邪谋、不从善言；小人谋策苟合相诋；谋夫空谈不见成效；谋策违反先民大道而唯听浅言，因而政事不成、暴虐人民等方面揭露谋策的错误及其所造成的危害。第五章写面对危局，盼望国王任用贤能，希望圣哲智谋保持清明，不要相率同污。第六章指出邪政导致的恶果：形势危急，令人战栗，暗期周王临崖勒马，改弦易辙。全诗结构紧扣主题，层次清晰，还运用了一系列对比句、比喻句，增强其说理的鲜明性、形象性。

小 宛

宛彼鸣鸠，	看那小小斑鸠鸟，
翰飞戾天。[1]	一飞飞到高空上。
我心忧伤，	我的心里好忧伤，
念昔先人。[2]	怀思祖先泪汪汪。
明发不寐，	辗转反侧到天亮，
有怀二人。[3]	思念父母欲断肠。
人之齐圣，	那些聪明睿智人，
饮酒温克。[4]	饮酒温和又恭敬。
彼昏不知，	那些愚昧无知人，
壹醉日富。[5]	群饮沉醉更骄横。
各敬尔仪，	各自谨慎重仪容，
天命不又。[6]	天命已去难再逢。

1 宛：小。鸣鸠：即斑鸠。翰飞：高飞。戾：至。
2 先人：祖先。
3 明发：黎明，平明。有：通"又"。二人：父母。
4 齐圣：聪明睿智。温克：指醉酒后能蕴藉自持，仍保持温和恭敬的仪态。
5 昏不知：愚昧无知的庸人。壹：语气助词，无实义。日富：日益骄横自满。
6 敬：警诫，戒慎。仪：威仪，容貌举止。又：再。

鳴鳩

中原有菽，　　　　　原野之中有豆苗，

庶民采之。[7]　　　　人们采来充饥饱。

螟蛉有子，　　　　　螟蛉产下了幼子，

蜾蠃负之。[8]　　　　蜾蠃把它当子抱。

教诲尔子，　　　　　你们孩子我来教，

式榖似之。[9]　　　　祖先善德继承好。

题彼脊令，　　　　　看那小小鹡鸰鸟，

载飞载鸣。[10]　　　　一边飞来一边叫。

我日斯迈，　　　　　我是天天在外跑，

而月斯征。[11]　　　　你也月月都辛劳。

夙兴夜寐，　　　　　起早贪黑不停歇，

毋忝尔所生！[12]　　　祖辈英名要守牢！

---

7 中原：原中。菽：豆。
8 螟蛉：螟蛾的幼虫。蜾蠃：寄生蜂的一种，腰细，体青黑色，常捕捉螟蛉等害虫，为其幼虫的食物，古人误以为是蜾蠃代养螟蛉幼虫，故称人之养子为"螟蛉"或"螟蛉之子"。负：背。
9 式：发语词。榖：善。似：通"嗣"，继承。
10 题：通"谛"，视。脊令：即鹡鸰，水鸟名。载：词缀，嵌在动词前边。
11 日、月：日日，月月。斯：乃，则。迈、征：远行，行役。而：你们。
12 忝：辱，有愧于。尔所生：指父母和祖先。

交交桑扈，　　　　　　　盘旋飞翔的桑扈，

率场啄粟。[13]　　　　　　围着谷场抢啄粟。

哀我填寡，　　　　　　　叹我穷苦无依靠，

宜岸宜狱。[14]　　　　　　还吃官司进监狱。

握粟出卜，　　　　　　　拿把粟米来占卜，

自何能穀？[15]　　　　　　怎样才把凶卦除？

温温恭人，　　　　　　　宽厚谦和那些人，

如集于木。[16]　　　　　　就像鸟儿集树顶。

惴惴小心，　　　　　　　忧惧戒慎好警醒，

如临于谷。[17]　　　　　　如临深谷万丈深。

战战兢兢，　　　　　　　畏惧谨慎的样子，

如履薄冰。　　　　　　　就像脚踩薄薄冰。

13 交交：鸟飞旋的样子。桑扈：鸟名，又名青雀、窃脂。率：循，沿。场：打谷场。
14 填寡：穷苦无靠。填，通"殄"，穷困。寡，寡财。宜：仍。岸：通"犴"，监狱。
15 粟：一说古人问卜于巫，以粟或贝为报酬。一说古人以粟祀神。穀：善，此指吉卦。
16 温温：柔和、谦和的样子。恭人：宽厚谦恭的人。
17 惴惴：忧惧戒慎的样子。

这是一首劝诫兄弟免祸的诗，抒发了作者浓重的忧伤之情。诗共六章，章六句。第一章以"鸣鸠"起兴，表示自己曾怀有如鸠般一鸣惊人之志，如今却处于十分忧伤的境地，只能思念先辈和父母的辉煌业绩，以至于夜不能寐。第二章感伤兄弟们纵酒，既有斥责，也有劝诫，暗示他们违背了父母的教育。第三章以"螟蛉"为喻，说自己代兄弟抚养幼子。第四章以"脊令"起兴，比喻自己夙兴夜寐、孜孜不懈地努力于各种事务，以求无辱于父母。第五章则以"桑扈"起兴，喻指自己处境之艰难，不得已而握粟去占卜，以问吉凶。末章以"集于木""临于谷""履薄冰"为喻形容自己戒惧的心情。全诗多用比兴，将沉重忧伤的感情以形象、生动的形式表现出来，是其最大特色。

小弁
pán

弁彼鷽斯，   那些寒鸦真快乐，
yù

归飞提提。[1]   徐徐飞回树上窝。
shí shí

民莫不穀，   人们生活过得好，

我独于罹。[2]   唯独我被灾祸磨。
lí

何辜于天，   什么地方得罪天，

我罪伊何？[3]   我的罪名是什么？

心之忧矣，   心中忧伤实在多，

云如之何！[4]   对此我又能如何！

踧踧周道，   又宽又平京都道，
dí dí

鞠为茂草。[5]   长满茂盛的野草。
jú

我心忧伤，   心中忧伤实在多，

惄焉如捣。[6]   忧伤如同棒杵捣。
nì

1 弁：快乐。鷽：寒鸦。斯：语尾助词。提提：群飞安闲的样子。
2 穀：善。罹：忧患，苦难。
3 辜：罪。伊：是。
4 云：发语词，无实义。
5 踧踧：平坦的样子。周道：大路。鞠：阻塞，充塞。
6 惄：忧郁，伤痛。如捣：如杵捣之。

假寐永叹，　　　　　　　　和衣而卧深深叹，

维忧用老。[7]　　　　　　忧伤使我面容老。

心之忧矣，　　　　　　　　心中忧伤实在多，

疢如疾首。[8]　　　　　　　烦热好像发高烧。
chèn

维桑与梓，　　　　　　　　望见故乡桑梓树，

必恭敬止。[9]　　　　　　心中顿生敬重心。

靡瞻匪父，　　　　　　　　无人不将父亲敬，

靡依匪母。[10]　　　　　　无人不恋亲母亲。

不属于毛，　　　　　　　　既没连着衣外毛，

不罹于里。[11]　　　　　又没挨着衣内芯。

天之生我，　　　　　　　　老天这样生下我，

我辰安在？[12]　　　　　　好的时运去哪寻？

7 假寐：和衣打盹。永叹：长叹。用：而。

8 疢：热病。疾首：头痛。

9 桑、梓：古代常在家屋旁栽种桑树和梓树，又说家乡的桑树和梓树是父母种的，要对它表示敬意。后人用"桑梓"比喻故乡。

10 靡……匪：无……不。瞻：瞻仰。依：依靠。

11 属：连。毛、里：以裘设喻。毛，指裘衣外面的兽毛。里，指裘衣里面的里衬。罹：通"丽"，附着。

12 辰：时运。

菀彼柳斯，　　　　　水边杨柳绿荫浓，

鸣蜩嘒嘒。¹³　　　上有蝉儿嘶嘶鸣。

有漼者渊，　　　　　深深水池碧波荡，

萑苇淠淠。¹⁴　　　茂密芦苇翠青青。

譬彼舟流，　　　　　像那漂流的小舟，

不知所届。¹⁵　　　茫然不知何处停。

心之忧矣，　　　　　心中忧伤实在多，

不遑假寐。¹⁶　　　没空打盹心难平。

鹿斯之奔，　　　　　鹿儿奔跑去觅群，

维足伎伎。¹⁷　　　四足疾疾快如飞。

雉之朝雊，　　　　　野鸡清晨不住鸣，

尚求其雌。¹⁸　　　也知要把雌偶追。

譬彼坏木，　　　　　我就像株有病树，

疾用无枝。¹⁹　　　萎黄多瘤枝叶颓。

13 菀：茂盛的样子。鸣蜩：蝉的一种，亦称秋蝉。嘒嘒：拟声词，蝉鸣声。

14 漼：（水）深的样子。萑：指芦苇一类的植物。淠淠：茂盛的样子。

15 届：至，到。

16 不遑：无暇，没有闲暇。

17 伎伎：急跑的样子。

18 雉：野鸡。雊：雉鸡叫。

19 坏木：萎黄多瘤无枝叶的病树。用：因。

心之忧矣，   心中忧伤实在多，

宁莫之知！[20]   没人懂我没人陪！

相彼投兔，   看那兔子被截捕，

尚或先之。[21]   尚且有人打开笼。

行有死人，   路上碰到了死人，

尚或墐之。[22]   尚且将他埋土中。

君子秉心，   父亲大人的居心，

维其忍之。[23]   这般狠心说不通。

心之忧矣，   心中忧伤实在多，

涕既陨之！[24]   泪水涟涟打湿胸！

君子信谗，   父亲大人信谗言，

如或酬之。[25]   像那劝酒般开心。

君子不惠，   父亲对我无仁德，

不舒究之。[26]   无心深究问原因。

20 宁：乃，却。

21 相：看。投：掩，关闭。尚：犹。先：开放。

22 墐：掩埋。

23 君子：作者的父亲。秉心：持心，用心。维：何。忍：狠心，残酷。

24 陨：坠落。

25 酬：劝酒。

26 不惠：不仁德，无德行。舒：缓慢。究：追究，考察。

伐木掎矣，　　　　　　砍树还要绳牵引，

析薪扡矣。²⁷　　劈柴还要顺木纹。

舍彼有罪，　　　　　　放过真正有罪者，

予之佗矣！²⁸　　加我罪名不由人！

莫高匪山，　　　　　　没有高山不高峻，

莫浚匪泉。²⁹　　没有深泉不渊深。

君子无易由言，　　　　父亲发言请谨慎，

耳属于垣。³⁰　　墙有附耳窃听人。

无逝我梁，　　　　　　人莫到我鱼坝去，

无发我笱。³¹　　手莫向我鱼篓伸。

我躬不阅，　　　　　　想我自身尚难保，

遑恤我后。³²　　后事哪有空闲论。

---

27 掎：伐木时从旁边或后面用力拉住、拖住。析薪：劈柴。扡：顺着木纹剖开。

28 佗：加。

29 莫……匪：无……不。浚：深。

30 无易：不要轻易。由：于。属：连接。垣：墙。

31 逝：往，去。梁：水中所筑的捕鱼之坝。笱：安放在堰口的竹制捕鱼器，大腹大口小颈，颈部装有倒须，鱼入而不能出。

32 躬：自己。阅：容，见容于人。遑：何暇。恤：忧虑。

这是一首儿子遭父亲抛弃后抒发哀怨的诗。诗凡八章，章八句。第一章借归飞欢乐的乌鸦反衬漂泊忧愁的弃子，以"何辜于天"的控诉总起全诗。第二章写放逐路上的景象和自己忧伤至极的心情。第三章沉痛地抒发失去父母的悲痛。第四、五章以"舟流无届""坏木无枝""鹿奔觅群""雄雉求雌"比喻自己失去亲人后无所归依的痛苦。第六、七章以"逃兔""路死之人"和"伐木析薪"来反衬父亲的残忍，并揭示被抛弃原因。末章进一步叙述自己被弃逐后谨慎小心的心情。全诗赋、比、兴交互使用，泣诉、忧思结合，内容丰富，感情沉重，言辞恳切，感人至深。

巧 言

悠悠昊天，   曾将悠悠老天啊，

曰父母且。[1]   当作我的爹和娘。

无罪无辜，   既无罪来又无过，

乱如此怃。[2]   遭此大祸没提防。

昊天已威，   老天已经发大威，

予慎无罪；[3]   无罪的我实冤枉；

昊天泰怃，   老天真是太糊涂，

予慎无辜。[4]   我实无辜却遭殃。

乱之初生，   当初祸乱刚发生，

僭始既涵。[5]   所有谗言被纵容。

乱之又生，   如今祸乱又发生，

君子信谗。   君子居然还听从。

1 悠悠：遥远。昊天：苍天。曰：称，叫。且：语尾助词。
2 怃：大。
3 已：甚。威：畏，可怕。慎：诚，确实。
4 泰怃：太糊涂。怃，怠慢。
5 僭：通"谮"，谗言。涵：含，容纳。

君子如怒，　　　　　　君子当初若斥责，

乱庶遄沮；⁶　　　　祸乱速止不严重；

君子如祉，　　　　　　君子如能纳忠言，

乱庶遄已。⁷　　　　祸乱大概早已终。

君子屡盟，　　　　　　君子谗人屡结盟，

乱是用长。⁸　　　　祸乱因此日滋长。

君子信盗，　　　　　　君子相信谗佞人，

乱是用暴。⁹　　　　祸乱因此势疾狂。

盗言孔甘，　　　　　　谗佞的话很甘甜，

乱是用餤。¹⁰　　　　因此祸乱更高涨。

匪其止共，　　　　　　谗佞哪能忠职守，

维王之邛。¹¹　　　　只能为王添祸殃。

6 怒：怒斥。庶：庶几，差不多。遄：快，迅速。沮：阻止。
7 祉：福，此指任用贤人以致福。已：停止。
8 盟：订下盟誓。用：以。长：滋长，增长。
9 盗：谗佞之人。暴：迅疾，猛烈。
10 孔甘：很甜。餤：本义为进食，引申为增多或加甚。
11 匪：非。止：达到。共：通"恭"，忠于职守。维：为。邛：病，劳。

巧言　679

奕奕寝庙，　　　　　　　　高大巍峨的寝庙，

君子作之。[12]　　　　　　君子将它兴建成。

秩秩大猷，　　　　　　　　条理清晰治国道，
（yóu）

圣人莫之。[13]　　　　　　圣人将它谋划定。

他人有心，　　　　　　　　他人如果有坏心，

予忖度之。[14]　　　　　　揣度之后肚中明。

跃跃毚兔，　　　　　　　　就像蹦跳的狡兔，
（chán）

遇犬获之。[15]　　　　　　碰到猎犬即送命。

荏染柔木，　　　　　　　　又柔又韧好树木，
（rěn）

君子树之。[16]　　　　　　君子当年亲手栽。

往来行言，　　　　　　　　往来传播的流言，

心焉数之。[17]　　　　　　心里早已辨明白。

12 奕奕：高大的样子。寝：宫室。庙：宗庙。作：兴建。

13 秩秩：有条理，按顺序的样子。大猷：治国大道。莫：通"谟"，谋划，制定。

14 他人：谗人。忖度：推测，估计。

15 跃跃：跳跃的样子。毚兔：狡兔，大兔。

16 荏染：柔软的样子。柔木：质地柔韧之木，亦指可制琴瑟的桐、梓等木。树：种植，培育。

17 行言：流言。数：计算，辨别。

蛇蛇^{yí yí}硕言，　　　　　浅薄骗人的话语，

出自口矣。[18]　　　　　全从谗佞口中来。

巧言如簧，　　　　　花言巧语似鼓簧，

颜之厚矣。[19]　　　　　厚颜无耻怀鬼胎。

彼何人斯，　　　　　究竟他是何许人，

居河之麇。[20]　　　　　住在河边丰草地。

无拳无勇，　　　　　自私胆怯无勇力，

职为乱阶。[21]　　　　　祸乱主要因他起。

既微且^{zhǒng}尰，　　　　　小腿生疮脚又肿，

尔勇伊何？[22]　　　　　你的勇气在哪里？

为犹将多，　　　　　诡计多端真可气，

尔居徒几何？[23]　　　　　你的同党躲哪里？

18 蛇蛇：浅薄而自大的样子。蛇，通"訑"。硕言：大言，虚夸的话。
19 巧言：表面上好听而实际上虚伪的话。如簧：比喻善为巧伪之言。簧，乐器中用以发声的片状振动体。
20 斯：语尾助词。麇：通"湄"，水边。
21 拳：勇壮。职：主，主要。乱阶：祸端，祸根。
22 微：通"癓"，足疮。尰：足肿。伊何：为何，做什么。
23 犹：谋，诡计。居：语气助词。徒：徒众，同党。

这是一首批判最高统治者听信谗言导致祸乱的诗，揭露了谗佞之人的卑劣行径，体现了诗人忧谗忧谤之心。诗凡六章，章八句。第一章作者面对苍天申辩自己"无罪无辜"，情感激愤，无法自抑。第二、三两章，诗人对谗言所起、乱之所生的原因进行了深刻的反省与揭露。第四、五两章，刻画出进谗者阴险、虚伪的丑陋面目。末章具体指明进谗者为何人。全诗直抒胸臆，感情充沛，批判有力，痛快淋漓。

何人斯

彼何人斯？	那是什么样的人？
其心孔艰。[1]	心地阴险又可怕。
胡逝我梁，	为啥要去我鱼坝，
不入我门？[2]	却不见他走回家？
伊谁云从？	他会顺从谁的话？
维暴之云。[3]	凶暴之火常常发。
二人从行，	你我夫妻处多年，
谁为此祸？[4]	是谁造成这灾祸？
胡逝我梁，	为啥又去我鱼坝，
不入唁我？[5]	却不进门安慰我？
始者不如今，	当初可不像现在，
云不我可！[6]	说我坏话太刻薄！

1 斯：语气助词。孔：很，非常。艰：阴险，险恶。
2 逝：往，去。梁：水中所筑的捕鱼之坝。
3 伊：他。云：语气助词，无实义。暴：凶暴，粗暴。
4 二人：你我二人。从行：随行。
5 唁：对遭遇非常变故者的慰问。
6 始者：往昔。可：善，好。

彼何人斯？ 那是什么样的人？

胡逝我陈？ [7] 为啥穿行在堂前？

我闻其声， 我只听见他声音，

不见其身。 他的身影却不见。

不愧于人？ 难道人前不惭愧？

不畏于天？ 难道也不畏惧天？

彼何人斯？ 那是什么样的人？

其为飘风。 [8] 好似可怕的暴风。

胡不自北？ 为何不从北边走？

胡不自南？ 为何不从南边行？

胡逝我梁， 为啥只去我鱼坝，

只搅我心！ [9] 恰要搅乱我的心！

7 陈：堂下到门的路。
8 飘风：暴风。
9 只：正，恰。

尔之安行，	即使你车缓慢行，
亦不遑舍。[10]	也无闲暇来停靠。
尔之亟行，	即使你车急速跑，
遑脂尔车。[11]	偏有工夫抹油膏。
壹者之来，	人虽回来心不回，
云何其盱^{xū}！[12]	叫我忧伤受煎熬。
尔还而入，	回家来到我房中，
我心易也。[13]	我的心儿多喜悦。
还而不入，	回家却不进我房，
否^{pǐ}难知也。[14]	两心阻隔有心结。
壹者之来，	人虽回来心不回，
俾^{bǐ}我祇^{qí}也。[15]	气我得病情意绝。

10 安行：徐行，缓行。不遑：无暇，没有闲暇。舍：止息。
11 亟：急切。脂：涂油使润滑。
12 壹者：其人。盱：通"吁"，忧伤，叹息。
13 易：和悦，喜悦。
14 否：闭塞，阻隔不通。
15 俾：使。祇：通"疧"，病。

伯氏吹埙，　　　　　　大哥吹奏着陶埙，

仲氏吹篪。¹⁶　　　　二哥吹响了长笛。

及尔如贯，　　　　　　你我之心应相通，

谅不我知！¹⁷　　　　可你待我无情义！

出此三物，　　　　　　神灵面前摆三牲，

以诅尔斯！¹⁸　　　　咒你变心忘往昔！

为鬼为蜮，　　　　　　假若真是那鬼蜮，

则不可得。¹⁹　　　　它的心术难揣测。

有靦面目，　　　　　　你有头脸是人样，

视人罔极。²⁰　　　　做事却是无准则。

作此好歌，　　　　　　有心作此善意歌，

以极反侧。²¹　　　　问你反复无常责。

16 伯氏：长兄，大哥。埙：古代用陶土烧制的一种吹奏乐器，圆形或椭圆形，有六孔，
亦称"陶埙"。仲氏：二哥。篪：古代一种用竹管制成像笛子一样的乐器，有八孔。

17 及：与，和。贯：古代穿钱的绳索。谅：诚，确实。知：友爱，相知。

18 三物：三种物类，指猪、犬、鸡。诅：求神加祸于别人，现泛指咒骂，诅咒。

19 蜮：传说中一种在水里暗中害人的怪物。

20 靦：露面见人的样子。视：通"示"，表明。罔极：无极，不公正，无准则。

21 好歌：善意之歌。极：穷极，深究。反侧：反复无常。

这是一首弃妇诗。女主人公以自述的口吻，讲述了婚后丈夫对自己视而不见、反复无常、行踪莫测的负心表现。而她却极力希望丈夫回心转意，以致心神不宁、辗转反侧，不能入眠。诗歌采用叠章和问句、跳荡不定和迅速转换的画面，展示了她疑惑、惊诧、痛苦和悲哀的复杂心理，刻画了一个哀婉、柔弱，令人无限同情的弃妇形象。

蜮

巷 伯

萋^{qī}兮斐^{fēi}兮，　　　　　各种花纹相错杂，

成是贝锦。¹　　　　　　织成贝锦灿若华。

彼谮^{zèn}人者，　　　　　　那个可恶造谣人，

亦已大甚！²　　　　　　为人实在太奸猾！

哆^{chǐ}兮侈兮，　　　　　　只见一张大嘴巴，

成是南箕。³　　　　　　像那箕星高空挂。

彼谮人者，　　　　　　　那个可恶造谣人，

谁适与谋！⁴　　　　　谁肯与他共谋划！

缉缉翩翩，　　　　　　　唧唧哝哝不间断，

谋欲谮人。⁵　　　　　一心想着毁谤人。

慎尔言也，　　　　　　　劝你说话注意点，

谓尔不信。⁶　　　　　否则说你不信诚。

1 萋、斐：花纹错杂的样子。贝锦：指像贝的文采一样美丽的织锦。
2 谮人：谗毁他人的人。大：太。
3 哆：张口的样子。侈：大。南箕：星名，即箕宿。共四星，二星为踵，二星为舌，踵窄舌宽。夏秋之间见于南方，故称"南箕"。
4 适：切合，相合。谋：谋议，谋划。
5 缉缉：附耳私语的声音。翩翩：花言巧语。翩，通"谝"。
6 尔：你。指谗人。

捷捷幡幡，^{fān fān}

花言巧语信口编，

谋欲谮言。⁷

一心想着造谣言。

岂不尔受，

难道没受你诬陷，

既其女迁。⁸

纷纷避离把你厌。

骄人好好，

造谣的人乐陶陶，

劳人草草。⁹

受害的人却忧劳。

苍天苍天！

悠悠苍天请明察，

视彼骄人，

勿许骄人乐逍遥，

矜此劳人！¹⁰

可怜劳人苦煎熬！

彼谮人者，

那个可恶造谣人，

谁适与谋！

谁肯与他共商量！

7 捷捷：巧言的样子。幡幡：反复的样子。
8 受：接受。既：既而，不久。女：通"汝"。迁：迁移。
9 骄人：得志的小人，此指进谗者。好好：喜悦的样子。劳人：忧伤之人，此指被谗者。
草草：忧虑劳神的样子。
10 矜：怜悯，怜惜。

取彼谮人，　　　　　　　　抓住可恶造谣人，

投畀豺虎！¹¹　　　　丢给猛虎与豺狼！

豺虎不食，　　　　　　　　如果豺虎不肯吃，

投畀有北；¹²　　　　丢到荒寒的北方；

有北不受，　　　　　　　　如果北方不肯收，

投畀有昊。¹³　　　　扔给渺渺的上苍。

杨园之道，　　　　　　　　一条大道到杨园，

猗于亩丘。¹⁴　　　　大道紧靠亩丘旁。

寺人孟子，　　　　　　　　近侍孟子就是我，

作为此诗。¹⁵　　　　作首诗歌诉衷肠。

凡百君子，　　　　　　　　诸位君子请慢行，

敬而听之。¹⁶　　　　听我伤心把歌唱。

11 畀：给与。
12 有北：北方寒冷荒凉的地区。有，词头。
13 有昊：昊天，苍天。
14 杨园：园名。猗：通"倚"，靠在。亩丘：有垄界的丘地。
15 寺人：古代宫中的近侍小臣，多以阉人充任。孟子：寺人之名，本诗作者。
16 凡：所有的，一切的。

这是一首怒斥造谣进谗者的诗，抒发了作者对这种人的无比憎恶之情。诗歌成功地刻画了一个典型的"谗人"形象。前四章正面刻画谗人：第一章写其语言，其花言巧语如"萋兮斐兮，成是贝锦"般迷惑人。次章写其肖像，专绘其"南箕"般、令人生厌的大嘴，生动而传神。第三、四章写其如何进谗。作者连用"缉缉""翩翩""捷捷""幡幡"四个叠词，分别从神态、语言、动作等方面细致地刻画谗人进谗的情形。第五章从正侧两方面来刻画谗人。既写小人得志时的喜悦，又写好人失意时的忧伤，通过对比突出谗人的可耻可恶。第六章通过写人们对谗人的态度，从侧面揭示谗人肮脏的本性。末章郑重留下作者的姓名，进一步提醒人们要对进谗者提高警惕。刘熙载说："正面不写写反面，本面不写写对面、旁面，须知睹影知竿乃妙。"此语正可移用作本诗最突出的特色。

谷 风

习习谷风，　　　　　　连续不断山谷风，

维风及雨。[1]　　　　　夹杂暴雨两相逼。

将恐将惧，　　　　　　当初恐惧飘摇日，

维予与女；[2]　　　　　只我在旁帮助你。

将安将乐，　　　　　　如今生活已安逸，

女转弃予！[3]　　　　　反而要将我抛弃。

习习谷风，　　　　　　连续不断山谷风，

维风及颓。[4]　　　　　阵阵狂风回旋起。

将恐将惧，　　　　　　当初恐惧飘摇日，

置予于怀；[5]　　　　　紧紧把我抱怀里。

将安将乐，　　　　　　如今生活已安逸，

弃予如遗！[6]　　　　　竟不念情将我弃。

1 习习：连续不断的风声。谷风：来自山谷的大风。维：是。
2 将：方，正当。维：只有。与：赞助，赞美。
3 转：反而。
4 颓：从上而下的暴风。
5 怀：怀抱之中。
6 遗：忘记。

习习谷风，　　　　　连续不断山谷风，

维山崔嵬。^{cuī wéi} ⁷　　刮过大山和高地。

无草不死，　　　　　刮得花草都枯死，

无木不萎。　　　　　刮得树木皆凋敝。

忘我大德，　　　　　我的恩德全忘记，

思我小怨。⁸　　　专挑我的小错提！

7 崔嵬：山高大、高耸的样子。
8 大德：大功德，美德。小怨：小过失，小缺点。

这是一首弃妇诗。诗分三章，第一章先以风雨比兴开头，衬托女主人公凄苦的心情。接着今昔对比，言往日危困之时，我以诚相助；今处安乐之时，丈夫却转而抛弃我。次章是第一章的强调，言昔者恩爱有加，今者却无情遭弃。末章道出自己遭弃的缘由，即世俗趋利、穷达相弃的薄俗之风致使丈夫忘大德而思小怨。女主人公用凄恻而委婉的语言，怨而不怒地责备了那个只可共患难，不能同安乐的负心人，体现了她善良而柔弱的性格。

蓼 莪
lù é

蓼蓼者莪，　　　　　那高大的是莪蒿？

匪莪伊蒿。[1]　　　　不是莪蒿是青蒿。

哀哀父母，　　　　　悲伤不已我爹娘，

生我劬劳。[2]　　　　生我养我太辛劳。
qú

蓼蓼者莪，　　　　　那高大的是莪蒿？

匪莪伊蔚。[3]　　　　不是莪蒿是牡蒿。

哀哀父母，　　　　　悲伤不已我爹娘，

生我劳瘁。[4]　　　　劳累养我受煎熬。
cuì

瓶之罄矣，　　　　　酒瓶倒空见了底，
qìng

维罍之耻。[5]　　　　这是酒缸的羞耻。
léi

鲜民之生，　　　　　苦命之人这样活，

不如死之久矣。[6]　　不如早些选择死。

1 蓼蓼：长而大的样子。莪：多年生草本植物，嫩茎叶可作蔬菜，也叫萝蒿，俗称抱娘
蒿。匪：非。伊：是。蒿：蒿属的一种植物，有白蒿、青蒿等多种。
2 哀哀：悲伤不已的样子。劬劳：劳累，劳苦。
3 蔚：牡蒿，一种多年生草本植物，全草入药。
4 劳瘁：辛苦劳累。
5 罄：尽，空。罍：古代一种小口、广肩、深腹、圈足、有盖的盛酒容器。
6 鲜民：无父母穷独之民。鲜，寡。

无父何怙？   没有亲爹谁可靠？

无母何恃？[7]   没有亲娘谁可恃？

出则衔恤，   出门在外心忧伤，

入则靡至！[8]   进门冷清双亲失！

父兮生我，   爹啊是你生了我，

母兮鞠我。[9]   娘啊是你养了我。

拊我畜我，   爱抚我啊疼爱我，

长我育我，[10]   培养我啊教育我，

顾我复我，   照顾我啊挂念我，

出入腹我。[11]   出入家门抱着我。

欲报之德，   想报爹娘这恩德，

昊天罔极！[12]   恩德如天报不得！

7 怙：依靠，仗恃。
8 衔恤：含哀，心怀忧伤。靡至：无所亲。
9 鞠：养育，抚养。
10 拊：同"抚"，安抚，抚慰。畜：喜欢，喜爱。
11 顾：顾念。复：返回，不忍离开。腹：怀抱。
12 之：这。罔极：古时特指父母对子女的恩德，以为深厚无穷。

南山烈烈，　　　　　　　　南山高峻难登攀，

飘风发发。[13]　　　　　　狂风迅疾尘土扬。

民莫不穀，　　　　　　　　人人都能养爹娘，

我独何害！[14]　　　　　　为何独我受灾殃。

南山律律，　　　　　　　　南山高峻难登攀，

飘风弗弗，[15]　　　　　　狂风迅疾卷四方。

民莫不穀，　　　　　　　　人人都能养爹娘，

我独不卒！[16]　　　　　　为何独我难终养。

---

13 烈烈：高峻的样子。飘风：旋风，暴风。发发：风吹迅疾的样子。

14 穀：赡养。何：通"荷"，担。

15 律律：山高峻的样子。弗弗：风迅疾的样子。

16 卒：终养。

这是一首悼念父母的诗。凡六章，前四章为第一部分，具体赞颂父母养育之辛劳、养育之功德，表述儿女辜负父母之厚望、不能尽孝、欲报无门等愧疚之心境；第五、六章为第二部分，表达儿女痛失父母的悲怆和凄凉情怀。全诗追思双亲的真挚之情，深沉质朴，可谓字字血泪，感人肺腑。

齐头蒿

大 东

有饛簋飧，   盆中食物装得满，
（méng guǐ sūn）

有捄棘匕。[1]   酸枣木勺长又弯。
（qiú jí bǐ）

周道如砥，   大道平如磨刀石，

其直如矢。[2]   笔笔直直似箭杆。

君子所履，   贵人常在路上行，

小人所视。[3]   百姓只能干瞪眼。

眷言顾之，   转过头来再看看，

潸焉出涕！[4]   潸潸眼泪湿衣衫！
（shān）

小东大东，   可叹近东和远东，

杼柚其空。[5]   机上织物全抢空。

纠纠葛屦，   可叹葛草编的鞋，
（jù）

可以履霜？[6]   怎能踩入严霜中？

---

1 有饛：食物盛满器皿的样子。簋：古代盛食物器具，圆口，双耳。飧：晚饭，亦泛指熟食，饭食。有捄：又弯又长的样子。棘匕：用棘木做的勺匙。棘，酸枣树，茎上多刺。

2 周道：大路。砥：磨刀石。矢：箭。

3 君子：贵族。履：行走。小人：平民，老百姓。

4 眷言：回顾，眷念。言，然。潸：流泪的样子。

5 小东：离周京较近之国。大东：离周京较远之国。杼柚：织布机上的两个部件，即用来持纬（横线）的梭子和用来承经（纵线）的筘。柚，通"轴"。

6 纠纠：纠缠交错的样子。葛屦：用葛草编成的鞋。履：践踏，踩。

佻佻公子，　　　　　　　　安逸轻狂公子哥，

行彼周行。⁷　　　　　　驰骋大道显尊荣。

既往既来，　　　　　　　　往来不停劫财物，

使我心疚。⁸　　　　　　使我忧伤又悲痛。

有冽氿泉，　　　　　　　　流泉侧出清又冷，

无浸获薪。⁹　　　　　　砍的柴薪勿被浸。

契契寤叹，　　　　　　　　忧愁难眠长叹息，

哀我惮人。¹⁰　　　　　　可怜我这劳苦人。

薪是获薪，　　　　　　　　把这柴薪劈好后，

尚可载也。¹¹　　　　　　还得用车来载运。

哀我惮人，　　　　　　　　可怜我这劳苦人，

亦可息也。　　　　　　　　也需休息养养神。

---

7 佻佻：安逸轻狂的样子。周行：大路。
8 心疚：内心忧虑不安。
9 有冽：寒冷的样子。氿泉：从侧旁流出的泉水。获薪：砍下的柴薪。
10 契契：愁苦的样子。寤叹：睡不着而叹息。惮人：劳苦的人。惮，通"瘅"，劳苦，病。
11 薪是获薪：即把砍下的柴劈好。薪，析薪，劈柴。是，这些。获薪，砍下的柴。

东人之子，　　　　　东方诸国的子弟，

职劳不来；[12]　　　无人慰问只服役；

西人之子，　　　　　西周贵族的子弟，

粲粲衣服。[13]　　　身上衣服多华丽。

舟人之子，　　　　　西周贵族的孩子，

^{pí}
熊罴是裘；[14]　　　猎取熊罴作嬉戏；

私人之子，　　　　　下层小人的孩子，

百僚是试。[15]　　　干这干那当奴隶。

或以其酒，　　　　　有人日日饮美酒，

不以其浆。[16]　　　有人薄酒没得尝。

^{juǎn juǎn}　　^{suì}
鞙鞙佩璲，　　　　　有人瑞玉佩一身，

不以其长。[17]　　　有人长带配不上。

12 东人：西周统治下的东方诸侯国之人。职：只。劳：服劳役。来：慰劳。

13 西人：西周王朝的贵族。粲粲：鲜明华丽的样子。

14 舟人：即周人。罴：棕熊。裘：通"求"，追求，求取。

15 私人：小人，下层人。百僚：各种差役奴隶。试：任用。

16 或：有人。以：用。

17 鞙鞙：佩玉累垂的样子。佩璲：一种供佩带用的瑞玉。长：普通的长佩带。

维天有汉，　　　　　看那天上的银河，

监亦有光。¹⁸　　　犹如明镜泛光亮。

跂彼织女，　　　　　织女三星鼎足居，

终日七襄。¹⁹　　　一天七次移地方。

虽则七襄，　　　　　虽然织女整日忙，

不成报章。²⁰　　　依然难织好华章。

^{huǎn}
睆彼牵牛，　　　　　牵牛星儿虽明亮，

不以服箱。²¹　　　不能用它驾车辆。

东有启明，　　　　　早有启明亮东方，

西有长庚。²²　　　晚有长庚出西方。

有捄天毕，　　　　　天毕星儿柄弯长，

^{háng}
载施之行。²³　　　斜挂在天架空网。

18 汉：云汉，银河。监：通“鉴”，镜子。
19 跂：织女三星鼎足而居的样子。终日：从早到晚。七襄：谓织女星白昼移位七次。
20 报章：谓杼柚往复，织成花纹。报，往复。
21 睆：明亮的样子。以：用。服箱：负载车厢，犹驾车。
22 启明、长庚：是同一颗星，即日出前，出现在东方天空的金星。晨在东方，叫启明，夕在西方，叫长庚。
23 天毕：星名，即毕星，状如田猎时的长柄网。载：则。施：斜行。行：行列。

维南有箕，　　　　　　南方天空有箕星，

不可以簸扬。[24]　　　　不能簸米和扬糠。

维北有斗，　　　　　　北方天空有斗星，

不可以挹酒浆。[25]　　　不能用它舀酒浆。

维南有箕，　　　　　　南方天空有箕星，

载翕其舌。[26]　　　　　缩起舌头把嘴张。

维北有斗，　　　　　　北方天空有斗星，

西柄之揭。[27]　　　　　西举长柄朝东方。

24 箕：星宿名，有四颗星，形状像簸箕。簸扬：扬去谷物中的糠秕杂物。
25 斗：星宿名，即南斗六星在箕星之北，形似斗。挹：舀，把液体盛出来。
26 翕：闭合，收拢。
27 揭：高举。

这是一首被征服的东方诸侯国臣民怨刺周王室掠夺财物、奴役人民、尸位素餐的诗，展示了东国人民遭受沉痛压榨的困苦图景以及诗人忧愤抗争的激情。诗凡七章，前三章写西周对东国人民繁重的贡赋和劳役剥削。第四章对比东、西人劳逸、贫富、地位的不同，显示了他们的对立以及东人的困苦和怨恨。后三章从现实的人间转入虚幻的天象，用星宿起兴，揭露了周王朝对东国的搜刮，进一步抒发了东国人民的怨愤，并讥讽那些窃据高位的剥削者，徒有虚名而无恤民之实。诗歌交错运用象征、隐喻、对比手法，想象和现实结合，使全诗具有一种俶诡奇幻之美。

四 月

四月维夏，　　　　四月已是初夏时，
六月徂暑。[1]　　　六月暑气将退出。
先祖匪人，　　　　祖先不是别家人，
胡宁忍予？[2]　　　怎忍要我受苦楚？

秋日凄凄，　　　　秋风萧瑟挟寒凉，
百卉俱腓。[3]　　　众草枯萎树叶黄。
　féi
乱离瘼矣，　　　　丧乱别离心忧苦，
　mò
爰其适归？[4]　　　何时才能归故乡？

冬日烈烈，　　　　冬日严寒冷刺骨，
飘风发发。[5]　　　狂风迅疾卷四方。
民莫不穀，　　　　人们生活都很好，
我独何害！[6]　　　独我受灾心悲伤！

1 维：是。徂暑："暑徂"的倒文，徂，往。
2 匪人：不是他人、外人。胡宁：何乃，为何。忍予：忍心让我受苦。
3 凄凄：秋风寒凉。卉：草的总称。腓：草木枯萎。
4 瘼：病，疾苦。爰：何。适：往，去到。
5 烈烈：寒冷的样子。飘风：旋风，暴风。发发：风吹迅疾的样子。
6 穀：善。何：通"荷"，担。

山有嘉卉，　　　　　　　山上长有好草木，

侯栗侯梅。⁷　　　　　栗树梅树满山坡。

废为残贼，　　　　　　　肆无忌惮为残贼，

莫知其尤。⁸　　　　　却不承认是罪过。

相彼泉水，　　　　　　　看那山泉往下流，

载清载浊。⁹　　　　　有时清冽有时浊。

我日构祸，　　　　　　　我却天天遇灾祸，

曷云能穀？¹⁰　　　　怎么会有好生活？

滔滔江汉，　　　　　　　长江汉水奔流急，

南国之纪。¹¹　　　　南方百川的纲纪。

尽瘁以仕，　　　　　　　竭尽心力谋公事，

宁莫我有。¹²　　　　却无赞美和鼓励。

7 嘉卉：美好的花草树木。侯：是。

8 废：习惯。残贼：指凶残暴虐的人。莫知其尤：不知其罪过。尤，罪过，过错。

9 相：看。载：又。

10 日：日日，每天。构：通"遘"，遇到。曷：何。云：语气助词。

11 滔滔：形容大水奔流貌。江汉：长江和汉水。南国：古指江汉一带的诸侯国。纪：百川之纲纪。

12 尽瘁：竭尽心力，不辞劳苦。仕：就任官职。宁：而。有：通"友"，亲善，友爱。

匪鹯匪鸢，　　　　　可惜不是雕和鹰，

翰飞戾天。[13]　　　展翅高飞上云天。

匪鳣匪鲔，　　　　　可惜不是鲤和鲟，

潜逃于渊。[14]　　　屏息潜藏在深潭。

山有蕨薇，　　　　　蕨薇青青满山冈，

隰有杞桋。[15]　　　枸杞赤楝低地长。

君子作歌，　　　　　我今作首歌儿唱，

维以告哀！[16]　　　以诉痛苦和哀伤！

---

13 鹯：雕。鸢：老鹰。翰飞：高飞。戾：至。

14 鳣：鲤鱼。鲔：鲟鱼。

15 蕨薇：蕨与薇，均为野菜，连用指代野蔬。隰：低湿之地。杞：枸杞。桋：赤楝。

16 维：是。告哀：诉说痛苦哀伤。

这是一首被放逐到南方的臣子诉说自己哀伤的诗，被后世视为迁谪诗的鼻祖。诗凡八章，章四句。前三章以赋的手法，描写了从夏到冬三个不同季节的景象以及自己由怨怒无端到渴望回归再到无尽哀伤的心路变化。第四、五两章承接上文，借观览山水，申诉自己的清白并对被逐原因进行反思。第六章以"滔滔江汉，南国之纪"领起，借比以讽喻朝政日非及不被重任的遭遇。末两章是诗人在反复叙写悲怨后对出路的思考和选择。最后以"告哀"二字，总括全诗，点明题旨。

鵰

北 山

陟彼北山，　　　　　登上高峻的北山，

言采其杞。[1]　　　　采摘红红的枸杞。

偕偕士子，　　　　　年富力强的士子，

朝夕从事。[2]　　　　从早到晚忙王事。

王事靡盬，　　　　　王家差事做不完，

忧我父母。[3]　　　　忧思父母无人侍。

溥天之下，　　　　　普天之下广无垠，

莫非王土。[4]　　　　每寸土地由王封。

率土之滨，　　　　　四海之内人繁多，

莫非王臣。[5]　　　　每个都是王的臣。

大夫不均，　　　　　大夫执政不公正，

我从事独贤。[6]　　　独我差事苦又重。

1 陟：登上。言：语气助词。杞：枸杞。
2 偕偕：强壮的样子。士子：男子的美称，多指年轻人。从事：办事，办理事务。
3 靡盬：没有止息。
4 溥天：遍天下。溥，普遍。
5 率土之滨：犹言普天之下，四海之内。
6 不均：不公平。独贤：独劳。贤，艰苦，劳累。

四牡彭彭，　　　　　　　四匹公马壮又强，

王事傍傍。[7]　　　　　　王事繁杂奔走忙。

嘉我未老，　　　　　　　他们赞我年纪轻，

鲜我方将。[8]　　　　　　夸我身体正强壮。

旅力方刚，　　　　　　　说我力大血气旺，

经营四方。[9]　　　　　　让我办事走四方。

或燕燕居息，　　　　　　有人家中享安逸，

或尽瘁事国。[10]　　　　　有人尽心勤王事。

或息偃在床，　　　　　　有人高卧在床榻，

或不已于行。[11]　　　　　有人行路没止息。

---

7 四牡：四匹公马。彭彭：强壮的样子。傍傍：事务繁剧，忙于奔走应付貌。

8 嘉：夸奖，赞许。鲜：称赞。方将：正强壮。

9 旅力：膂力，体力。旅，通"膂"。方刚：谓人在壮年时体力、精神正当旺盛。经营：规划营治，此指操劳办事。

10 燕燕：安适、和乐的样子。居息：安居休息。尽瘁：竭尽心力，不辞劳苦。

11 息偃：躺着休息。不已：不停止。行：道路。

或不知叫号，　　　　　　有人不闻民哀号，

或惨惨劬劳。^{qú}[12]　　　有人忧虑受劳苦。

或栖迟偃仰，　　　　　　有人享福常游乐，

或王事鞅掌。[13]　　　　有人勤政日忙碌。

或湛乐饮酒，^{dān}　　　有人享乐饮美酒，

或惨惨畏咎。[14]　　　　有人担忧祸临头。

或出入风议，　　　　　　有人溜达发空论，

或靡事不为。[15]　　　　有人凡事亲动手。

12 叫号：呼叫号哭。惨惨：忧闷、忧愁的样子。劬劳：劳累，劳苦。
13 栖迟：游息。偃仰：安居，游乐。鞅掌：事务繁忙的样子。
14 湛乐：过度逸乐。畏咎：怕犯错误。咎，罪过。
15 风议：指恣意、任意或自由广泛地发表议论、评论。靡事不为：无事不为。什么劳苦
的事都要干。靡，无。

这是一首士子怨刺大夫分配徭役劳逸不均而作的诗，揭露了统治阶级上层的腐朽和下层的怨愤。诗凡六章，前三章陈述士子工作繁重、朝夕勤劳、四方奔波，用"大夫不均，我从事独贤"点明题旨，抒发怨愤之情。后三章十二句，从六个方面对比"大夫不均"，奇句写朝中大夫的安乐，偶句写从事于战争的士子的劳苦。鲜明的对比，突显题旨，让人印象深刻。

杞

无将大车

无将大车，　　　　　　牛车不要用手推，

祇自尘兮。[1]　　　　　　只会惹上一身灰。

无思百忧，　　　　　　忧虑不要常寻思，

zhǐ　qí
祇自疧兮。[2]　　　　　　只会惹病人倒霉。

无将大车，　　　　　　牛车不要用手推，

维尘冥冥。[3]　　　　　　扬起尘土灰蒙蒙。

无思百忧，　　　　　　忧虑不要常寻思，

jiǒng
不出于颎。[4]　　　　　　只会心神不安宁。

无将大车，　　　　　　牛车不要用手推，

维尘雍兮。[5]　　　　　　扬起灰尘蔽日光。

无思百忧，　　　　　　忧虑不要常寻思，

祇自重兮。[6]　　　　　　只会病重久卧床。

1 无：不要。将：扶，此指用手推车。大车：古代乘用的牛车。祇：只，恰。自尘：扬起灰尘自污。

2 百忧：种种忧虑。疧：病。

3 冥冥：昏暗的样子。

4 颎：光明。

5 雍：通"壅"，遮蔽，壅塞。

6 重：通"肿"，此指病重。

这是一首感时伤乱者所作的自我排遣诗。全诗三章，每章以"无将大车"起兴，通过比喻，反复咏唱自己在乱世中那种自求解脱的心情，既安慰自己，又规劝他人。然而，细细体味，则不难发现其旷达的情怀中又深含追悔与怨嗟之意。

小 明

明明上天，	朗朗青天亮又明，
照临下土。[1]	普照大地察不平。
我征徂西，	自我行役往西行，
至于艽野。[2]	直到荒野边疆停。
二月初吉，	二月初吉就启程，
载离寒暑。[3]	至今已历一年整。
心之忧矣，	心里充满忧和愁，
其毒大苦。[4]	磨难太多难担承。
念彼共人，	想那恭谨尽职人，
涕零如雨。[5]	泪流如雨声气哽。
岂不怀归？	难道不想回家乡？
畏此罪罟。[6]	怕触法网遭罪刑。

1 照临：从上面照察，比喻察理。下土：大地。
2 征：行役。徂：往，前。艽野：荒远之地。
3 二月：指周历二月，即夏历的十二月。初吉：上旬的吉日。离：经历。寒暑：指一年。
4 毒：痛苦，磨难。大：太。
5 共人：指敬谨供职的同僚。共，通"恭"。涕零：流泪，落泪。
6 罪罟：法网。

昔我往矣，	回想我们远行初，
日月方除。[7]	新年将到旧岁除。
曷云其还？	何时才能回家去？
岁聿云莫。[8]	一年将尽归期无。
念我独兮，	想我一人真孤独，
我事孔庶。[9]	差事多得不胜数。
心之忧矣，	心里真是太忧伤，
惮我不暇。[10]	即使病重无暇顾。
念彼共人，	想那恭谨尽职人，
眷眷怀顾。[11]	无限眷念常思慕。
岂不怀归？	难道不想回家乡？
畏此谴怒。[12]	怕人谴责与怨怒。

7 除：除旧，指旧岁辞去、新年将到。
8 曷：何。云：语气助词，无实义。其还：将要回去。聿、云：均为语气助词。莫：
"暮"的古字。
9 孔庶：很多。
10 惮：通"瘅"，病，劳苦。不暇：没有空闲。
11 眷眷：依恋反顾的样子。
12 谴怒：谴责。

昔我往矣，　　　　　回想我们远行初，

日月方奥。^{yù} 13　　　天气暖和阳光煦。

曷云其还？　　　　　何时才能回家去？

政事愈蹙。^{cù} 14　　　政事繁忙又急促。

岁聿云莫，　　　　　眼看一年又将尽，

采萧获菽。^{shū} 15　　忙着采艾收豆菽。

心之忧矣，　　　　　心里真是太忧伤，

自诒伊戚。16　　　　　自作自受徒悲苦。

念彼共人，　　　　　想那恭谨尽职人，

兴言出宿。17　　　　　无法安睡思念笃。

岂不怀归？　　　　　难道不想回家乡？

畏此反覆。18　　　　　害怕世事常反复。

13 奥：通"燠"，暖，热。
14 蹙：急促，紧迫。
15 萧：艾蒿。菽：豆类的总称。
16 诒：通"贻"，留下。伊戚：烦恼，忧患。
17 兴言：犹"薄言"，都是语气助词。出宿：不能安睡。一说到外面去睡。
18 反覆：变化无常，指不测之祸。

嗟尔君子！　　　　　　深深叹息那君子，

无恒安处。¹⁹　　　　莫图安居享淫逸。

靖共尔位，　　　　　　恭谨奉守本职事，

正直是与。²⁰　　　　亲近正直贤良氏。

神之听之，　　　　　　神灵听到这一切，

式穀以女。²¹　　　　将会赐你好福祉。

嗟尔君子！　　　　　　深深叹息那君子，

无恒安息。²²　　　　莫图安居享淫逸。

靖共尔位，　　　　　　恭谨奉守本职事，

好是正直。²³　　　　爱好正直贤良氏。

神之听之，　　　　　　神灵听到这一切，

介尔景福。²⁴　　　　将会赐你大福祉。

19 恒：常。安处：安居，安逸享乐。
20 靖共：恭谨地奉守。靖，敬。位，职位，职责。与：亲近，友好。
21 式：句首语气助词，无实义。穀：善。以：与，给予。女：汝。
22 安息：安处，安逸。
23 好：爱好。
24 介：助。景福：洪福，大福。

这是一位长期奔波在外的官吏自述久役思归、怀念友人并劝勉居上位者的诗。诗凡五章，前三章的前八句皆为作者自述行役的劳苦和内心的忧愁，后四句则是写与自己一样效命王室、忠于职守的友人的眷然怀恋之情。后两章则劝勉"恒安而处"的上位者要勤政尽职。全诗直抒胸臆，将叙事与抒情融为一体，展示了诗人的内心世界和心理变化轨迹，细腻婉转，真切感人。

鼓 钟

鼓钟将将，^{qiāngqiāng}

敲起大钟音锵锵，

淮水汤汤，

淮河流水浩汤汤，

忧心且伤。¹

我心忧愁且悲伤。

淑人君子，

好人君子俱已往，

怀允不忘。²

叫人思念诚难忘。

鼓钟喈喈，^{jiē jiē}

敲起大钟音和谐，

淮水湝湝，^{jiē jiē}

淮河流水不停歇，

忧心且悲。³

我心忧愁且悲切。

淑人君子，

好人君子俱已往，

其德不回。⁴

品行道德不奸邪。

1 鼓：敲击。将将：同"锵锵"，拟声词，多状金玉之声。淮水：淮河。汤汤：水势浩大、水流很急的样子。

2 淑人：善人。怀：思念。允：信，实。

3 喈喈：拟声词，钟、铃等声音和谐悦耳。湝湝：犹汤汤。

4 回：奸邪，邪僻。

鼓钟伐鼛,

敲起大钟击起鼓,

淮有三洲,

淮河三洲起歌舞,

忧心且妯。⁵

我心忧愁难平舒。

淑人君子,

好人君子俱已往,

其德不犹。⁶

美好品德颂千古。

鼓钟钦钦,

敲起大钟音钦钦,

鼓瑟鼓琴,

弹起锦瑟抚瑶琴,

笙磬同音。⁷

笙簧玉磬妙同音。

以雅以南,

奏起雅乐和南乐,

以籥不僭。⁸

吹起古籥节拍匀。

5 伐:敲击。鼛:一种大鼓。三洲:淮水中的三个小岛。妯:因悲伤而心情不平静。

6 犹:已。

7 钦钦:拟声词。笙磬:笙和磬。磬,乐器,以玉石或金属制成,形状如曲尺。同音:音调相和。

8 以:为,作,指演奏。雅:雅乐,周王畿之乐曰雅,古称为正乐。南:指南方的乐调。籥:古管乐器,似排箫。僭:乱,差失。

这是一首描写因聆听音乐而伤今怀古、追慕昔贤的诗。诗中展示了一场由鼓钟、瑟琴、笙、磬、籥等器乐合奏盛世之"雅""南"的音乐盛会，含蓄地表现了身处国运衰微末世的听乐人心绪由慨叹而悲伤的变化。诗中器乐合奏的喧闹及声势浩荡的淮水水流与人物内心的忧伤情感形成了鲜明的对照，达到了"以乐景写哀，一倍增其哀乐"的效果。

楚茨

楚楚者茨，　　　　　丛丛蒺藜长得密，

言抽其棘。　　　　　拔除荆棘辟田地。

自昔何为？[1]　　　　为何自古这样做？

我蓺黍稷。[2]　　　　我垦田地种黍稷。

我黍与与，　　　　　我的谷子多茂盛，

我稷翼翼。[3]　　　　我的高粱多整齐。

我仓既盈，　　　　　我的粮仓已堆满，

我庾维亿。[4]　　　　我的谷堆以亿计。

以为酒食，　　　　　用它酿酒和做饭，

以享以祀。　　　　　用它上供和祭祀。

以妥以侑，　　　　　请神安坐敬上酒，

以介景福。[5]　　　　求神赐我大福气。

1 楚楚：草木丛生的样子。茨：蒺藜。言：发语词。抽：拔除。棘：刺。指蒺藜。自昔：往昔，从前。
2 蓺：种植。
3 与与：繁盛的样子。翼翼：繁盛整齐的样子。
4 庾：露天的谷堆。亿：古代指十万。
5 享：上供，献祭。妥：安坐。侑：劝酒。介：企求。景福：洪福，大福。

^{qiāngqiāng} 济济跄跄,	行步中节貌端庄,
^{jié} 絜尔牛羊,	洗净你的牛和羊,
以往烝尝。⁶	用作冬烝和秋尝。
或剥或亨,	有人宰割和蒸煮,
或肆或将。⁷	将它摆好端上堂。
^{bēng} 祝祭于祊,	太祝祭飨庙门内,
祀事孔明。⁸	祭祀完备又周详。
先祖是皇,	列位祖宗欣然往,
神保是飨。^{xiǎng} ⁹	先祖神灵把祭享。
孝孙有庆,	孝孙虔诚有福分,
报以介福,	神灵酬报洪福降,
万寿无疆！¹⁰	赐他万寿永无疆！

6 济济：庄敬的样子。跄跄：走路有节奏的样子。絜：同"洁"，洗干净。烝：冬祭曰烝。尝：秋祭曰尝。

7 剥：肢解宰割。亨："烹"的古字，蒸煮。肆：陈列，陈设。将：端。

8 祝：太祝，司祭祀之人。祊：古代在宗庙门内设祭的地方。孔明：很完备。

9 皇：往。神保：对先祖神灵的美称。飨：享受祭祀。

10 孝孙：主祭之人。介福：大福。

执爨踏踏，　　　　　　　厨师恭敬又麻利，

为俎孔硕。[11]　　　　　　盛物器具大无比。

或燔或炙，　　　　　　　有的烧来有的烤，

君妇莫莫。[12]　　　　　　君妇恭敬又有礼。

为豆孔庶，　　　　　　　盛物器具多无比，

为宾为客。[13]　　　　　　招待宾客好客气。

献酬交错，　　　　　　　主客敬酒杯交错，

礼仪卒度，　　　　　　　合乎规矩切礼仪，

笑语卒获。[14]　　　　　　谈笑适度合时宜。

神保是格，　　　　　　　先祖神灵已来到，

报以介福，　　　　　　　为报诚心酬洪福，

万寿攸酢！[15]　　　　　　赐他寿福与天齐！

11 执：执掌。爨：烧火做饭。踏踏：恭敬而敏捷。俎：古代祭祀时放祭品的器物。硕：
大。

12 燔：烧肉。炙：烤肉。君妇：君主之正妻。莫莫：肃敬。

13 豆：古代盛肉或其他食品的器皿，形状像高脚盘。庶：众多。

14 献酬：饮酒时主客互相敬酒。卒：完全。度：法度。获：得其宜，恰到好处。

15 格：至、来。攸：乃。酢：报。

我孔熯矣，　　　　　　我的态度很恭敬，

式礼莫愆。[16]　　　　礼节周到无过失。

工祝致告，　　　　　　太祝传告祖宗话，

徂赉孝孙。[17]　　　　赐福贤孙与孝子。

苾芬孝祀，　　　　　　香气浓郁的祭品，

神嗜饮食，　　　　　　丰盛美味神爱吃，

卜尔百福。[18]　　　　赐你众多的福祉。

如几如式，　　　　　　祭祀规矩又及时，

既齐既稷，　　　　　　办事恭敬又麻利，

既匡既敕。[19]　　　　态度端正又整饬。

永锡尔极，　　　　　　永远赐你大福分，

时万时亿。[20]　　　　成万成亿传后嗣。

16 熯：恭敬。式：发语词。愆：罪过，过失。
17 工祝：在祭祀时专司祝告的人。徂：往。赉：赐予，给予。
18 苾芬：犹芬芳。孝祀：祭祀，享祭。嗜：喜欢，爱好。卜：赐予。
19 如：合。几：通"期"，如期。式：法度。齐：通"斋"，肃敬。稷：通"畟"，敏捷。匡：端正。敕：通"饬"，严整。
20 锡：赐。极：至，指最大的福气。时：是。

礼仪既备，   各项礼仪已完备，

钟鼓既戒。²¹   钟鼓之乐已奏齐。

孝孙徂位，   孝孙回到原先位，

工祝致告，   工祝宣告祭礼毕，

神具醉止。²²   神灵都已有醉意。

皇尸载起，   皇尸于是起身立，

鼓钟送尸，   敲响钟鼓送皇尸，

神保聿归。²³   神灵于是归住地。

诸宰君妇，   诸位厨师和主妇，

废彻不迟。²⁴   撤除祭品很敏疾。

诸父兄弟，   诸位父老和兄弟，

备言燕私。²⁵   一起宴饮叙情谊。

21 备：完备。戒：告。
22 徂位：走向原位。具：通"俱"，皆，都。止：语气助词。
23 皇尸：对君尸的敬称。古代祭祀时代表死者受祭的人称"尸"。载：则，就。聿：
乃，于是。
24 宰：厨师。废彻：撤除祭品。不迟：不慢。
25 备：都，完全。言：语气助词。燕私：祭祀后的同族亲属私宴。燕，同"宴"。

乐具入奏，　　　　　乐队后殿齐演奏，

以绥后禄。26　　　　　用以安享祭后肴。

尔肴既将，　　　　　这些菜肴味道好，

莫怨具庆。27　　　　　众人无怨乐陶陶。

既醉既饱，　　　　　已经吃饱又喝足，

小大稽首。28　　　　　叩首致谢有老少。

神嗜饮食，　　　　　神灵爱吃这饭菜，

使君寿考。29　　　　　使您长寿永不老。

孔惠孔时，　　　　　祭祀顺利又圆满，

维其尽之。30　　　　　主人确实尽孝道。

子子孙孙，　　　　　但愿后世子孙们，

勿替引之。31　　　　　不废祭礼永记牢。

26 具：通"俱"。入奏：进入后殿演奏。绥：安享。后禄：共享祭后所余的酒肉。
27 将：美好。莫怨：无怨。
28 小大：长的和幼的，指众人。稽首：跪拜礼，叩头至地，是最恭敬的一种礼节。
29 寿考：年高，长寿。
30 惠：顺利。时：善，好。其：主人。尽之：尽其礼仪，指主人完全遵守祭祀礼节。
31 替：废。引：延长。之：祭祀礼节。

这是一首记载周王祭祀祖先的诗。诗凡六章：第一章为祭祀活动的前奏。写粮食喜获丰收后酿造祭祀美酒。第二、三章为祭祀活动的开端。依次叙写了祭祀前工祝、厨师、主妇、主人所做的一些准备工作，气氛热烈而欢乐。第四章为祭祀活动的发展，写祝官代神祇祭致词，气氛庄严而隆重。第五章是祭祀活动的高潮及完成：礼仪齐备、钟鼓四起、孝孙归位、祝官宣布祭典结束、神尸离开现场、撤去祭品等场景，气氛庄严肃穆。第六章是祭祀活动的结尾，写祭后私宴之欢，气氛融洽欢欣。全诗按时间顺序记载了祭祀的全过程，结构严谨明晰，场景繁多而井然，如同一幅引人入胜的风俗画。

信南山

信彼南山，	终南山势绵延长，
维禹甸之。¹	大禹昔辟的地方。
畇畇原隰，	原野田地平又齐，
曾孙田之。²	曾孙在此垦殖忙。
我疆我理，	划分田界挖沟渠，
南东其亩。³	田垄南北东西向。
上天同云，	冬日天空布阴云，
雨雪雰雰。⁴	雪花飘落纷纷扬。
益之以霡霂，	转眼蒙蒙小雨降，
既优既渥。⁵	雨水充沛又足量。
既沾既足，	土地潮湿且滋润，
生我百谷。⁶	使我百谷苗壮长。

1 信：通"伸"，绵延不断。南山：终南山。在今陕西省西安市南。维：是。禹：大禹。甸：治理。
2 畇畇：田地经垦辟后平均整齐的样子。原隰：广平与低湿之地。曾孙：周王对他的祖先和其他的神都自称曾孙。田：耕作。
3 疆：井田边界。理：田中的沟渠。南东：用作动词，指将田垄开辟成南北向或东西向。
4 同云：天空布满阴云，浑然一色。雨雪：下雨。雰雰：飘落。
5 益：加。霡霂：下雨。优：充足。渥：湿润。
6 沾：沾湿。足：通"浞"，淋，使湿。百谷：谷类的总称。

疆埸翼翼，　　　　　　　田地疆界很整齐，

黍稷彧彧。[7]　　　　　小米高粱多茂盛。

曾孙之穑，　　　　　　曾孙粮食大丰收，

以为酒食。[8]　　　　谷物蒸制酒食成。

畀我尸宾，　　　　　　献给神尸及宾客，

寿考万年。[9]　　　　赐我健康又长生。

中田有庐，　　　　　　田中有守稼房屋，

疆埸有瓜。[10]　　　田埂有瓜果菜蔬。

是剥是菹，　　　　　　削皮切块腌渍好，

献之皇祖。[11]　　　献祭伟大的先祖。

曾孙寿考，　　　　　　曾孙福寿能永长，

受天之祜。[12]　　　全仗皇天的佑护。

7 埸：田界。翼翼：整齐的样子。彧彧：茂盛的样子。

8 穑：收割谷物。

9 畀：给与。尸：祭祀时代表死者受祭的人。寿考：寿数，寿命。

10 中田：田中。庐：特指田中看守庄稼的小屋。

11 是：这。指瓜。剥：切开。菹：腌菜。皇祖：君主的祖父或远祖。

12 祜：福。

祭以清酒，　　　　　　　先斟清酒于神前，

从以骍牡，　　　　　　　再将赤色公牛献，
（xīng）

享于祖考。[13]　　　　　各色祭品享祖先。

执其鸾刀，　　　　　　　拿起锋利金铃刀，

以启其毛，　　　　　　　将那公牛皮毛掀，

取其血膋。[14]　　　　　脂膏取出牛血溅。
（liáo）

是烝是享，　　　　　　　美酒牛肉都献上，

苾苾芬芬，　　　　　　　各色祭品味芳香，
（bì bì）

祀事孔明。[15]　　　　　礼仪完备又周详。

先祖是皇，　　　　　　　列位先祖欣然往，

报以介福，　　　　　　　愿赐洪福作酬报，

万寿无疆！[16]　　　　　万寿无疆幸福长！

13 清酒：古代指祭祀用的陈酒。骍牡：赤色的雄性牛马等。享：献上祭品。
14 鸾刀：刀环有铃的刀，古代祭祀时割牲用。启：分开。膋：脂膏，牛油。
15 烝：进献。苾苾芬芬：香气浓郁。孔明：很完备。
16 皇：往。

这是一首描写周王室岁末冬祭之时歌唱农事、祭祖祈福的诗。诗凡六章，前四章皆与农事相关。第一章写南山垦荒种地；第二章写雨水充沛百谷长势喜人；第三章写粮食丰收酿酒置食行祭祀；第四章写献上腌渍的瓜果菜蔬来祭祀。后两章写祭祀过程：摆祭品、宰公牛、先祖赐福。诗歌既有对祖先赐福的感恩戴德，也有对自我劳动价值的充分肯定，庄重肃穆之余，生活气息浓厚，别具韵味。

甫 田

倬彼甫田，　　　　　　那片大田好宽广，
zhuō

岁取十千。[1]　　　　　每年能收万担粮。

我取其陈，　　　　　　拿出仓中陈谷子，

食我农人。　　　　　　让我农夫填肚肠。
sì

自古有年，　　　　　　遇上古来好丰年，

今适南亩。[2]　　　　　前往农田走一趟。

或耘或耔，　　　　　　锄草培土人人忙，
zǐ

黍稷薿薿。[3]　　　　　小米高粱长得旺。
nǐ nǐ

攸介攸止，　　　　　　等到庄稼成熟后，

烝我髦士。[4]　　　　　进献给我放粮仓。
zhēng máo

以我齐明，　　　　　　备好祭祀的谷物，
zī

与我牺羊，　　　　　　还有纯色的羔羊，

以社以方[5]。　　　　　以祭土地和四方。

1 倬：广阔。甫田：大田。岁：每年。十千：虚指，极言其多。一说实指，即一万。
2 陈：陈粮。食：养。有年：丰年。适：往，去。南亩：农田。
3 耘：除草。耔：在植物根上的培土。黍稷：黍和稷，为古代主要农作物。薿薿：茂盛的
样子。
4 攸：乃，就。介：成长。止：至。烝：进献。髦士：英俊之士。
5 齐明：即粢盛，祭祀所盛谷物。齐，通"粢"。牺羊：古代祭祀用的纯色羊。社：祭土
地神。方：祭四方之神。

我田既臧，　　　　　　今年庄稼获丰收，

农夫之庆。⁶　　　　农夫欢庆喜洋洋。

琴瑟击鼓，　　　　　　弹琴鸣瑟敲起鼓，

以御田祖，　　　　　　迎接农神许愿望，
　^{yà}

以祈甘雨，　　　　　　祈求好雨适时降，

以介我稷黍，　　　　　助我谷物长得壮，

以穀我士女。⁷　　　把我黎民百姓养。

曾孙来止，　　　　　　曾孙周王来巡察，

以其妇子，　　　　　　碰上农妇领孩子，

馌彼南亩。⁸　　　　送饭来到农田旁。
　^{yè}

田畯至喜，　　　　　　田官见了好欢喜，

攘其左右，　　　　　　取来身边菜和饭，

尝其旨否。⁹　　　　齐把滋味来品尝。

禾易长亩，　　　　　　禾苗茂盛长满田，

---

6 臧：好。指丰收。

7 御：迎接。田祖：神农。甘雨：适时好雨。介：助。穀：养。士女：青年男女，泛指人民、百姓。

8 曾孙：周王对他的祖先和其他的神都自称曾孙。来：莅临。馌：给在田间耕作的人送饭。

9 田畯：周代农官。攘：取。左右：指田畯两旁农妇送来的菜饭。旨：味美。

终善且有。[10]	又好又多势头良。
曾孙不怒，	曾孙周王很满意，
农夫克敏。[11]	农夫勤勉得褒扬。
曾孙之稼，	曾孙庄稼堆得高，
如茨_{cí}如梁。[12]	高过屋顶和桥梁。
曾孙之庾_{yǔ}，	曾孙粮仓装得满，
如坻_{chí}如京。[13]	恰似高丘和山冈。
乃求千斯仓，	因求粮仓上千座，
乃求万斯箱。[14]	因求车子上万辆。
黍稷稻粱，	黍稷稻粱往里装，
农夫之庆。	农夫欢庆喜洋洋。
报以介福，	神灵回报以洪福，
万寿无疆![15]	愿王长命寿无疆！

10 易：茂盛的样子。长亩：满亩。终：既。有：多。
11 克：能。敏：敏捷，迅疾。
12 茨：茅屋顶。梁：桥梁。
13 庾：粮仓。坻：高丘。京：高冈。
14 箱：车厢。
15 介福：大福。

这是一首周王祭祀土地神、四方神和农神的祈年乐歌。诗凡四章，第一章开篇就展示了一幅大田耕作图：广袤肥沃的农田、巡视农田的周王、辛劳耕作的农人、茂盛繁密的庄稼以及幻想中的田官献粮。起笔开阔而富有生机，为以下几章展开祭祀作了铺垫。第二章写祭祀仪式，一方面写周王举行隆重的祭祀，一方面写农人因丰收而欢庆，气氛既庄严又热烈。第三章写主祭者周王在祭礼结束后亲自督耕——馌彼南亩。此章生活气息浓郁，各色人物安置得体。末章写丰收景象及对周王的美好祝愿。

大 田

大田多稼，	大田辽阔种庄稼，
既种既戒，	已修农具选种样，
既备乃事。[1]	事前准备都妥当。
以我覃^{yǎn sì}耜，	扛起锋利的犁铧，
俶^{chù}载南亩。[2]	劳作在那农田上。
播厥百谷，	播下黍稷诸谷物，
既庭且硕，	苗儿挺拔又苗壮，
曾孙是若。[3]	曾孙见此心舒畅。
既方既皂，	庄稼打苞又抽穗，
既坚既好，	籽粒饱满穗头垂，
不稂^{láng}不莠^{yǒu}。[4]	没有杂草和空穗。

1 大田：即"甫田"，面积很大的田地。多稼：多种庄稼，一说庄稼繁多。既：已经。种：选种子。戒：通"械"，修理农具。乃事：这些事。

2 覃：通"剡"，尖，锐利。耜：原始翻土农具，其下端形状像今天的铁锹和铧，最早是木制的，后用金属制。俶载：开始从事工作。南亩：农田。

3 厥：其。庭：通"挺"，挺直。硕：大，苗壮。曾孙：周王对他的祖先和其他的神都自称曾孙。若：顺。

4 方：通"房"，指谷粒已生嫩壳，还没有合满。皂：指谷壳已经结成，但还未坚实。坚：籽粒坚实饱满。好：完全成熟。稂：对禾苗有害的杂草。莠：一年生草本植物，穗有毛，很像谷子，亦称"狗尾草"。

去其螟螣，　　　　　　螟螣害虫已除灭，

及其蟊贼，　　　　　　吃禾蟊贼都摧毁，

无害我田稚。⁵　　　护我幼禾莫损亏。

田祖有神，　　　　　　农神显灵灭害虫，

秉畀炎火。⁶　　　　投进烈火烧成灰。

有渰萋萋，　　　　　　乌云飘动满天空，

兴雨祁祁。⁷　　　　降下大雨密又急。

雨我公田，　　　　　　雨点落我公田里，

遂及我私。⁸　　　　同时洒在私田地。

彼有不获稚，　　　　　那有嫩禾没被割，

此有不敛穧；⁹　　　这有禾束没捆齐；

5 螟：吃禾心的害虫。螣：吃禾叶的害虫。蟊：吃禾根的害虫。贼：吃禾节的害虫。稚：幼禾。

6 田祖：农神。有神：有灵。秉：拿。畀：给予。炎火：烈火。

7 有渰：阴云兴起的样子。萋萋：云行弥漫的样子。一说天气清冷的样子。兴雨：降雨。祁祁：盛多的样子。

8 公田：古代井田制度下，把土地划成"井"字形，分为九区，中区由若干农夫共同耕种，将收获物全部缴给统治者，称为"公田"。私：私田，"井"字形中区以外的田为"私田"。

9 获：收割。稚：稚嫩的禾苗。敛：收。穧：割下来没有捆的禾把。

彼有遗秉，　　　　　　那有禾把落田畦，

此有滞穗，　　　　　　这有散穗可拾起，

伊寡妇之利。[10]　　　　照顾寡妇能得益。

曾孙来止，　　　　　　曾孙周王来巡视，

以其妇子，　　　　　　碰上农妇领孩子，

馌_{yè}彼南亩，　　　送饭来到农忙地，

田畯至喜。[11]　　　　　田官见了好欢喜。

来方禋祀，　　　　　　曾孙来到逢祭祀，

以其骍黑，　　　　　　黄牛黑猪摆上席，

与其黍稷。[12]　　　　　还有喷香黍和稷。

以享以祀，　　　　　　献上祭品行祭礼，

以介景福。[13]　　　　　祈求赐予大福气。

10 遗秉：指成把的遗穗。秉，把。滞：遗留。伊：是。利：好处。

11 来：莅临。馌：给在田间耕作的人送饭。田畯：周代农官。

12 禋祀：古代祭天的一种礼仪，先燔柴升烟，再加牲体或玉帛于柴上焚烧。骍黑：赤色牛和黑色羊、猪。

13 享：献上祭品。介：企求。景福：洪福，大福。

这是一首写周王督察秋收、祭祀田祖以祈来年的诗，真实地反映了西周时期的农业生产情况。全诗共四章。第一章写农民对春耕的高度重视与精心准备。第二章写农民在田间除杂草、去虫害等活动。第三章写风调雨顺后庄稼丰收，以及寡妇捡拾遗穗的场景。第四章写曾孙"馌彼南亩"和祭祀祈福。此诗纯用白描，事件繁复而有序，人物虽着墨不多，却真实可感。

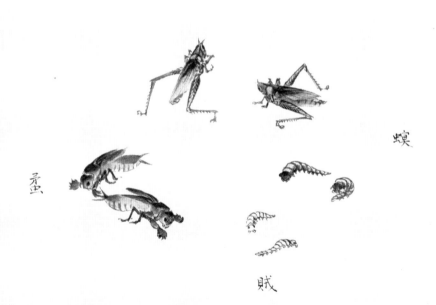

螟

蝝

蟊

贼

瞻彼洛矣

瞻彼洛矣,	远远遥望那洛河,
维水泱泱。[1]	水势深广涌波浪。
君子至止,	君王莅临这地方,
福禄如茨。[2]	福禄聚积厚且长。
韎韐有奭,	皮制蔽膝闪红光,
以作六师。[3]	发动六军士气昂。
瞻彼洛矣,	远远遥望那洛河,
维水泱泱。	水势深广浩荡荡。
君子至止,	君王莅临这地方,
鞞琫有珌。[4]	玉饰刀鞘真堂皇。
君子万年,	敬祝君王寿万年,
保其家室。[5]	保卫国家永兴旺。

1 瞻：向远处或向高处看。洛：水名，源于陕西省洛南县，东流经河南省入黄河。维：其。泱泱：水深广的样子。
2 君子：周王。至止：至之。如茨：形容积聚得多。
3 韎韐：用茜草染成赤黄色的皮子，用作蔽膝护膝。奭：赤色。作：起，兴。六师：周天子所统六军之师。
4 鞞：刀鞘。琫：刀鞘上的饰物。珌：刀鞘下端的装饰。
5 家室：犹"家邦"，本指家与国，亦泛指国家。

瞻彼洛矣，　　　　　远远遥望那洛河，

维水泱泱。　　　　　水势深广烟波茫。

君子至止，　　　　　君王莅临这地方，

福禄既同。⁶　　　　福禄齐聚好吉祥。

君子万年，　　　　　敬祝君王寿无疆，

保其家邦。　　　　　保卫国家永繁昌。

6 同：齐，聚。

这是周天子会合诸侯于东都洛阳时，诸侯赞美周王的诗。诗共三章，每章前两句都以洛水起笔，既点明天子会合诸侯的地点，又以深广的水流暗喻天子的睿智圣明。每章后四句依次叙写了天子莅临洛水会合诸侯时的服饰、剑饰，并点明讲武视师"保其家室""保其家邦"的目的。全诗用赋体写成，亦含比义，起笔阔大，收束有力，虽为短制却意味深长。

裳裳者华

裳裳者华，	花朵儿鲜明美丽，
其叶湑兮。[1]	绿叶儿繁茂葱茏。
我觏之子，	我遇见各位贤人，
我心写兮。[2]	心中烦闷便消融。
我心写兮，	心中烦闷已消融，
是以有誉处兮。[3]	于是身处安乐中。
裳裳者华，	花朵儿鲜明美丽，
芸其黄矣。[4]	绿叶簇拥众黄花。
我觏之子，	我遇见各位贤人，
维其有章矣。[5]	服饰文采令人夸。
维其有章矣，	服饰文采令人夸，
是以有庆矣。[6]	于是福庆万事佳。

1 裳裳：犹"堂堂"，鲜明美盛的样子。华：花。湑：茂盛。
2 觏：遇见。写：通作"泻"，倾吐，倾诉，抒发。倾泄忧愁后心情舒畅。
3 誉处：安乐。誉，通"豫"。
4 芸其：即"芸芸"，花叶众多的样子。
5 章：服饰文采。
6 庆：福庆，喜庆。

裳裳者华，　　　　　　花朵儿鲜明美丽，

或黄或白。　　　　　　黄花白花竞芬芳。

我觏之子，　　　　　　我遇见各位贤人，

乘其四骆。[7]　　　　　乘坐骆马气轩昂。

乘其四骆，　　　　　　乘坐骆马气轩昂，

六辔沃若。[8]　　　　　六条缰绳软又光。

左之左之，　　　　　　左边有着左辅相，

君子宜之。[9]　　　　　君子安排他妥当。

右之右之，　　　　　　右边有着右辅相，

君子有之。[10]　　　　君子定取他所长。

维其有之，　　　　　　倚重贤人用其长，

是以似之。[11]　　　　于是祖业得繁昌。

7 骆：颈上长有黑鬃的白马。

8 六辔：古代一车四马，马各二辔，其中两边骖马的内辔系在轼前不用，故称六辔。沃若：润泽的样子。

9 左：左辅，指辅佐的人。之：语气助词。宜：安。

10 右：右弼，指辅佐的人。有：取。

11 似：通"嗣"，继承。

这是一首周天子赞美诸侯的诗。诗凡四章，前三章的前两句均以鲜花起兴，从叶之茂盛到花之艳丽，展示出叶茂花繁的美丽景象，既烘托出众诸侯拱卫周天子的场景，也表现出抒情主人公内心的欢娱之情。接下来，具体从所遇"之子"的外在服饰和车马气势写其如此欢悦的原因。末章更进一步赞美所遇"之子"无所不宜的内在品性和才能。诗歌在内容上先赞美诸侯的外在美，再赞其内在美；在节奏上，前三章结构相似，末章变化有致，收束得当。

桑扈

交交桑扈，　　　　　　盘旋飞翔的桑扈，

有莺其羽。[1]　　　　　有着彩色的翼羽。

君子乐胥，　　　　　　诸位大臣真快乐，

受天之祜。[2]　　　　　受天保佑得享福。

交交桑扈，　　　　　　盘旋飞翔的桑扈，

有莺其领。[3]　　　　　有着彩色的羽颈。

君子乐胥，　　　　　　诸位大臣真快乐，

万邦之屏。[4]　　　　　各国靠你作障屏。

1 交交：鸟飞旋的样子。桑扈：鸟名，又名青雀、窃脂。有莺：有文采的样子。
2 君子：指群臣。乐胥：喜乐。胥，语气助词。祜：福。
3 领：颈。
4 万邦：所有诸侯封国。屏：屏障。

之屏之翰，　　　　　　为国屏障为辅翼，

百辟为宪。[5]　　　　　诸国把你当法度。

不戢不难，　　　　　　克制自己守礼节，

受福不那。[6]　　　　　享受无尽的洪福。

兕觥其觩，　　　　　　犀牛酒杯把弯弯，

旨酒思柔。[7]　　　　　美酒甘甜性不烈。

彼交匪敖，　　　　　　他不侥幸不骄傲，

万福来求。[8]　　　　　万福齐聚多和谐。

5 之：是。翰：辅翼。百辟：诸侯。宪：法令。

6 不：语气助词，无实义。戢：收敛，克制。难：谨慎。那：多。

7 兕觥：古代犀牛角制酒器。觩：角上方弯曲的样子。旨酒：美酒。思：语气助词。柔：
指酒性温和。

8 彼：指贤者。交：侥幸。敖：通"傲"，傲慢。万福：多福，祝祷之词。求：通
"逑"，集聚。

这是一首周天子大宴宾客，赞美属臣的乐歌。诗共四章，前两章均以"交交桑扈"起兴，以欢快鸣叫的鸟雀、光彩明亮的羽毛，为以下陈述宴饮营造出了一种明快欢乐的气氛。接下来对"君子"进行赞美，称其为邦国之屏障和法度，其自上天而赐的福禄与自我克制、不骄奢有关。

桑扈

鸳鸯

鸳鸯于飞，	鸳鸯比翼双飞舞，
毕之罗之。[1]	毕罗网之情亦笃。
君子万年，	敬祝君子寿万年，
福禄宜之。[2]	康健平安享福禄。
鸳鸯在梁，	鸳鸯双栖在鱼坝，
戢其左翼。[3]	嘴儿插在左翅下。
君子万年，	敬祝君子寿万年，
宜其遐福。[4]	福禄久长命运佳。

1 鸳鸯：水鸟，凫类，雌雄相居，永不相离，人得其一，则另一只思而死，故曰"匹鸟"。于飞：一起飞。于，语气助词。毕：古代田猎用的长柄小网。罗：用绳线结成的捕鸟网。
2 宜：安。
3 梁：筑在河湖池中拦鱼的水坝。戢：收敛。一说嘴插在左翼。
4 遐福：久远之福。

乘马在厩，   四匹马儿在马屋，

摧之秣之。[5]   喂它草料又喂谷。

君子万年，   敬祝君子寿万年，

福禄艾之。[6]   福禄相助踏坦途。

乘马在厩，   四匹马儿系马槽，

秣之摧之。   喂它谷料又喂草。

君子万年，   敬祝君子寿万年，

福禄绥之。[7]   安享福禄同偕老。

5 乘马：指四匹马。厩：马棚。摧：通"莝"，铡碎的草。秣：喂马的谷饲料。此处摧、秣皆用作动词。
6 艾：辅助。一说养。
7 绥：安。

这是一首祝贺新婚的诗。诗凡四章，前两章以鸳鸯起兴喻夫妻爱慕之情。第一章以鸳鸯成对飞翔到被捕入网仍雌雄相伴、不离不弃喻夫妇的患难与共、彼此相惜之情。次章描绘了鸳鸯小憩时相偎相依、安然温馨的情景。两章一动一静，既是对今后婚姻生活的象征性写照，也是对婚姻的主观要求和美好希望。后两章以铡草喂马起兴，喻结婚迎亲之礼，充满了对婚后生活的美好憧憬。

鸳鸯

颀 弁

有颀者弁，	皮帽尖尖真不错，
实维伊何？[1]	戴着它的都是谁？
尔酒既旨，	您的美酒甘而醇，
尔殽既嘉。[2]	您的肴馔也美味。
岂伊异人？	难道来的是外人？
兄弟匪他。[3]	都是兄弟来相陪。
niǎo	
茑与女萝，	依依茑草与女萝，
yì	
施于松柏。[4]	蔓延在那松柏上。
未见君子，	未曾见到君子来，
忧心弈弈。[5]	我的心里很忧伤。
既见君子，	如今见到君子面，
庶几说怿。[6]	满怀喜悦心舒畅。

1 颀：帽顶尖尖（一说前倾）的样子。弁：古时的一种官帽，有爵弁、皮弁，后泛指帽子。实：是。维：为。伊：语气助词，无实义。
2 旨、嘉：美。殽：同"肴"。
3 岂：难道。伊：是。异人：外人，别人。匪：非。
4 茑：落叶小乔木，茎攀缘树上，叶掌状分裂，略作心脏形，花淡绿微红，果实球形，味酸。女萝：植物名，即松萝。多附生在松树上，呈丝状下垂。施：蔓延。
5 弈弈：忧愁的样子。
6 庶几：差不多。说怿：喜爱，喜悦。说，同"悦"。

有頍者弁，	皮帽尖尖真好看，
实维何期？[7]	戴着它的都是谁？
尔酒既旨，	您的美酒甘而醇，
尔殽既时。[8]	您的肴馔味道美。
岂伊异人？	难道来的是外人？
兄弟具来。[9]	至亲兄弟来相会。
茑与女萝，	依依茑草与女萝，
施于松上。	蔓延在那松枝上。
未见君子，	未曾见到君子来，
忧心怲怲。[10] bīngbīng	心里痛苦又忧伤。
既见君子，	如今见到君子面，
庶几有臧。[11]	满怀喜悦盼君赏。

7 何期：即"何其"。期，语末助词，无实义。
8 时：善，好。
9 具：通"俱"，都。
10 怲怲：非常担忧的样子。
11 有臧：有好处。臧，美，善。

有颎者弁，　　　　　　　皮帽尖尖真漂亮，

实维在首。　　　　　　　戴在头上很端正。

尔酒既旨，　　　　　　　您的美酒甘而醇，

尔殽既阜。[12]　　　　　　您的肴馔很丰盛。

岂伊异人？　　　　　　　难道来的是外人？

兄弟甥舅。[13]　　　　　　兄弟舅舅和外甥。

如彼雨雪，　　　　　　　如同大雪纷纷扬，

先集维霰。[14]　　　　　　冰粒先下雪后融。
（xiàn）

死丧无日，　　　　　　　不知死亡哪天降，

无几相见。[15]　　　　　　相见无多凉意浓。

乐酒今夕，　　　　　　　不如今夜开怀饮，

君子维宴。[16]　　　　　　与君同醉乐无穷。

12 阜：盛，多，丰富。
13 甥舅：外甥和舅舅，亦指女婿和岳父，泛指异姓亲戚。
14 雨雪：下雪。集：聚集，密集。维：其。霰：雪珠。
15 无日：不知哪一天。无几：没有多久。
16 维：只。宴：喜乐，欢乐。

这是一首贵族宴请兄弟、姻亲的诗。诗共三章，每章前六句先以赴宴者戴着华丽的皮帽开端，再以设问句和反问句，交代宴会的丰盛和赴宴者的身份。前两章的后六句用松和茑、女萝的关系比喻赴宴者对主人的攀附之情；末章则用雪、霰比喻人生短暂，表现出他们悲观没落的情绪和及时行乐的心情。此诗在表现上较为灵动，设问、反问、比喻等修辞手法让诗篇增色不少。

茑

女萝

车 辖
<small>xiá</small>

间关车之辖兮，　　　间关响声车辖发，
思娈季女逝兮。<small>luán</small> [1]　美丽少女今出嫁。

匪饥匪渴，　　　　　不因饥渴来会合，
德音来括。[2]　　　　新娘品德人人夸。

虽无好友，　　　　　虽然没有好朋友，
式燕且喜。[3]　　　　宴饮欢乐情融洽。

依彼平林，　　　　　平原树木密丛丛，
有集维鷮。<small>jiāo</small> [4]　野鸡栖息在林中。

辰彼硕女，　　　　　新娘善良又健美，
令德来教。[5]　　　　品德教养人人颂。

式燕且誉，　　　　　宴饮热闹又快乐，
好尔无射。<small>yì</small> [6]　永远爱你两心同。

1 间关：拟声词。车行走时发出的声响。辖：穿在车轴两端孔内使车轮不脱落的键。
思：发语词。娈：美好。季女：少女。逝：往。指出嫁。
2 匪：非，没有。德音：美好的品德声誉。括：通"佸"，会，聚会。
3 式：发语词。燕：同"宴"，宴饮。
4 依：茂盛的样子。平林：平原上的林木。有、维：语气助词。鷮：野鸡的一种。尾长，性勇健，善斗。
5 辰：美好善良。硕女：身材高大的美女。令德：美德。
6 誉：通"豫"，欢乐。无射：不厌。

虽无旨酒，　　　　　　虽然酒水不算美，

式饮庶几；[7]　　　　　希望你能喝酣畅；

虽无嘉肴，　　　　　　虽然饭菜不算好，

式食庶几。　　　　　　希望你能吃得香。

虽无德与女，　　　　　虽然德行难相配，

式歌且舞。[8]　　　　　希望歌舞让你爽。

陟彼高冈，　　　　　　登上高高的山冈，
_{zhì}

析其柞薪；[9]　　　　　劈柞砍柴真是忙；
_{zuò}

析其柞薪，　　　　　　劈柞砍柴真是忙，

其叶湑兮。[10]　　　　　柞叶茂密长得旺。
_{xǔ}

鲜我觏尔，　　　　　　多么美好遇见您，
_{gòu}

我心写兮。[11]　　　　　心中烦恼全已忘。

7 庶几：希望，但愿。

8 与：相与，相配。

9 陟：上，升，登。析：劈。柞薪：柞木类的柴薪。《诗经》多以析薪、束薪代婚嫁。

10 湑：茂盛。

11 鲜：善，美好。觏：遇见。写：通作"泻"，倾吐，倾诉，抒发。

高山仰止，　　　　　　雄伟高山须仰望，

景行行止。^{háng}¹²　　　人行大道多宽广。

四牡骓骓，^{fēi fēi}　　四匹公马奔驰忙，

六辔如琴。¹³　　　　缰绳齐如琴弦样。

觏尔新昏，　　　　　　和你相遇新婚日，

以慰我心。¹⁴　　　　相亲相爱心舒畅。

12 仰：仰望。景行：大路。

13 四牡：四匹公马。骓骓：马不停地走而显得疲劳的样子。如琴：形容六条马缰绳像琴弦那样整齐调和。

14 昏：同"婚"。

这是一首抒写男子在迎娶新娘途中的赋诗。诗凡五章，第一章由"间关"的车声，写娶妻启程，既写出了新娘的美，又写出主人公无比喜悦之情。第二章写婚车越过平林，由林中成双成对的野鸡比喻未来夫妻生活的美好，并再一次赞美新娘美好教养和品德。第三章是男子对新娘的真情倾诉。第四章写婚车进入高山，主人公以"析其柞薪"比喻，表露出对新娘的喜爱之情。第五章写婚车进入大路。"四牡""六辔"既是实写，与第一章"间关"相呼应，又用"如琴"比喻，写出主人公对婚后美好和谐生活的憧憬和想象。诗中重女德胜好色的婚恋观，影响深远。在艺术上，此诗结构跌宕，赋比兴皆用之；抒情方式多样，或直诉情怀，或情景兼用，是一首优秀的抒情诗。

青 蝇

营营青蝇,	嗡嗡飞舞的苍蝇,
止于樊。[1]	篱笆上面把身停。
岂弟君子,	平易近人好君子,
无信谗言。[2]	千万莫把谗言听。
营营青蝇,	嗡嗡飞舞的苍蝇,
止于棘。[3]	酸枣树上叮不停。
谗人罔极,	谗人说话没准则,
交乱四国。[4]	搅得四方不太平。
营营青蝇,	嗡嗡飞舞的苍蝇,
止于榛。[5]	榛树丛上叮不停。
谗人罔极,	谗人说话没准则,
构我二人。[6]	害得我俩嫌隙生。

1 营营：拟声词，拟苍蝇来回飞舞的声音。止：止息，停留。樊：篱笆。
2 岂弟：和乐平易。无信：不相信，不要相信。
3 棘：酸枣树。
4 罔极：没有准则。交：俱，都。四国：四方邻国。
5 榛：榛树，一种落叶灌木或小乔木。
6 构：陷害。二人：作者和听者。

这是一首揭露谗人害人祸国的诗，将令人厌恶的"青蝇"作为谗人的象征，愤怒之情溢于言表。三章开头皆以"营营青蝇"起兴，其可恶至极、挥之不去、散恶不止的特点，使作者对"青蝇"的厌恶与对谗人的憎恶，在感情上形成共通，故"青蝇"得以成为愤怒情感的载体。全诗比喻确切传神，"无信谗言"的规劝和警示有力而发人深省。

苍蝇

宾之初筵

宾之初筵，　　　　　客人来到入宴席，

左右秩秩。[1]　　　　主宾列坐皆敬肃。

笾豆有楚，　　　　　竹笾木豆摆整齐，

殽核维旅。[2]　　　　鱼肉瓜果装进去。

酒既和旨，　　　　　醴酒醇和又甘美，

饮酒孔偕。[3]　　　　同心尽兴把杯举。

钟鼓既设，　　　　　钟鼓已经架设好，

举酬逸逸。[4]　　　　举杯敬酒有秩序。

大侯既抗，　　　　　大靶已经张挂好，

弓矢斯张。[5]　　　　良弓利箭也就绪。

射夫既同，　　　　　射手已经会聚齐，

献尔发功。[6]　　　　表演射技获称誉。

---

1 初筵：宾客初入座的时候，指宴饮之始。筵，竹席。古人席地而坐，用筵做坐具，故座席也叫筵席。后常用来借指酒席。左右：席位东西，主人在东，客人在西。秩秩：肃敬又有秩序的样子。

2 笾豆：古代祭祀或宴会时常用的两种器具。笾用竹制，豆用木制。有楚：即"楚楚"，排列整齐的样子。殽：同"肴"，为豆中所装鱼肉等食物。核：为笾中所装瓜果等食物。旅：陈列。

3 和旨：醇和而甘美。孔偕：非常整齐，指同心尽兴。

4 酬：敬酒。逸逸：往来有次序。

5 大侯：古代的一种大箭靶，用虎、熊、豹三种皮制成。抗：竖起，高挂。张：张弓设箭。

6 射夫：射手。同：会齐。发功：发箭射击的功夫。

发彼有的，　　　　　发箭射中那靶心，

以祈尔爵。[7]　　　　败则罚酒众宾娱。

yuè
籥舞笙鼓，　　　　　吹籥起舞敲笙鼓，

乐既和奏。[8]　　　　众乐齐奏音悠扬。

zhēng kàn
烝 衎烈祖，　　　　　进献乐舞娱祖先，

以洽百礼。[9]　　　　配合礼仪神来享。

百礼既至，　　　　　各种礼仪都齐备，

有壬有林。[10]　　　　隆重丰盛大排场。

gǔ
锡尔纯嘏，　　　　　神灵赐你大福气，

dān
子孙其湛。[11]　　　　子孙受益都欢畅。

其湛曰乐，　　　　　和乐欢快尽情兴，

各奏尔能。[12]　　　　各献其能求赞赏。

宾载手仇，　　　　　宾客各自选对手，

室人入又。[13]　　　　主人加入争弱强。

酌彼康爵，　　　　　斟满那个大酒杯，

---

7 有：语气助词。的：靶心。祈：求。爵：古代饮酒的器皿。
8 籥舞：文舞，吹籥而舞，舞时依照籥声为节拍。
9 烝衎：进乐。烈祖：开基创业的祖先。洽：配合。百礼：各种礼仪。
10 壬：大。林：多。
11 锡：赐。纯嘏：大福。湛：喜乐。
12 奏：进献。
13 载：则。手：取，选择。仇：匹，指对手。室人：主人。入又：进入射场又和宾客射箭。

以奏尔时。¹⁴　　　　　　　献给中者作奖赏。

宾之初筵，　　　　　　　客人来到入宴席，

温温其恭。¹⁵　　　　　　　态度谦恭又得体。

其未醉止，　　　　　　　他们没有喝醉时，

威仪反反。¹⁶　　　　　　　举止庄重有威仪。

曰既醉止，　　　　　　　他们都已喝醉时，

威仪幡幡。¹⁷　　　　　　　举止轻率显无礼。

舍其坐迁，　　　　　　　离开座位乱走动，

屡舞仙仙。¹⁸　　　　　　　手舞足蹈不停息。

其未醉止，　　　　　　　他们没有喝醉时，

威仪抑抑。¹⁹　　　　　　　谨慎严肃很得体。

曰既醉止，　　　　　　　他们都已喝醉时，

威仪怭怭。²⁰　　　　　　　举止轻佻又粗鄙。

是曰既醉，　　　　　　　因为已经酩酊醉，

不知其秩。²¹　　　　　　　昏昏不知常规礼。

14 酌：斟酒。康爵：大酒器。奏：进。时：善，指射中者。
15 温温：谦和的样子。
16 威仪：仪容举止。反反：慎重、庄重的样子。
17 曰：语气助词。幡幡：轻率不庄重的样子。
18 舍：离开。坐：座位。迁：移动。仙仙：通"跹跹"，舞姿轻盈的样子。
19 抑抑：谨慎严肃的样子。
20 怭怭：轻佻粗俗的样子。
21 秩：常规。

宾既醉止，　　　　　　　宾客已经喝醉酒，

载号载呶。^{nǎo}22　　　　又是叫喊又是闹。

乱我笾豆，　　　　　　　打翻我的笾和豆，

屡舞傲傲。^{qī}23　　　　左摇右晃把舞跳。

是曰既醉，　　　　　　　因为已经酩酊醉，

不知其邮。24　　　　　　不知过错真可笑。

侧弁之俄，^{biàn}　　　　皮帽歪戴斜一边，

屡舞傞傞。^{suō suō}25　　疯疯癫癫跳舞蹈。

既醉而出，　　　　　　　如果喝醉就离席，

并受其福。26　　　　　　宾主得安都称好。

醉而不出，　　　　　　　醉酒发疯不离席，

是谓伐德。27　　　　　　这叫败德令人恼。

饮酒孔嘉，　　　　　　　饮酒本是美善事，

维其令仪。28　　　　　　只是仪表要美好。

22 号：大声喊叫。呶：喧哗。
23 傲傲：醉舞歪斜倾倒的样子。
24 邮：通"尤"，过失，罪过。
25 侧弁：歪戴皮帽。俄：倾斜。傞傞：醉舞失态的样子。
26 并：遍。
27 伐德：损害德行。
28 维：只是。令仪：美好的仪表礼节。

凡此饮酒，　　　　　　所有这些饮酒人，

或醉或否。²⁹　　　　　　一些清醒一些醉。

既立之监，　　　　　　已设酒监来督察，

或佐之史。³⁰　　　　　　又设酒史来警卫。

彼醉不臧，　　　　　　醉酒本来不像话，

不醉反耻。³¹　　　　　　不醉反而心有愧。

式勿从谓，　　　　　　不要跟着去劝酒，

无俾大怠。³²　　　　　　害他轻慢很狼狈。

匪言勿言，　　　　　　别人不问不言语，

匪由勿语。³³　　　　　　不合法式不乱对。

由醉之言，　　　　　　听从醉汉的胡话，

俾出童羖。³⁴　　　　　　如牵没角公羊喂。

三爵不识，　　　　　　限饮三杯都不懂，

矧敢多又！³⁵　　　　　　何况多喝更倒霉！

29 凡此：所有这些。
30 监：酒监。史：酒史。
31 臧：善，好。
32 式：发语词。从谓：跟着劝酒。俾：使。大怠：太轻慢失礼。
33 匪：非。言：讯，问。由：法式。
34 由：听从。醉：醉者。童羖：无角的公羊。
35 三爵：三杯酒。爵，雀形酒杯。古代君臣小宴礼节，以三爵为度。矧：况且。多又：又多喝。

这是一首讽刺统治者饮酒无度、失礼败德的诗。诗共五章，每章十四句。按内容可以分为三部分。第一、二章为第一部分，写合乎礼制的酒宴。第一章前八句极力状写丰盛和乐，典雅庄重的燕饮场面，后六句写燕射。第二章前八句写乐舞声中盛大隆重之祭祀场面，后六句写大射之礼后又归于燕饮，欢乐之情溢于言表。第三、四章为第二部分，写违背礼制的酒宴。此二章反复直陈醉酒之态，抓住醉酒者吵吵嚷嚷、弄乱东西、衣冠不整的特征进行描绘。诗中虽无贬斥之语，但与前部分两相对照，美丑自现。第五章为第三部分，劝诫人们不要沉湎于酒。全诗章法结构严谨，修辞手法丰富多彩，其叠词、对偶、顶针、重复等修辞格的运用，产生了奇妙的表达效果。另外，诗中的射礼之饮、祭礼之饮以及酒监、酒史的司职，是我们了解周人礼仪、认识古代酒文化的一扇窗口。

鱼 藻

鱼在在藻，　　　　　　鱼在哪儿水藻藏，
有颁其首。¹　　　大大脑袋好模样。
　　　　fén
王在在镐，　　　　　　王在哪儿在镐京，
　　　hào
岂乐饮酒。²　　　宴会饮酒真欢畅。

鱼在在藻，　　　　　　鱼在哪儿水藻藏，
有莘其尾。³　　　长长尾巴好模样。
　　　shēn
王在在镐，　　　　　　王在哪儿在镐京，
饮酒乐岂。　　　　　　宴会饮酒真欢畅。

鱼在在藻，　　　　　　鱼在哪儿水藻藏，
依于其蒲。⁴　　　依傍蒲草嬉戏忙。
王在在镐，　　　　　　王在哪儿在镐京
有那其居。⁵　　　居处安逸把福享。
　　　nuó

1 颁：脑袋很大的样子。
2 镐：西周的国都，在今陕西省西安市西北。岂乐：喜乐。岂，通"恺"，和乐。
3 莘：尾巴长的样子。
4 蒲：蒲草，多年生草本植物，多生池沼中。
5 有那：即"那那"，安逸的样子。

这是一首赞美君贤、民乐的诗。全诗三章，每章前两句均以"鱼在在藻"起兴，描绘了一幅群鱼摇头摆尾、自得其乐地相与嬉戏在藻间的情趣图。后两句写王，写王主持的欢乐宴会和王安逸的居所。诗中"鱼"与"王"，"藻"与"镐"在意象和结构上严格对应。诗人借歌咏鱼得其所乐，实则借喻在王的统治下百姓安居乐业的和乐气氛。

采菽

采菽采菽，　　　　摘大豆啊摘大豆，
筐之筥之。[1]　　　方圆竹器装满它。

君子来朝，　　　　诸侯君子朝周王，
何锡予之？[2]　　　周王用啥赐给他？

虽无予之，　　　　虽然没有厚赏赐，
路车乘马。[3]　　　一辆路车四匹马。

又何予之？　　　　另外还赐了什么？
玄衮及黼。[4]　　　绣龙礼服加纹花。

觱沸槛泉，　　　　涌泉流动清水边，
言采其芹。[5]　　　采下嫩绿的水芹。

君子来朝，　　　　诸侯君子朝周王，
言观其旂。[6]　　　遥望龙旗正临近。

其旂淠淠，　　　　龙旗猎猎随风舞，

---

1 菽：大豆。筐：方形的盛物竹器。筥：圆形的盛物竹器。
2 君子：诸侯。锡：赐。
3 路车：大车，古代天子或诸侯贵族所乘的车。乘马：指四匹马。
4 玄衮：绣着卷龙的黑色礼服。黼：绣着半黑半白斧形花纹的礼服。
5 觱沸：泉水涌出的样子。槛泉：喷涌四流之泉。槛，通"滥"，泛滥。言：语首助词。芹：芹菜。
6 旂：绘有交龙并杆头挂有铜铃的旗。

鸾声嘒嘒（huì huì）。[7]	车上鸾铃响声频。
载骖（cān）载驷（sì），	三驾四驾大马车，
君子所届。[8]	诸侯君子已来临。
赤芾（fú）在股，	红色蔽膝大腿前，
邪幅在下。[9]	小腿斜缠着裹布。
彼交匪纾，	他们不急又不慢，
天子所予。[10]	天子理应会眷顾。
乐只君子，	诸侯君子真快乐，
天子命之。[11]	天子赐命不含糊。
乐只君子，	诸侯君子真快乐，
福禄申之。[12]	又得洪福和厚禄。
维柞之枝，	柞树枝条密丛丛，
其叶蓬蓬。[13]	叶子茂盛绿意浓。

7 淠淠：飘动的样子。鸾声：车上鸾铃鸣声。嘒嘒：拟声词，形容声音清亮而中节。

8 载：语气助词。用于句首或句中，起加强语气作用。骖：一辆车驾三匹马。驷：一辆车驾四匹马。届：到。

9 赤芾：赤色蔽膝，诸侯之服。邪幅：古代缠裹足背至膝的布。

10 彼：通“匪”，不。交：通“绞”，急。纾：缓。

11 乐只：和美，快乐。只，语气助词。命之：策命，赐命。

12 申：重复。

13 维：语首助词。柞：树名。蓬蓬：茂盛、蓬勃的样子。

乐只君子，   诸侯君子真快乐，

殿天子之邦。¹⁴   镇守邦国立大功。

乐只君子，   诸侯君子真快乐，

万福攸同。¹⁵   各种福气都聚拢。

平平左右，   左右亲信善治理，

亦是率从。¹⁶   也都恭敬地随从。

泛泛杨舟，   漂漂荡荡杨木舟，

绋缡维之。¹⁷   绳索系住才牢靠。

乐只君子，   诸侯君子真快乐，

天子葵之。¹⁸   天子思虑很周到。

乐只君子，   诸侯君子真快乐，

福禄脿之。¹⁹   厚赐福禄受关照。

优哉游哉，   生活悠闲好自在，

亦是戾矣。²⁰   安乐享福多逍遥。

14 殿：镇抚，镇守。

15 攸：所。同：聚。

16 平平：治理有序。率：率从。

17 泛泛：漂浮、浮行的样子。绋缡：绳索和带子。多为挽船、系船所用。维：系。

18 葵：通"揆"，度量，揣测。

19 脿：厚赐。

20 戾：安定。

这是一首描写诸侯来朝会周天子的诗。全诗分五章。第一章以采豆苗装满方筐、圆筐比兴，定下了全诗欢快、热烈、隆重的基调。接下来以自问自答的形式对周天子可能准备的礼物进行猜测。第二章写诸侯来朝时的隆重场面。先以槛泉旁必有芹菜可采起兴，再绘旗帜和鸾铃声。第三章叙写诸侯朝见天子时服饰合礼、进退得体的情景。第四章以柞枝蓬蓬起兴，比喻天子拥有天下的繁盛局面与诸侯非凡功绩分不开，并对诸侯卓著功勋进行颂扬。末章对诸侯作进一步的赞美。以大缆绳系住杨木船起兴，暗喻诸侯和天子之间的关系是相互依赖的，诸侯为天子定国安邦，天子则给诸侯以丰厚的奖赏。全诗赋比兴兼有，但以赋为主，从未见，到远见，再到近见以及最后对诸侯功绩和福禄的颂扬，叙事脉络清晰、层次井然。

角弓

驿驿角弓,
^{xīngxīng}

翩其反矣。[1]

兄弟昏姻,

无胥远矣。[2]

角弓调好弯又弯,

弦松就会翻向外。

兄弟骨肉和姻亲,

不要疏远要亲爱。

尔之远矣,

民胥然矣。[3]

尔之教矣,

民胥效矣。[4]

你若疏远亲兄弟,

人们都会学你调。

你若这样去教导,

人们都会来仿效。

此令兄弟,

绰绰有裕。[5]

不令兄弟,

交相为瘉。[6]
^{yù}

如此友善的兄弟,

家庭宽裕感情厚。

兄弟之间不和睦,

相互残害如敌仇。

1 驿驿:弓调和后呈弯曲状。角弓:用兽角装饰的硬弓。翩:通"偏"。偏其,偏偏,
反过来变曲的样子。
2 昏姻:亲家,有婚姻关系的亲戚。胥:相互。远:疏远。
3 胥:全,都。然:这样。
4 教:教导,教化。
5 令:善,指兄弟关系好。绰绰:宽裕的样子。
6 瘉:病。此指诟病、残害。

民之无良，　　　　　如今人们不善良，

相怨一方。[7]　　　　彼此不满怨对方。

受爵不让，　　　　　接受官爵不谦让，

至于己斯亡。[8]　　　事关自己廉耻忘。

老马反为驹，　　　　老马反被当马驹，

不顾其后。[9]　　　　后果如何全不顾。

如食宜饇，　　　　　如请吃饭让人饱，
<small>yù</small>

如酌孔取。[10]　　　如请喝酒要大度。

毋教猱升木，　　　　猴子上树哪用教，
<small>náo</small>

如涂涂附。[11]　　　污泥上面再抹泥。

君子有徽猷，　　　　君子如果有善道，

小人与属。[12]　　　小人自然来傍依。

7 民：人。无良：不善良。相怨：彼此不满。一方：一处。指所居住的地方。

8 受爵：接受爵位。至于己：轮到自己。亡：通"忘"。

9 驹：小马。

10 饇：饱食。酌：喝酒。孔取：多给。

11 毋：语首助词，无实义。猱：猴。升木：上树，爬树。涂：泥。涂附：用泥浆涂在上面。

12 徽猷：美善之道。徽，美好。猷，道。指修养、本事等。与属：依附，依托。

biāo biāo

雨雪瀌瀌，　　　　　大雪飘落纷纷扬，

xiàn

见晛曰消。[13]　　　　太阳一出就融化。

莫肯下遗，　　　　　不肯谦虚来对下，

式居娄骄。[14]　　　　傲慢居高很可怕。

雨雪浮浮，　　　　　大雪飘落纷纷扬，

见晛曰流。[15]　　　　太阳一出化水流。

如蛮如髦，　　　　　行为粗野如蛮髦，

我是用忧。[16]　　　　我心因此多烦忧。

13 雨雪：下雪。瀌瀌：雪盛大的样子。晛：日气，日光。曰：语气助词，无实义。

14 下遗：谦下从人。式：发语词。居：通"倨"，傲慢。娄：通"屡"，屡次，多次。

15 浮浮：犹"瀌瀌"。流：雪融化后变成流水。

16 蛮、髦：即南蛮与夷髦，对西南少数民族的称呼。是用：因此。

这是一首劝告王公贵族不要近小人远骨肉，而应该亲爱兄弟和亲戚的诗。诗共分八章。第一章以角弓不可松弛起兴，暗喻兄弟之间不可疏远。第二章写疏远王室父兄的危害。第三章以兄弟相处和睦与否作进一步的说理。第四章则直斥现实生活中的不良现象。第五、六章以奇特的比喻，从正反两个方面劝导人们改变恶习，相亲为善。末两章以雪花见日而消融，反喻小人之骄横而无所节制和不可理喻。全诗口吻直切真挚，气韵贯通，或取譬，或直言，给读者以震撼心魄的力量。

猱

菀　柳
yǔ

有菀者柳，　　　　碧柳枝多叶茂密，

不尚息焉。[1]　　　莫到树下去休息。

上帝甚蹈，　　　　周王喜怒太无常，

无自昵焉。[2]　　　不可亲近惹晦气。
nì

俾予靖之，　　　　当初让我谋国事，
jīng

后予极焉。[3]　　　其后贬我到边鄙。

有菀者柳，　　　　碧柳枝多叶茂密，

不尚愒焉。[4]　　　莫到树下去休憩。
qì

上帝甚蹈，　　　　周王喜怒太无常，

无自瘵焉。[5]　　　不可亲近惹祸起。
zhài

俾予靖之，　　　　当初让我谋国事，

后予迈焉。[6]　　　其后贬我远行役。

1 菀：茂盛。不尚：含有不可之义。尚，庶几。息：休息。
2 上帝：指周王。蹈：喜怒变动无常。昵：亲近。
3 俾：使。靖：图谋，谋议。之：国事。后：其后。极：通"殛"，流放，放逐。
4 愒：休息。
5 瘵：病，多指痨病。
6 迈：远行。指放逐。

有鸟高飞，
亦傅于天。^{fù} ⁷

彼人之心，

于何其臻？⁸

曷予靖之，

居以凶矜？⁹

鸟儿高飞展双翼，

最高也不过天际。

周王心思深莫测，

他要坏到何田地？

为何让我谋国事，

又置我到凶危地？

7 傅：靠近，迫近。
8 彼人：指周王。臻：至。
9 凶矜：指凶危的境地。矜，危。

这是一首遭流放的大臣揭露周王暴虐无常、抒发怨怒的诗。诗分三章，前两章以菀柳起兴，起笔突兀又引人疑惑。接下来述说缘由解惑，只因"上帝甚蹈"，故将忠心谋国事的我无故放逐到"极""迈"之地。由柳喻人，劝诫似的诉说中包含着悲怆、无奈之情。第三章感情浓度加深，以鸟高飞有际起兴，以置于险境反诘，声泪俱下的控诉声中难掩对周王的怨怒之意。全诗或比拟或劝诫或直白，感情浓烈，引人共鸣。

都人士

彼都人士，　　　　　　那位京都的士子，

狐裘黄黄。¹　　　狐皮袍子罩衫黄。

其容不改，　　　　　　他的容貌如往常，

出言有章。²　　　讲起话来吐华章。

行归于周，　　　　　　将要回到镐京去，

万民所望。³　　　正是万民所盼望。

彼都人士，　　　　　　那位京都的士子，

zī cuō
台笠缁撮。⁴　　　黑布帽儿莒草笠。

彼君子女，　　　　　　那位高贵的小姐，

绸直如发。⁵　　　头发密直真美丽。

我不见兮，　　　　　　如今我没见着她，

我心不说。⁶　　　心中不快忧不已。

1 都人：京都的人。黄黄：形容狐皮袍上的罩衫颜色黄黄的。
2 有章：有法度，有文采。
3 行：将。周：指镐京。望：仰慕，盼望。
4 台笠：用莎草织成的斗笠。台，莎草。缁撮：即黑布做成束发小帽。
5 君子女：贵族小姐。绸直：密而直。绸，通"稠"。如：乃，其。
6 说：同"悦"，喜悦。

彼都人士，　　　　　　那位京都的士子，

充耳琇实。^{xiù}⁷　　　　佩戴充耳和玉石。

彼君子女，　　　　　　那位高贵的小姐，

谓之尹吉。⁸　　　　嘉姓出自尹吉氏。

我不见兮，　　　　　　如今我没见着她，

我心苑结。⁹　　　　心中郁结难度日。

彼都人士，　　　　　　那位京都的士子，

垂带而厉。¹⁰　　　冠带下垂风度翩。

彼君子女，　　　　　　那位高贵的小姐，

卷发如虿。^{chài}¹¹　　发如蝎尾向上卷。

我不见兮，　　　　　　如今我没见着她，

言从之迈。¹²　　　跟她远行也情愿。

---

7 充耳：古代挂在冠冕两旁的饰物，下垂及耳，可以塞耳避听，也叫"瑱"。琇：美石。
实：坚硬。
8 尹吉：当时两个大姓。
9 苑结：即郁结，心中忧郁成结。
10 垂带：下垂的冠带。厉：即裂，绸布的残余，即布条。
11 虿：蝎子一类的毒虫，行走时尾部向上翘。此形容女子卷发之美。
12 言：发语词。迈：行。

匪伊垂之，　　　　　不是他要把带垂，

带则有余。[13]　　　冠带本来细又长。

匪伊卷之，　　　　　不是她要把发卷，

发则有旟。[14]　　　头发天生向上扬。
yú

我不见兮，　　　　　如今我没见着她，

云何盱矣！[15]　　　多么愁闷和忧伤！
xū

13 匪：非。伊：表示判断，常与"匪"连用。

14 有旟：扬起、翘起的样子。

15 盱：通"吁"，忧伤。

这是一首自称为"都人士"的男子追求一位"君子女"的恋情诗。诗凡五章，第一章对"都人士"的衣着、容止和谈吐进行了描写，指出他是众人心仪的对象。第二至四章先描绘"彼都人士"的帽子、耳饰、冠带之美，塑造出了一位仪表气度不凡的上层君子形象。再描绘"君子女"或直或卷的头发和高贵的姓氏。全诗表达了男子见不到自己心爱的恋人的失魂伤怀之情。

采 绿

终朝采绿，　　　　　采摘荩草一早晨，
不盈一匊。[1]　　　　还是不满一大捧。
予发曲局，　　　　　我的头发卷又蓬，
薄言归沐。[2]　　　　回家洗发把他等。

终朝采蓝，　　　　　采摘蓼蓝一早晨，
不盈一襜。[3]　　　　还是不满一围裙。
五日为期，　　　　　约好五天即归家，
六日不詹。[4]　　　　六天还未临家门。

1 终朝：早晨。绿：草名，即荩草，染黄用的草。匊：用手合捧。
2 曲局：卷曲。薄言：语气助词。"薄"含有急急忙忙之义。归沐：回家洗发。
3 蓝：草名，可染青，品种很多，如蓼蓝、菘蓝、木蓝、马蓝等。襜：系在身前的围裙。
4 詹：到。

藍

之子于狩，
言韔其弓。⁵

丈夫外出去打猎，
我就帮他收箭弓。

之子于钓，
言纶之绳。⁶

丈夫外出去钓鱼，
我就帮他理钓绳。

其钓维何？
维鲂及鱮。⁷

丈夫钓了什么鱼？
是那鳊鱼和花鲢。

维鲂及鱮，
薄言观者。⁸

是那鳊鱼和花鲢，
鱼儿既多又新鲜。

5 之子：丈夫。言：发语词，无实义。韔：把弓装弓袋。
6 纶：整理丝线。
7 维：是。鲂：鳊鱼。鱮：鲢鱼。
8 观：多。

这是一首女子思念外出丈夫并想象丈夫归家后两人恩爱情景的诗。全诗分成两部分：前两章为第一部分，主要描写女子因思念丈夫而无心采绿、采蓝，无意梳妆的现实生活；后两章为第二部分，主要描写妻子想象丈夫渔猎时自己相伴相随的场景。这样一实一虚的描写，相互对照，将思念之情刻画得更加强烈。诗虽写怀思，却无哀苦之调。

黍苗

péngpéng
芃芃黍苗，　　　　　　黍苗青青长得旺，

阴雨膏之。¹　　　　好雨及时来滋养。

悠悠南行，　　　　　　南行之路虽迢迢，

召伯劳之。²　　　　召伯慰劳暖心肠。

我任我辇，　　　　　　你拉车来我来扛，

我车我牛。³　　　　马车牛车运输忙。

我行既集，　　　　　　营建谢邑已完工，

盖云归哉！⁴　　　　何不今日回家乡！

我徒我御，　　　　　　我驾车来你走路，

我师我旅。⁵　　　　士众成师又成旅。

我行既集，　　　　　　营建谢邑已完工，

盖云归处！⁶　　　　何不今日回家去！

1 芃芃：草木茂盛的样子。膏：润泽，滋润。
2 悠悠：遥远。召伯：姓姬名虎，封于召国，亦称召穆公。周初召公奭之后。周厉王、
宣王、幽王时的大臣。劳：慰劳。
3 任：背负。辇：拉车。车：驾车。牛：牵牛。
4 集：完成。盖：通"盍"，何不。云：语中助词，无实义。
5 徒：徒步。御：驾驭车马。师、旅：五百人为旅，五旅为师。此都用作动词。
6 归处：归依之处。

肃肃谢功，　　　　　谢邑工程很严正，

召伯营之。[7]　　　　召伯精心来经营。

烈烈征师，　　　　　军威雄壮师旅行，

召伯成之。[8]　　　　召伯用心组织成。

原隰既平，　　　　　高地低地已治平，

泉流既清。[9]　　　　井泉河流已疏清。

召伯有成，　　　　　召伯治谢有成效，

王心则宁。[10]　　　　宣王欢喜心安宁。

7 肃肃：严正的样子，一说快速的样子。谢：谢邑，在今河南信阳。功：工程。营：经
营，治理。
8 烈烈：威武的样子。征师：行役之众。成：组成。
9 原隰：广平与低湿之地。
10 有成：成功，有成效。宁：心安。

这是一首周宣王时行役之人赞美召伯营建谢邑之功的诗。全诗分五章。第一章以"芃芃黍苗,阴雨膏之"起兴,言召伯抚慰南行众役之事。第二、三章反复吟唱,既写建筑谢城的辛劳和勤恳,又写工程完毕之后远离故土的役夫和兵卒无限思乡之情。第四章言召伯营治谢城之功。末章言谢城任务的完成对于周王朝的重大意义。本诗具有纪实性质,叙事干净利落,节奏简洁明快。

隰桑
^{xí}

隰桑有阿，　　　　　洼地桑树柔而美，
其叶有难。^{nuó}¹　　桑叶披拂多茂密。

既见君子，　　　　　我已见到心上人，
其乐如何！²　　快乐滋味甜如蜜！

隰桑有阿，　　　　　洼地桑树柔而美，
其叶有沃。³　　桑叶茂盛有光泽。

既见君子，　　　　　我已见到心上人，
云何不乐！⁴　　怎能叫我不快乐！

隰桑有阿，　　　　　洼地桑树美而柔，
其叶有幽。⁵　　桑叶浓密黑黝黝。

既见君子，　　　　　我已见到心上人，
德音孔胶。⁶　　情话绵绵意相投。

---

1 隰：低湿的地方。有阿：垂长柔美的样子。阿，通"婀"。有难：茂盛的样子。
2 君子：所爱者。
3 沃：丰茂而有光泽的样子。
4 云：发语词，无实义。
5 幽：通"黝"，青黑色。
6 德音：善言。此指情话。孔胶：很扎实、牢固。

心乎爱矣，　　　　我的心啊爱着你，

遐不谓矣？[7]　　　何不向你表心意？

中心藏之，　　　　思念之情藏心底，

何日忘之？　　　　哪有一天能忘记？

7 遐不：何不。谓：告诉。

这是一首女子思念所爱之人的诗。前三章前两句均以桑树起兴，既交代了少男少女的约会之所——幽静浓密的桑林，又以柔润美丽的桑树枝叶比喻美好的青春。后两句写想象中的情绪，女子完全沉浸在与心爱之人相会的喜悦之中。这三章展示了纯真大胆、热情奔放的少女情怀。末章写女子从痴想中清醒过来后的苦恼和心理矛盾。其实现实中的女子是怯弱羞涩的，虽然深爱着对方，却无可奈何地将爱藏在心底。诗歌虚实结合、情感热烈真挚，极具感染力。

白华

白华菅兮，　　　　　　细长菅草开白花，

白茅束兮。[1]　　　　　白茅将它来捆扎。

之子之远，　　　　　　这个人啊弃我去，

俾我独兮。[2]　　　　　使我孤独度年华。

英英白云，　　　　　　白云轻盈朵朵飘，

露彼菅茅。[3]　　　　　滋润菅茅多丰茂。

天步艰难，　　　　　　时运不济受煎熬，

之子不犹。[4]　　　　　这人狠心将我抛。

滮池北流，　　　　　　滮池哗哗向北流，

浸彼稻田。[5]　　　　　灌溉稻田满山丘。

啸歌伤怀，　　　　　　长啸高吟伤心事，

念彼硕人。[6]　　　　　美人身影在心头。

1 华：花。菅：一种多年生草本植物，叶子细长而尖，又名芦芒。束：捆。
2 远：疏远，离弃。俾：使。
3 英英：轻盈明亮的样子。露：滋润。
4 天步：时运，命运。不犹：不可，不以为然。
5 滮池：古水名，在今陕西省西安市西北。浸：灌溉。
6 啸歌：长啸歌吟。硕人：硕大而美的人。

菅

樵彼桑薪，　　　　　上山砍来桑枝柴，

áng　　chén
卬烘于煁。[7]　　　　我把火炉烧起来。

维彼硕人，　　　　　因为那个大美人，

实劳我心。[8]　　　　心受折磨难释怀。

鼓钟于宫，　　　　　宫廷里面敲大钟，

声闻于外。　　　　　铿锵之声传宫外。

cǎo cǎo
念子懆懆，　　　　　想念你啊心忧烦，

视我迈迈。[9]　　　　你却对我太轻慢。

qiū
有鹙在梁，　　　　　秃鹙鱼坝把鱼擒，

有鹤在林。[10]　　　　白鹤栖息在树林。

维彼硕人，　　　　　因为那个大美人，

实劳我心。　　　　　实在折磨我的心。

7 樵：砍柴。桑薪：桑木柴，是最好的薪柴。卬：代词，表示第一人称，我。烘：烤。煁：古代一种可以移动的火炉。

8 维：以，因为。

9 闻：传布，传扬。懆懆：忧愁的样子。迈迈：轻慢的样子。

10 鹙：一种头颈无毛而性贪馋的水鸟。梁：水中所筑的捕鱼之坝。

鸳鸯在梁，　　　　　鸳鸯双栖在鱼坝，

戢其左翼。[11]　　　嘴儿插在左翅下。

之子无良，　　　　　这个人啊没良心，

二三其德。[12]　　　三心二意太虚假。

有扁斯石，　　　　　这块石头扁又平，

履之卑兮。[13]　　　踩在上面仍显矮。

之子之远，　　　　　这个人啊弃我去，

俾我疧兮。[14]　　　使我病重将我害。

11 戢：收敛。一说嘴插在左翼。
12 无良：不善，不好。二三：不专一。形容三心二意。
13 有扁：扁平。履：踩踏。卑：低下。
14 疧：病。

这是一首贵族女子遭丈夫抛弃后抒写苦痛的诗。第一章四句以白菅、白茅结亲的信物起兴，再感慨丈夫的背弃，将无限美好的回忆与眼前被遗弃的痛苦现实形成鲜明的对照。第二、三章以白云滋润菅茅、池水灌溉农田暗喻女子结亲后曾一度得到丈夫的恩泽，而如今却落得遭嫌弃的地步。第四章以桑薪不得其用喻女子美德不被丈夫欣赏，反被"硕人"取代。第五章以钟声闻于外喻女子被弃之事必然国人皆知，并将女子的善良和丈夫的无情进行了对比。第六章以鹤鹙失所兴妻妾易位，其中一个原因便是"硕人"媚惑丈夫。第七章以鸳鸯的相亲相爱反兴丈夫的无情无义。第八章以扁石被踩喻女子被弃后的悲苦命运。

绵 蛮

绵蛮黄鸟，　　　　　　喳喳鸣叫小黄鸟，

止于丘阿。[1]　　　　　停歇山坡幽静处。

道之云远，　　　　　　漫漫长路真遥远，

我劳如何![2]　　　　　奔波劳累太无助。

饮之食之，　　　　　　给他喝来给他吃，

教之诲之。　　　　　　给他劝导和教育。

命彼后车，　　　　　　叫那副车停一停，

谓之载之。[3]　　　　让他坐上勿多虑。

绵蛮黄鸟，　　　　　　喳喳鸣叫小黄鸟，

止于丘隅。[4]　　　　山坡幽静处停息。

岂敢惮行，　　　　　　哪敢害怕远行役，

畏不能趋。[5]　　　　只怕慢行来不及。

1 绵蛮：鸟鸣叫的声音。丘阿：山丘的曲深僻静处。
2 云：句中语气助词。如何：奈何，怎么办。
3 后车：副车，侍从所乘的车。谓：叫。
4 丘隅：犹"丘阿"。
5 惮：害怕，畏惧。趋：快速行走。

饮之食之，　　　　　　给他喝来给他吃，

教之诲之。　　　　　　给他劝导和启迪。

命彼后车，　　　　　　叫那副车停一停，

谓之载之。　　　　　　让他坐上勿心急。

绵蛮黄鸟，　　　　　　喳喳鸣叫小黄鸟，

止于丘侧。　　　　　　停歇在那山坡边。

岂敢惮行，　　　　　　哪敢害怕远行役，

畏不能极。[6]　　　　　害怕难以到终点。

饮之食之，　　　　　　给他喝来给他吃，

教之诲之。　　　　　　给他劝导和意见。

命彼后车，　　　　　　叫那副车停一停，

谓之载之。　　　　　　让他坐上勿记惦。

6 极：至。

这是一首行役之人自陈困苦而思有人周恤和提携的诗。诗每章前四句内容相近，以欢欣鸣叫的黄鸟随意止息，自由停留在"丘阿""丘隅""丘侧"反兴行役之人长途跋涉的辛劳、困顿和苦楚。后四句内容完全相同，反复咏叹希望得他人的体恤和帮助，凄苦之情更加显露无遗。

瓠 叶

幡幡瓠叶，　　　　　随风摇曳瓠叶秧，

采之亨之。¹　　　把它采来煮菜汤。

君子有酒，　　　　　君子家中有好酒，

酌言尝之。²　　　斟满一杯请客尝。

有兔斯首，　　　　　白头野兔味正美，

炮之燔之。³　　　涂上泥巴火上煨。

君子有酒，　　　　　君子家中有好酒，

酌言献之。⁴　　　斟满敬客喝一杯。

1 幡幡：翻动的样子，指瓠叶经风吹动翻卷的样子。瓠：即瓠瓜，又称葫芦，蔬菜名。
亨："烹"的古字，煮。
2 言：犹"而"。
3 有：发语词。斯：白。首：头，脑袋。炮：用泥巴包裹带毛的动物在火上烧烤。燔：
火烤整只的牲畜。
4 献：古时特指主人向宾客敬酒。

有兔斯首，　　　　　　白头野兔味正好，

燔之炙之。　　　　　　涂上泥巴火上烤。

君子有酒，　　　　　　君子家中有好酒，

酌言酢之。⁵　　　　斟满回敬礼节到。

有兔斯首，　　　　　　白头野兔味正纯，

燔之炮之。　　　　　　涂上泥巴火上熏。

君子有酒，　　　　　　君子家中有好酒，

酌言酬之。⁶　　　　宾主劝饮把酒斟。

---

5 酢：客人用酒回敬主人。
6 酬：劝酒。

这是一首主人宴饮宾客的诗，体现了主人的礼节周到、意真情切。诗中主人以瓠叶、兔肉招待客人，原料虽粗简，却是主人亲自"采之""亨之""炮之""燔之""炙之"精心烹调出来的。而且主人对客人殷勤周到，以酒"献之""酢之""酬之"。无疑，宴饮是欢快愉悦的。

^{chán chán}

渐渐之石

渐渐之石，	巉岩林立山陡峭，
维其高矣。¹	矗立在前多峻高。
山川悠远，	山水阻隔一重重，
维其劳矣。²	前方之路远迢迢。
武人东征，	将帅士兵向东进，
不皇朝矣。³	没有闲暇等破晓。

渐渐之石，	巉岩林立山陡峭，
维其卒^{zú}矣。⁴	矗立在前多险阻。
山川悠远，	山水阻隔一重重，
曷其没矣。⁵	前方尽头在何处。
武人东征，	将帅士兵向东进，
不皇出矣。⁶	没有闲暇谋退路。

1 渐渐：山石高峻的样子。渐，通"巉"。维其：何其。
2 悠远：指空间距离的辽远。劳：通"辽"，广阔。
3 武人：将帅士兵。不皇：同"不遑"，没有时间、空暇。朝：早上。
4 卒：通"崒"，山峰高耸险峻。
5 曷：何。没：尽头。
6 出：出险境。

有豕白蹢，　　　　　　　有群猪儿长白蹄，

烝涉波矣。[7]　　　　　　成群蹚过深水溪。

月离于毕，　　　　　　　月亮靠近宿星毕，

俾滂沱矣。[8]　　　　　　大雨滂沱满地泥。

武人东征，　　　　　　　将帅士兵向东进，

不皇他矣。[9]　　　　　　其他事情没空提。

7 蹢：蹄子。烝：众。涉波：渡水。
8 离：通"丽"，依附，此指靠近。毕：星名，二十八宿之一。俾：使。滂沱：雨大的
样子。
9 他：其他的事。

这是一首征人从军、经历险远而慨叹劳苦的诗。诗分三章，前二章意思相仿。前两句写行军途中所见山势陡峭、高岩林立的状貌。中两句抒发山川悠远，何日到达的感想。末两句点题，交代"武人东征"的主题和事件。末章由物象和星象起笔，与第一章呼应，暗示这是夜行军，因担心夜雨降临，故无暇他顾，一心行军。三章末句意思递进，旅途苦情、忧虑一层深过一层。

苕之华
^{tiáo}

苕之华，　　　　　　凌霄花儿正怒放，

芸其黄矣。¹　　　串串繁花颜色黄。

心之忧矣，　　　　　心里充满忧和愁，

维其伤矣！²　　　多么痛苦和悲伤！

苕之华，　　　　　　凌霄花儿正怒放，

其叶青青。³　　　蔓上枝叶好茂盛。

知我如此，　　　　　早知生活这样苦，

不如无生。⁴　　　不如当初不出生。

牂羊坟首，　　　　　母羊头大身子瘦，
^{zāng}

三星在罶。⁵　　　三星照着捕鱼篓。
^{liǔ}

人可以食，　　　　　灾荒年月人食人，

鲜可以饱。⁶　　　太少怎么能吃饱？
^{xiǎn}

---

1 苕：紫葳科落叶木质藤本，借气根攀附在其他物上。又名凌霄花、紫葳、蔓生草。
华：花。芸：黄色深浓的样子。
2 维其：何其。
3 青青：茂盛的样子。
4 无生：不出生。
5 牂羊：母羊。坟首：大头。三星：二十八星宿之一，即参星。罶：捕鱼的竹篓子。
6 鲜：少。

这是一首饥民因苕华有感而自伤不幸的诗，反映了周代饥荒年月人自相食的社会现实与深重苦难。诗前两章以苕华起兴，以花之优美绚丽、生机盎然反衬生活的困苦与无望。美好与残酷的落差就这样呈现在读者面前。末章以头大身瘦的母羊、空空如也的鱼篓明陆物之萧索、水物之凋耗，最后引出人皆相食的惨象。沉痛的呼号，千载而下，犹令人泫然涕下！

何草不黄

何草不黄，	哪有草儿不枯黄，
何日不行。[1]	哪有日子不奔忙。
何人不将，	哪个能不把差当，
经营四方。[2]	往来辛苦走四方。
何草不玄，	哪有草儿不萎枯，
何人不矜。[3]	哪人不似老鳏夫。
哀我征夫，	我们征夫真可怜，
独为匪民。[4]	不被当人命真苦。

1 行：出行。此指行军，出征。
2 将：犹"行"。经营：往来。
3 玄：赤黑色，指百草枯萎衰败之色。矜：通"鳏"，老而无妻的人。
4 匪民：不是人。匪，非。

匪兕匪虎，   不是犀牛不是虎，

率彼旷野。5   常在旷野出和入。

哀我征夫，   我们征夫真可怜，

朝夕不暇。6   白天黑夜都忙碌。

有芃者狐，   毛发蓬松的狐狸，

率彼幽草。7   往来出没深草丛。

有栈之车，   高高大大出征车，

行彼周道。8   急行在那大道中。

5 兕：雌性犀牛。率：循，沿着。
6 不暇：没有空闲。
7 芃：兽毛蓬松的样子。幽草：幽深地方的草丛。
8 栈：高大的样子。周道：大道。

这是一首反映征役不息、征夫愁怨的诗。全诗四章，前两章先用到处都有而听其自生自灭的野草起兴，后两章又用一年到头在旷野荒草中生活的各种兽类打比，说明这些终年奔走于四方的征夫就跟草木禽兽一样，既不能享受正常人应有的待遇，更谈不上过安居乐业的生活。作者把一腔哀怨愤激之情，用极为精练的语言写得淋漓尽致。

大雅

文 王

文王在上，	文王之灵在昊天，
於昭于天。[1] wū	高高在天多显耀。
周虽旧邦，	周虽是那旧邦国，
其命维新。[2]	它却受命建新朝。
有周不显，	周朝国势多盛大，
帝命不时。[3]	天帝意志全遵照。
文王陟降，	文王神灵升又降，
在帝左右。[4]	在帝身旁多荣耀。
亹亹文王，[wěi wěi]	勤勉不倦周文王，
令闻不已。[5]	美好声誉永颂扬。
陈锡哉周，	天帝厚赐兴周邦，
侯文王孙子。[6]	子子孙孙永兴旺。

1 文王：周文王昌，姬姓。於：语气词，相当于"啊"。昭：光明。
2 旧邦：旧国。命：天命。维新：反对旧的，提倡新的。
3 有：词头，无实义。不显：盛大的样子。不，通"丕"，大。时：是。
4 陟降：升降，上下。左右：身边。
5 亹亹：勤勉不倦的样子。令闻：美好的声誉。
6 陈："申"的借字，一再，重复。锡：赐予。哉周：建设周国。哉，通"载"，开始，莫基。侯：乃，是。

文王孙子，　　　　　　　文王子孙受福泽，

本支百世。⁷　　　　　本宗支庶百世昌。

凡周之士，　　　　　　　但凡周邦文武官，

不显亦世。⁸　　　　　累世显贵有名望。

世之不显，　　　　　　　累世显贵地位高，

厥犹翼翼。⁹　　　　　谋划恭敬又严谨。

思皇多士，　　　　　　　美好贤能的才士，

生此王国。¹⁰　　　　生此国度多荣幸。

王国克生，　　　　　　　王国因之能荣欣，

维周之桢。¹¹　　　　都是周邦的福庆。

济济多士，　　　　　　　众多才士济一堂，

文王以宁。¹²　　　　文王安宁不操心。

7 本支：以树木的本枝喻同一家族的嫡系和庶出子孙。

8 士：指周朝的百官群臣。亦世：奕世，累世。

9 厥：他，他的。犹：通"猷"，谋划。翼翼：恭敬谨慎的样子。

10 思：发语词，无实义。皇：美好。

11 克：能。维：是。桢：支柱，主干。一说吉祥福庆。

12 济济：众多的样子。

穆穆文王，	仪表堂堂周文王，
於缉熙敬止。¹³	行事谨慎又光明。
假哉天命，	伟大严峻天帝命，
有商孙子。¹⁴	商代子孙要遵从。
商之孙子，	殷商后代子孙多，
其丽不亿。¹⁵	人数过亿数不清。
上帝既命，	天帝已经下命令，
侯于周服。¹⁶	臣服周朝顺天命。
侯服于周，	殷商称臣服周邦，
天命靡常。¹⁷	可见天命并无常。
殷士肤敏，	殷商臣属美而敏，
^{guàn} 祼将于京。¹⁸	来京灌祭助周王。
厥作祼将，	看他助祭行祼礼，

13 穆穆：仪容或言语和美。缉熙：指光明，又引申为光辉。敬：严肃谨慎。止：语尾助词。

14 假：大。

15 丽：数，数目。不亿：超过亿数，形容其数甚多。

16 侯于周服：为"侯服于周"的倒文。侯：乃，就。服：臣服。

17 靡常：无常，没有一定的规律。

18 殷士：殷人，指殷商的臣属。肤敏：优美敏捷。祼将：助王举行祼祭之礼。祼，灌祭，祭礼的一种。将，举行。

常服黼冔。¹⁹ 冠服仍是殷时装。

王之荩臣，他们都是王忠臣，

无念尔祖。²⁰ 感念祖荫不要忘。

无念尔祖，祖先荫德不忘记，

聿修厥德。²¹ 自身德行勤修砺。

永言配命，常顺天命不相违，

自求多福。²² 才能多求好福气。

殷之未丧师，殷商未失民心时，

克配上帝。²³ 也能应命合天意。

宜鉴于殷，应该以殷为借鉴，

骏命不易。²⁴ 遵行大命不容易。

19 常：与"尚"通，还是。服：穿戴。黼：古代礼服上绣的半黑半白的花纹。冔：殷代冠名。

20 荩臣：王所进用之臣，后引申指忠诚之臣。无念：犹言勿忘，不要忘记。

21 聿：句首助词，无实义。修厥德：修其德行。

22 永：长，常。言：语气助词，无实义。配命：配合天命。

23 丧师：失去民心。师，众，众庶。克：能。

24 鉴：借鉴，引以为教训。骏命：大命，指上天或帝王的命令。骏，大。不易：不容易。

命之不易，　　　　　　　遵行大命不容易，

无遏尔躬。[25]　　　　　　切勿断绝在你身。

宣昭义问，　　　　　　　宣扬光大好名声，

有虞殷自天。[26]　　　　　又依天意谨察审。

上天之载，　　　　　　　上天行事难猜度，

无声无臭。[27]　　　　　　无声无息了无痕。

仪刑文王，　　　　　　　效法伟大周文王，

万邦作孚。[28]　　　　　　万国诸侯都信奉。
　　　fú

25 遏：阻止，断绝。尔躬：你自身。

26 宣昭：宣扬，显扬。义问：美好的声誉。有：通"又"。虞：审察，推度。

27 载：事。臭：气息，气味。

28 仪刑：效法。作孚：信服，信从。

这是一首歌颂周王朝奠基者文王的功业和德行并以"敬天法祖"劝诫成王的诗。全诗共七章。第一章写文王建周是天命所赐。第二章写文王兴国福泽后代。第三章歌颂文王培育了众多人才。第四章写周朝兴盛取代殷商，是因文王德行高尚。第五章从天命出发，歌颂文王开国功业。第六章以史为鉴，劝诫成王要以殷商为鉴，做到敬天修德。第七章从"命之不易"说起，劝诫成王要效法文王。诗中天命靡常、唯德是辅的观念是文王兴周代殷的最合情理的解释。此诗是《大雅》的第一篇，与《生民》《公刘》《绵》《皇矣》《大明》等篇相关联，构成了一组开国史诗。全诗结构完整，连珠顶针修辞手法的运用，使得诗意连贯、韵律和谐。

大 明

明明在下，	文王美德耀人间，
赫赫在上。[1]	显赫盛大达天上。
天难忱斯，^{chén}	天命无常难相信，
不易维王。[2]	为君为王不易当。
天位殷適，	天立殷纣为君王，
使不挟四方。[3]	却又使他失四方。
挚仲氏任，	挚国任家二姑娘，
自彼殷商。[4]	来自遥远的殷商。
来嫁于周，	前往远嫁我周邦，
曰嫔于京。[5]^{pín}	来到京都做新娘。
乃及王季，	与那王季结配偶，
维德之行。[6]	专做好事美名扬。

1 明明：光明的样子。赫赫：显赫盛大的样子。
2 忱：相信，信任。斯：语末助词。维：为。
3 位：立。殷適：殷纣王。適，通"嫡"，正妻所生之子。挟：拥有。
4 挚：古国名，在今河南省汝南县东南。仲氏：次女。任：姓。自：来自。
5 曰：语首助词。嫔：嫁。京：周京。
6 及：与。维德之行：只做有德行的事情。

大任有身，　　　　　　　太任不久有身孕，

生此文王。⁷　　　　　生下文王好儿郎。

维此文王，　　　　　　　就是这个周文王，

小心翼翼。⁸　　　　　行事谨慎又恭良。

昭事上帝，　　　　　　　勤勉努力奉上天，

聿怀多福。⁹　　　　　带来幸福和吉祥。

厥德不回，　　　　　　　德行正直又磊落，

以受方国。¹⁰　　　　各国归附民所望。

天监在下，　　　　　　　上天明察人世间，

有命既集。¹¹　　　　天命已经聚文王。

文王初载，　　　　　　　就在文王年轻时，

天作之合。¹²　　　　上天赐他好对象。

7 大任：即挚仲氏任。大，"太"的古字。有身：怀孕。
8 翼翼：恭敬谨慎的样子。
9 昭事：勤勉地服事。昭，通"劭"，勤勉。聿：语气助词。怀：召来。
10 不回：正直，不行邪僻。回，邪僻。受：承受，享有。方国：四方诸侯之国。
11 天监：上天的监视。有命：天命。有，句首助词。
12 初载：初年。天作之合：谓文王娶大姒为上天所赐。

在洽之阳，　　　　　　　新娘住在洽水北，

在渭之涘。[13]　　　　　就在渭水河岸旁。

文王嘉止，　　　　　　　文王开始备婚礼，

大邦有子。[14]　　　　　迎娶莘国好姑娘。

大邦有子，　　　　　　　莘国这位好姑娘，

俔天之妹。[15]　　　　　美如天上仙女样。

文定厥祥，　　　　　　　订婚之礼很吉祥，

亲迎于渭。[16]　　　　　文王亲迎渭水旁。

造舟为梁，　　　　　　　连舟结成浮桥状，

不显其光。[17]　　　　　婚礼隆重显荣光。

有命自天，　　　　　　　天帝有命从天降，

命此文王，　　　　　　　命令传达给文王，

于周于京。[18]　　　　　在那京都和周邦。

13 洽：水名，在今陕西省合阳县西北。阳：水的北岸。渭：渭水。涘：水边。

14 嘉止：指嘉礼，婚礼。大邦：大国，指莘国。

15 俔：如同，好比。妹：少女。

16 文定：订婚。文，礼，纳币之礼。祥：吉祥。

17 造舟为梁：连舟以成浮桥。不显：盛大的样子。不，通"丕"。

18 有：语首助词。

缵女维莘，　　　　　　美女来自那莘国，

长子维行，　　　　　　长女太姒嫁文王，

笃生武王。[19]　　　　　生下武王好儿郎。

保右命尔，　　　　　　天帝保佑命武王，

燮伐大商。[20]　　　　　协同征伐那殷商。

殷商之旅，　　　　　　殷商调动大军队，

其会如林。　　　　　　军旗如林气势强。

矢于牧野：[21]　　　　　武王誓师在牧野：

维予侯兴，　　　　　　我们才是兴盛邦，

上帝临女，　　　　　　天帝监视着你们，

无贰尔心！[22]　　　　　勿怀二心和妄想！

牧野洋洋，　　　　　　牧野无边地势广，

檀车煌煌，　　　　　　檀木战车亮又光，

19 缵：通"嬪"，美好。维：是。莘：莘国。长子：长女，指太姒。维行：即有行，出嫁的意思。笃：语首助词。

20 保右：保佑。命：命令。燮伐：协同征伐。

21 旅：军队。会：军旗。矢：誓、誓师。

22 维：发语词。予：我，我们。侯：乃，才。兴：兴盛。临：监视。女：通"汝"，指参加宣誓的士兵。贰：不专一，怀有二心。

^{yuán} 驷骥彭彭。²³	驾车驷马好强壮。
维师尚父，	三军统帅姜太师，
时维鹰扬。²⁴	好像雄鹰在飞扬。
^{liàng} 凉彼武王，	督率大军佐武王，
肆伐大商，	猛烈迅疾击殷商，
会朝清明。²⁵	一朝开创新气象。

---

23 洋洋：广大无边的样子。檀车：用檀木做的兵车。煌煌：明亮耀眼的样子。驷骥：共驾一车的四匹赤毛白腹马。彭彭：强壮的样子。

24 师：太师。尚父：吕尚的尊称，俗称姜太公。时：是。鹰扬：如鹰之飞扬，形容奋发勇猛。

25 凉：辅佐。肆伐：袭伐，疾伐。会朝：一朝，一旦。清明：指政治有法度，有条理。

这是一首歌颂周代开国祖先功德的诗，叙述了王季与太任、文王与太姒成亲以及武王一举灭商的史实，具有史诗性质。诗共八章。第一章为全诗总纲，以皇天伟大、天命难测引出商运将亡、周命将兴。第二章写王季与太任成亲，行德政。第三至五章写文王降生、承受天命、德行出众、受任方国、与太姒成亲。第六至八章写武王降生、出兵伐商、牧野誓师、牧野之战。七、八章为全诗重点。此诗为叙事诗，叙述简练而时序井然，详略得当，场面阔大，气势磅礴。

绵

绵绵瓜瓞。^{dié} ¹　　　　　大瓜小瓜结成串。

民之初生，　　　　　周族人民初发端，

自土沮漆。^{dù} ²　　　　　杜水迁到漆水畔。

古公亶父，　　　　　太王古公亶父来，

陶复陶穴，　　　　　率民挖洞又掘窑，

未有家室。³　　　　　没有房屋洞中钻。

古公亶父，　　　　　太王古公亶父来，

来朝走马。⁴　　　　　清早策马急出发。

率西水浒，^{hǔ}　　　　　沿着河岸直向西，

至于岐下。⁵　　　　　来到岐山山脚下。

爰及姜女，　　　　　他与妻子名太姜，

聿来胥宇。^{yù} ^{xǔ} ⁶　　　　　察看地基营造家。

---

1 绵绵：连续不断。瓞：小瓜。

2 民：指周族。土：从《齐诗》读"杜"，指杜水。沮：通"徂"，到。漆：水名，渭水
支流。

3 古公亶父：文王祖父，初居豳，后被戎狄侵略，迁居岐山之下，定国号曰周。到武王伐
纣定天下，追尊他为太王。陶：通"掏"，挖掘。复：窑洞。穴：地洞。家室：房屋。

4 来朝：清早。走马：骑马疾走，驰逐。

5 率：沿着。浒：水边。岐下：岐山之下。

6 爰：于是，乃。及：偕同。姜女：姜氏之女，古公亶父之妻，也称太姜。聿：发语词，
无实义。胥宇：察看可筑房屋的地基和方向。胥，察看。

王
瓜

周原膴膴,　　　　　　　周原广平又肥沃,

菫荼如饴。[7]　　　　　　菫葵苦菜甘如饴。

爰始爰谋,　　　　　　　于是谋划与商议,

爰契我龟。[8]　　　　　　刻龟占卜求吉利。

曰止曰时,　　　　　　　兆示此处宜居息,

筑室于兹。[9]　　　　　　决定建屋在此地。

乃慰乃止,　　　　　　　于是安心住下来,

乃左乃右。[10]　　　　　于是布局西和东。

乃疆乃理,　　　　　　　于是划界整土地,

乃宣乃亩。[11]　　　　　于是开渠又修垄。

自西徂东,　　　　　　　从西到东周原地,

周爰执事。[12]　　　　　男女老少全劳动。

7 周：地名,在岐山南,为周室发祥地。原：广而平的地方。膴膴：膏腴,肥沃。菫：植物名,花白色,带紫色条纹,全草可入药。荼：苦菜。饴：饴糖,用麦芽制成的糖。

8 始、谋：谋划。契：用刀刻。龟：指占卜所用的龟甲。

9 曰：发语词。止：居住。时：是,与"止"义同。

10 慰：居住。左、右：划定左右区域。

11 疆：划分田地的界限。理：整治土地。宣：疏通沟渠。亩：治理田垄。

12 周：普遍,全面。执事：从事工作。

乃召司空，　　　　　　召来司空定工程，

乃召司徒，　　　　　　再召司徒配人丁，

　　bǐ
俾立室家。¹³　　　　使其开工建新房。

其绳则直，　　　　　　绳墨拉得直又长，

缩版以载，　　　　　　竖起墙板筑土夯，

作庙翼翼。¹⁴　　　　兴建宗庙好端庄。

jū　réngréng
捄之陾陾，　　　　　　敛土盛土声腾腾，

duó　hōnghōng
度之薨薨，¹⁵　　　倒土填土声轰轰，

筑之登登，　　　　　　捣土夯土声登登，

　　píngpíng
削屡冯冯。¹⁶　　　削土刮土声乒乒。

　　dǔ
百堵皆兴，　　　　　　众多墙面齐动工，

gāo
鼛鼓弗胜。¹⁷　　　人声鼎沸赛鼓声。

13 司空：官名，掌管工程。司徒：官名，掌管国家的土地和调配劳力。俾：使。立：建筑。
14 绳：绳尺，绳墨。缩版：以索束夹板。版，筑墙用的夹板。载：竖立。庙：宗庙。翼翼：庄严雄伟的样子。
15 捄：盛土于筐。陾陾：筑墙声。度：投，填，将土填到夹板中。薨薨：拟声词，用来模拟填土声。
16 筑：捣土使坚实。登登：敲击声。削屡：将土墙隆起的地方刮平。冯冯：刮土墙声。
17 百堵：众多的墙。鼛鼓：一种长一丈二尺的大鼓。在众人服力役的时候，要打起鼛鼓来催动工作。弗胜：胜不过。

乃立皋门，　　　　　　　　于是建起大城门，

皋门有伉。^{kàng}[18]　　　　城门高大又雄壮。

乃立应门，　　　　　　　　于是建起大正门，

应门将将。[19]　　　　　　正门雄伟又堂皇。

乃立冢土，　　　　　　　　于是建起大祭坛，

戎丑攸行。[20]　　　　　　众人祭神都前往。

肆不殄厥愠，^{tiǎn yùn}　　虽未灭绝怨恨敌，

亦不陨厥问。[21]　　　　　文王声誉未损伤。

柞棫拔矣，^{zuò yù}　　　栎与白桵都拔尽，

行道兑矣。[22]　　　　　　道路畅达通四方。

混夷駾矣，^{tuì}　　　　昆夷败北惊惶逃，

维其喙矣。^{huì}[23]　　　一副疲困狼狈相。

18 皋门：古时王宫的外门。皋，通"高"。伉：高大。
19 应门：古代王宫的正门。将将：高大雄伟的样子。
20 冢土：大社，天子祭神的地方。戎丑：大众。戎，大。丑，众。攸：所。
21 肆：虽然。殄：尽，绝灭。厥：其。愠：怨恨。陨：丧失，失去。问：通"闻"，声誉。
22 柞棫：栎与白桵树。拔：拔除干净。兑：畅通。
23 混夷：古种族名，西戎的一种，又作昆夷。駾：马受惊奔跑。喙：气短疲困的样子。

虞芮质厥成，　　　　　虞芮争执已息平，

文王蹶^{guì}厥生。²⁴　　　文王感化其本性。

予曰有疏附，　　　　　我有远者来亲附，

予曰有先后，²⁵　　　我有良士佐国政，

予曰有奔奏，　　　　　我有奔走效力臣，

予曰有御侮。²⁶　　　我有良将御敌侵。

24 虞芮：周初二国名。质：评断。成：平。指虞芮两国平息纠纷，互相结好。蹶：动，
感动。生：同"性"。
25 曰：句中助词，无实义。疏附：使疏远者亲附。先后：在王前后的辅佐之臣。
26 奔奏：四方奔走，喻德宣誉之臣。御侮：抵御外侮之臣。

这是一首歌颂周先祖太王古公亶父开国功业的诗。全诗共九章，以迁岐为中心展开铺排描绘。第一章以绵延不断的瓜瓞起兴，喻周人生生不息、繁盛不已的历史。以后各章分别叙述了古公亶父率族迁岐、定宅治田、建屋筑庙，以及文王平虞芮之讼、受天命的事迹，反映了周人对生活的激情、对生命的热爱、对祖先的崇敬，具有史诗性质。在艺术上，诗歌时空交织，情景事相融，生活气息浓厚，诗意浓郁，感染力强。

堇　　　　　　　　　　　　　　　　　　紫花地丁

棫朴

yù

péngpéng

芃芃棫朴，　　　　　棫树朴树真茂密，

　yǒu

薪之槱之。¹　　　　砍下做柴把天祭。

　　bì

济济辟王，　　　　　文王恭敬行礼仪，

　qū

左右趣之。²　　　　左右跟随行步疾。

济济辟王，　　　　　文王恭敬行礼仪，

左右奉璋。³　　　　左右随从捧玉璋。

奉璋峨峨，　　　　　手捧玉璋仪容壮，

髦士攸宜。⁴　　　　英俊贤士气轩昂。

　pì

淠彼泾舟，　　　　　船儿急行泾河上，

烝徒楫之。⁵　　　　众人合力齐举桨。

周王于迈，　　　　　周王将要去远征，

六师及之。⁶　　　　六军云集随君往。

1 芃芃：茂盛的样子。棫朴：白桵和枹木，两种丛生灌木。薪：取以为薪，打柴。槱：
积木柴燃烧以祭天神。
2 济济：庄敬的样子。辟王：君王，指周文王。趣：通"趋"，小步快走。
3 奉：捧。璋：即璋瓒，祭祀时盛酒的玉器。
4 峨峨：盛壮、盛美的样子。髦士：英俊之士。攸：所。宜：合适。
5 淠：船行的样子。泾舟：泾水之舟。烝徒：众人，百姓。楫：划船。
6 于迈：出征。六师：周天子所统六军之师。及：随同，跟从。

^{zhuō}

倬彼云汉，　　　　　　银河迢迢多宽广，

为章于天。⁷　　　　星光点点布天上。

周王寿考，　　　　　　周王长寿人爱戴，

遐不作人？⁸　　　　培养人才思虑长。

^{duī}

追琢其章，　　　　　　精心雕琢那花纹，

金玉其相。⁹　　　　如金如玉本质良。

勉勉我王，　　　　　　勤勉不倦我周王，

纲纪四方。¹⁰　　　才能杰出统四方。

7 倬：宽广，高大。云汉：银河。章：花纹。

8 寿考：年高，长寿。遐：通"何"。作人：任用和造就人才。

9 追琢：雕琢，雕刻。追，通"雕"。相：本质。

10 勉勉：勤勉不倦的样子。纲纪：治理，管理。

这是一首写周文王郊祭天神后出兵伐崇的诗。诗共五章，每章四句。前两章写郊祭。诗以茂盛的棫朴起兴，继写伐木行燎祭、献璋瓒及众人陪祭等仪程，为后文张本。后三章写出征。先以"泾舟"起兴，喻六师之众自觉跟随周王出征，再以"云汉"起兴，喻周王以文德服人，故能培育人才、修炼操持、纲纪四方。全诗多用比兴，形象生动地体现了歌颂文王之德的主旨。

棫朴

旱麓

瞻彼旱麓，   远远遥望旱山麓，

^{zhēn hù}
榛楛济济。¹   密密丛丛榛楛树。

岂弟君子，   和乐平易的君子，

^{kǎi tì}
干禄岂弟。²   平易和乐求福禄。

瑟彼玉瓒，   圭瓒酒器洁又亮，

黄流在中。³   香甜美酒壶中漾。

岂弟君子，   和乐平易的君子，

福禄攸降。⁴   大福大禄从天降。

鸢飞戾天，   老鹰高飞到青天，

鱼跃于渊。⁵   鱼儿跳跃在深渊。

岂弟君子，   和乐平易的君子，

遐不作人？⁶   何不树人用百年？

1 旱麓：旱山山脚。榛楛：榛木与楛木。泛指丛生的杂木。济济：众多的样子。
2 岂弟：同"恺悌"，和乐平易。君子：指文王。干禄：求福。
3 瑟：洁净鲜明的样子。玉瓒：圭瓒，为玉柄金勺，祭祀时用以酌香酒的酒器。黄流：酒在器中流动。
4 攸：所。
5 鸢：一种凶猛的鸟，俗称老鹰。戾：至，到。
6 遐：通"何"。作人：任用和造就人才。

清酒既载，　　　　　洁净清酒已摆好，

骍牡既备。⁷　　红色公牛已备齐。

以享以祀，　　　　　用它上供和祭祀，

以介景福。⁸　　求神赐我大福气。

^{zuò yù}
瑟彼柞棫，　　　　　柞棫树林好茂密，

民所燎矣。⁹　　百姓砍来把天祭。

岂弟君子，　　　　　和乐平易的君子，

神所劳矣。¹⁰　神灵保佑好福气。

莫莫葛藟，　　　　　葛藤藤蔓浓又密，

^{yì}
施于条枚。¹¹　蔓延缠绕树枝干。

岂弟君子，　　　　　和乐平易的君子，

求福不回。¹²　祈求福禄不邪奸。

7 清酒：古代指祭祀用的陈酒。载：陈设。骍牡：红色的雄性牛马等。
8 介：求。景：大。
9 柞棫：栎与白桵树。燎：焚烧，此指烧柴祭天。
10 劳：慰劳。一说保佑。
11 莫莫：茂密的样子。葛藟：葛藤。施：蔓延。条：树枝。枚：树干。
12 不回：不违。一说不邪。

这是歌颂周文王祭祖得福，知道培养人才的诗。诗共六章，章四句。诗以"榛楛济济"起兴，喻周邦之民得君德教。后两句以"岂弟"绘君，揭示其祭祀得福的缘由。其后几章写祭祀仪程，即缩酒、宰杀牺牲、燔柴祭天等。其中，第三章于祭祀现场宕出一笔，写飞鸢与跃鱼，象征优秀人才在君王的培育下能充分发挥聪明才智。诗歌以"岂弟君子"一句作为贯穿全诗的气脉，将祭祀和育才主旨融合无间，首尾均用比兴，章法摇曳多姿。

思齐^{zhāi}

思齐大任，　　　　　大任端庄又恭敬，

文王之母。¹　　　　她是文王好母亲。

思媚周姜，　　　　　太姜贤淑又美好，

京室之妇。²　　　　她是王室好妇人。

大姒嗣徽音，　　　　大姒继承美德音，

则百斯男。³　　　　多子多男兴家门。

惠于宗公，　　　　　文王孝敬顺祖先，

神罔时怨，　　　　　神灵没有怨怒容，

神罔时恫。^{tōng}⁴　　　更无伤心与悲痛。

刑于寡妻，　　　　　文王为妻作典型，

至于兄弟，　　　　　对待兄弟也相同，

以御于家邦。⁵　　　治理家国都亨通。

1 思：发语词，无实义。齐：通"斋"，端庄、恭敬的样子。大任：即太任，王季之妻，文王之母。
2 媚：美好。周：指太姜，古公亶父之妻，王季之母，文王之祖母。京室：王室。
3 大姒：有莘氏之女，周文王妻，武王母。嗣：继承。徽音：德音，指令闻美誉。百斯男：言生子之多。百，虚数。斯，助词，无实义。
4 惠：孝顺。宗公：宗庙先公，祖先。罔：无，没有。时：所。恫：悲痛，伤心。
5 刑：通"型"，法式，典范，榜样。寡妻：嫡妻，正妻。御：治理。

雍雍在宫，　　　　　　　　家中和睦又融洽，

肃肃在庙。[6]　　　　　　　身在宗庙敬且严。

不显亦临，　　　　　　　　不明之处自省察，

无射亦保。[7]　　　　　　　保持善性不厌倦。

肆戎疾不殄，　　　　　　　西戎祸患已除尽，

烈假不遐。[8]　　　　　　　害人疫病也消停。

不闻亦式，　　　　　　　　听到良策即施行，

不谏亦入。[9]　　　　　　　忠言谏告不看轻。

肆成人有德，　　　　　　　所以成人有德行，

小子有造。[10]　　　　　　年少子弟也有成。

古之人无斁，　　　　　　　文王育人不厌倦，

誉髦斯士。[11]　　　　　　育出英才美誉称。

6 雍雍：和乐、和洽的样子。宫：家。肃肃：恭敬严肃的样子。庙：宗庙。

7 不显：不显明，不清楚。临：临视，省察。无射：不厌。射，厌。保：保持。

8 肆：故，所以。戎疾：西戎的祸患。不：语气助词，无实义。殄：断绝。烈假：害人的疫病。遐：远去。

9 闻：听见。式：用。入：采纳。

10 有德：有德行，指道德品行高尚，能身体力行。小子：未成年的人，子弟辈分。有造：有造就。

11 古之人：指文王。无斁：不厌恶，不厌倦。誉：有声望。髦：毛中的长毫，喻英俊杰出之士。斯：这些。

这是赞颂周文王善于修身、齐家、治国的诗。诗共五章，前两章每章六句，后三章每章四句。第一章是引子，赞美了三位女性，即"周室三母"，揭示文王得其母其妻之助而为圣的原因。后几章赞美文王圣明的具体表现。第二章写文王孝敬祖先、为妻子兄弟表率。第三章写文王在家庭与宗庙处时刻不忘修身养德。第四章写文王杰出的治国才能。末章写文王勤于培养人才。诗歌较为成功地塑造了文王这一传统道德典范的形象。

皇 矣

皇矣上帝，　　　　　　　　天帝光明又伟大，

临下有赫。¹　　　　　　临照人世皆洞明。

监观四方，　　　　　　　　视察全国四方事，

求民之莫。²　　　　　　及时了解生民病。

维此二国，　　　　　　　　想起夏商两国来，

其政不获。³　　　　　　政令不当失民心。

维彼四国，　　　　　　　　想到四方诸侯国，

爰究爰度。⁴　　　　　　认真思量谁执柄。

上帝耆之，　　　　　　　　天帝经过细考察，

憎其式廓。⁵　　　　　　有心扩大它疆岭。

乃眷西顾，　　　　　　　　于是回头望西方，

此维与宅。⁶　　　　　　同住岐山心安定。

1 皇：光明伟大。临：视察。下：人间，下界。有赫：赫赫，明亮的样子。
2 莫：通"瘼"，疾苦，病。
3 维：通"惟"，想到。二国：夏和殷。不获：不得。
4 四国：四方邻国。爰：于是。究：研究。度：考虑，打算。
5 耆：通"稽"，考察。憎：通"增"，增加。式廓：规模，范围。
6 眷：思慕，眷恋。西顾：回头向西方。此：岐周之地。宅：居住。

作之屏之，　　　　砍伐树林清现场，

其菑其翳。⁷　　枯枝朽木全扫除。

修之平之，　　　　修剪树干和枝叶，

其灌其栵。⁸　　灌木新芽齐簇簇。

启之辟之，　　　　挖掘芟除杂树根，

其柽其椐。⁹　　柽木椐木一株株。

攘之剔之，　　　　认真剔除坏树苗，

其檿其柘。¹⁰　山桑黄桑都铲除。

帝迁明德，　　　　天帝迁来明德君，

串夷载路。¹¹　战败犬戎心臣服。

天立厥配，　　　　上天立他为天子，

受命既固。¹²　受命于天政权固。

帝省其山，　　　　天帝视察岐山下，

柞棫斯拔，　　　　柞棫杂树都已拔，

---

7 作：砍伐。屏：摈弃，除去。菑：枯死而未倒的树。翳：通"殪"，树木枯死，倒伏于地。

8 修：修剪。平：治理。灌：灌木。栵：砍而复生的小树。

9 启：开辟。辟：芟除，排除。柽：木名，即柽柳，又名河柳。椐：木名，即灵寿木。树小，多肿节，古时以为手杖。

10 檿：木名，又名山桑。柘：木名，又名黄桑。

11 迁：迁移。明德：明德之君，即太王。串夷：即昆夷，也称犬戎，古代我国西部少数民族名。载：则，就。路：通"露"，失败。

12 配：配合。受命：受天命。固：巩固。

栩

松柏斯兑。[13]	松柏挺直又高大。
帝作邦作对，	天帝兴周立君主，
自大伯王季。[14]	太伯王季始发达。
维此王季，	就是这位季历王，
因心则友。[15]	对兄友爱人人夸。
则友其兄，	友爱两位亲兄长，
则笃其庆，	他使周邦福庆加，
载锡之光，[16]	赐他王位显荣光，
受禄无丧，	永享福禄不消减，
奄有四方。[17]	拥有天下疆域大。
维此王季，	就是这位季历王，
帝度其心，	天帝审度他心胸，
貊其德音。[18]	将其美名布四方。
其德克明，	他能明察是与非，

貊 ^{mò} 字注音：mò

13 省：察看。山：此指岐山。柞棫：栎与白桵树。斯：语气助词，无实义。兑：直立。
14 作：建立。邦：周国。对：相当，相配。大伯：即太伯，太王的长子。王季：即季历，太王的第三子。太王死后，传位于季历。
15 因心：亲善仁爱之心。友：友爱。
16 笃：厚。庆：福庆，吉庆。载：则。锡：赐予。光：荣光。一说大位。
17 丧：丧失。奄：覆盖。
18 貊：通"漠"，广大。德音：美名，善誉。

克明克类，　　　　　　　　他能辨别善与恶，

克长克君。[19]　　　　　　　胜任师长与君王。

王 此大邦，　　　　　　　　统治这样的大邦，
wàng

克顺克比。[20]　　　　　　　人民和顺民心向。

比于文王，　　　　　　　　到了文王当位时，

其德靡悔。[21]　　　　　　　他的德行也高尚。

既受帝祉，　　　　　　　　既受上天的福佑，

施于孙子。[22]　　　　　　　福泽绵延子孙享。
yì

帝谓文王：　　　　　　　　天帝告知周文王：

无然畔援，　　　　　　　　不要专横又暴戾，

无然歆羡，　　　　　　　　不要存有非分想，

诞先登于岸。[23]　　　　　　先居要津路康庄。

密人不恭，　　　　　　　　密须国人不恭顺，

敢距大邦，　　　　　　　　胆敢对抗周大邦，

19 克：能。明：明辨是非。类：分辨善恶。长：能当人们的师长。君：能做人们的君主。
20 王：统治，称王。顺：和顺。比：使民亲附。
21 比于：及至。悔：通"晦"，穷尽。
22 帝祉：上天或皇帝的福佑。施：延续。
23 无：不要。然：语气助词，无实义。畔援：跋扈，专横暴戾。歆羡：爱慕，羡慕。
　诞：发语词，无实义。先登于岸：比喻占据有利形势。

侵阮徂共。²⁴	侵阮伐共太猖狂。
王赫斯怒,	文王闻此勃然怒,
爰整其旅。²⁵	整军誓师去抵挡。
以按徂旅,	控制密人侵莒国,
以笃于周祜^{hù},	巩固周国福泽长,
以对于天下。²⁶	以此扬威于四方。
依其在京,	周京将士真强盛,
侵自阮疆。	自阮班师休整忙。
陟我高冈,²⁷	登临在那高山上,
无矢我陵,	没人敢占我山冈,
我陵我阿;²⁸	高山大陵好屏障;
无饮我泉,	没人敢占我泉塘,
我泉我池。	清泉绿池水汪汪。
度其鲜原,	审察山头和平地,

24 密人:指古代密须国人。距:通"拒",抗拒。阮:殷商国名,在今甘肃省泾川。
徂:到。共:古国名,在今甘肃省泾川北。
25 赫斯怒:盛怒。爰:于是。旅:军队。
26 按:控制,抑止。旅:通"莒",古国名。笃:巩固。祜:福。对:扬威,扬名。
27 依其:即"依依",茂盛的样子,引申为强盛的样子。京:周京。侵:通"寝",寝
息,休整。陟:升,登高。
28 矢:陈列,此指陈兵。陵:升,登。阿:大的土山。

居岐之阳，	定居岐山的南方，
在渭之将。²⁹	就在渭水河侧旁。
万邦之方，	他是万国的榜样，
下民之王。³⁰	他是人民好君王。
帝谓文王：	天帝告知周文王：
予怀明德，	明德之君我欣赏，
不大声以色，	不要沉溺于声色，
不长夏以革；³¹	勿将甲兵来依仗；
不识不知，	好像不知又不觉，
顺帝之则。³²	遵循天帝的法章。
帝谓文王：	天帝告知周文王：
询尔仇方，	要与邻国多商量，
同尔兄弟；³³	联合同姓的国邦；
以尔钩援，	用上那攻城钩梯，

29 度：计算，推测。鲜：通"巘"，小山。原：平原，平地。阳：山的南面或水的北面。将：旁。

30 方：法则，榜样。

31 怀：归向，趋向。明德：明德之君，此指文王。大：注重，看重。以：与。长：依恃。夏：即夏楚，刑具。革：用皮革制成的甲胄。

32 不识不知：不知不觉。顺：顺应，遵循。则：法则。

33 询：询问。此指商量、商讨。仇方：友邦，邻国。同：会同，联合。兄弟：同姓诸侯国。

与尔临冲，　　　　　　临车冲车赴战场，

以伐崇墉。[34]　　　　　讨伐崇国破城墙。

临冲闲闲，　　　　　　临冲车队气势盛，

崇墉言言。[35]　　　　　崇国城墙高高耸。

执讯连连，　　　　　　所获俘虏连成串，

攸馘安安。[36]　　　　　割取敌耳意从容。

是类是祃，　　　　　　祭天祭军求吉利，

是致是附，　　　　　　招降残敌抚民众，

四方以无侮。[37]　　　　四方不敢来侵凌。

临冲茀茀，　　　　　　临冲车队气势宏，

崇墉仡仡。[38]　　　　　崇国城墙高高耸。

是伐是肆，　　　　　　坚决征讨和打击，

是绝是忽，　　　　　　一举歼灭扫干净，

四方以无拂。[39]　　　　四方不敢违王命。

---

34 钩援：攻城的钩梯。临冲：古代的两种战车。崇：古国名，在今陕西西安沣水西。墉：城墙。

35 闲闲：强盛的样子。言言：高大的样子。

36 执讯：捉到俘虏。连连：接连不断。攸：所。馘：古代战争中割取敌人的左耳以计数献功。安安：徐缓的样子。

37 类：古祭名，祭天。祃：古代行军在军队驻扎的地方举行的祭礼。致：招致。附：通"拊"，安抚。侮：侵侮。

38 茀茀：强盛的样子。仡仡：高耸的样子。

39 伐：征讨。肆：侵犯，冲突。忽：灭绝。拂：违背，违逆。

这是一首歌颂太王、王季、文王为周部族的发展、周王朝的建立作出巨大贡献的颂诗。全诗八章，前三章重点写太王古公亶父经营岐山、打退昆夷的情况；第四章写王季的继续发展和他的德行。后四章重点歌颂周文王，描述了文王伐密、伐崇的事迹和武功。全诗内容丰富，气魄宏大，在广阔的时间跨度里浓缩了周部族的发展史和周王朝的创建史，塑造了三个历史人物的形象，条理分明，详略得当。特别是精彩的战争场面的描绘，以及排比句式、重叠词语的运用，增强了本诗的形象性、生动性及艺术感染力。

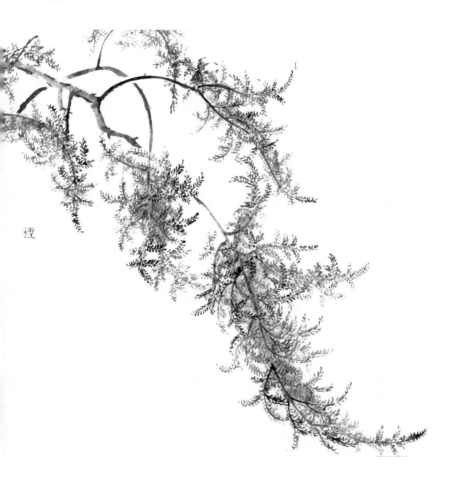

柽

灵 台

经始灵台，	文王开始筑灵台，
经之营之。¹	精心测量巧安排。
庶民攻之，	百姓主动来出力，
不日成之。²	灵台很快建起来。
经始勿亟， （jí）	当初营建并不急，
庶民子来。³	百姓踊跃建得快。

王在灵囿，	周王游览大园林，
麀鹿攸伏。⁴ （yōu）	母鹿悠闲正卧伏。
麀鹿濯濯， （zhuózhuó）	母鹿肥壮皮色好，
白鸟翯翯。⁵ （hè hè）	白鸟洁净美毛羽。
王在灵沼，	周王游览到灵沼，
於牣鱼跃。⁶ （rèn）	满池鱼儿正跳逐。

1 经始：开始营建。灵台：古台名，故址在今陕西西安西北。
2 攻：建造。不日：不几天，不久。
3 亟：急，迫切。子来：像子女趋事父母一样，不召自来，竭诚效忠。
4 灵囿：苑囿名，古代帝王畜养动物的园林。麀鹿：母鹿。
5 濯濯：肥壮的样子。翯翯：光泽洁白的样子。
6 灵沼：池沼名。於：语气词，相当于"啊"。牣：满。

虡业维枞，

钟鼓木架崇牙耸，

贲鼓维镛。 [7]

挂着大钟和大鼓。

於论鼓钟，

鼓声钟声节奏明，

於乐辟雍。 [8]

周王离宫正享福。

於论鼓钟，

鼓声钟声节奏明，

於乐辟雍。

周王享乐在宫廷。

鼍鼓逢逢，

鼍皮大鼓响嘭嘭，

矇 瞍奏公。 [9]

矇瞍奏颂灵台成。

---

7 虡业：古时悬挂钟鼓的木架。枞：崇牙，即虡上端所刻的锯齿，用以悬钟。贲鼓：大
鼓。镛：大钟，古代的一种乐器。
8 论：通"伦"，有条理，有次序。辟雍：文王离宫。
9 鼍鼓：用鼍皮蒙的鼓。逢逢：拟声词，常形容鼓声。矇瞍：盲人，有眸子而无见曰矇，
无眸子曰瞍。公：通"功"，成功，指灵台落成。

这是一首歌咏文王修建灵台和游览灵囿、灵沼并欣赏钟鼓之乐的诗。诗共四章。第一章以"经之""营之""攻之""成之"的句式,描绘民情踊跃建造灵台的情景。次章写游览灵囿、灵沼时所见麀鹿、白鸟和跃鱼的情景,描绘简洁生动,充满生机活力。后两章写文王在辟雍聆听钟鼓音乐的情景,四个"於"字既表现出欣赏者的感叹与赞美,又渲染了游乐的欢快气氛。

下　武

下武维周，　　　　　周人能继先祖业，

世有哲王。[1]　　　　世代君王都圣明。

三后在天，　　　　　三后在天显威灵，

王配于京。[2]　　　　武王应命都镐京。

王配于京，　　　　　武王应命都镐京，

世德作求。[3]　　　　美德能够配祖宗。

永言配命，　　　　　永远顺应上天命，

成王之孚。[4]　　　　成王守信人人诵。

成王之孚，　　　　　成王守信人人诵，

下土之式。[5]　　　　天下以他作典型。

永言孝思，　　　　　永远保持孝敬心，

孝思维则。[6]　　　　尊亲必须法先人。

1 下武：后人能继先祖。下，后。武，继承。世：代。哲王：贤明的君主。
2 三后：指周的三位先王，太王、王季、文王。王：周武王。配：配天命。
3 世德：祖上及本人均有美德的人。作：为。求：通"逑"，匹配。
4 言：语气助词，无实义。成王：周成王，武王子，名诵。孚：信用，信誉。
5 下土：四方，天下。式：榜样，典型。
6 思：语气助词，无实义。孝：尊亲的孝心。则：法则。

媚兹一人，　　　　　　　人人爱戴周成王，

应侯顺德。[7]　　　　　　能将美德来承当。

永言孝思，　　　　　　　永远保持孝敬心，

昭哉嗣服。[8]　　　　　　后代争气把名扬。

昭兹来许，　　　　　　　后代争气把名扬，

绳其祖武。[9]　　　　　　承继祖业多兴旺。

於万斯年，　　　　　　　国祚千载万年长，

受天之祜。[10]　　　　　上天赐福世代昌。
　　hù

受天之祜，　　　　　　　上天赐福世代昌，

四方来贺。[11]　　　　　祝贺之声来四方。

於万斯年，　　　　　　　国祚千载万年长，

不遐有佐。[12]　　　　　怎无贤臣佐朝纲！

7 媚：喜爱。兹：这。一人：周成王。应：当。侯：乃，是。顺德：顺从道德。

8 昭：昭明，宣扬。嗣服：后进。

9 兹：语气词，哉，呀。来许：后进，后辈。绳：继续。祖武：先人的遗迹、事业。武，
足迹。

10 於：语气词，相当于"啊"。斯：语气助词。祜：福。

11 贺：朝贺。

12 不遐：即"何不"。遐，胡，何。佐：辅佐。

这是一首歌颂周武王、成王能效法先王，世修文德而奄有天下的诗。诗共六章，章四句。第一章写周代世有明主。第二章赞武王美德和成王守信。第三至五章赞成王能效法先人、继承祖德。第六章以四方诸侯来贺作结。全诗结构整饬严谨，运用顶针手法，内容层层递进，韵律流美谐婉。

文王有声

文王有声，　　　　　　　文王名声真不赖，

遏骏有声。^{yù} ¹　　　赫赫美名传四海。

遹求遹宁，　　　　　　　谋求人民得安宁，

遹观厥成。　　　　　　　终见功成人爱戴。

文王烝哉！²　　　　　文王美名传千载。

文王受命，　　　　　　　文王受命封西伯，

有此武功。³　　　　　建有武功声赫赫。

既伐于崇，　　　　　　　举兵攻克那崇国，

作邑于丰。　　　　　　　迁都丰邑人民乐。

文王烝哉！⁴　　　　　文王美名四海播。

1 声：名誉，名声。遹：句首助词，无实义。骏：大。
2 厥：其。烝：美，美好。
3 受命：受天之命。一说受纣王命被封为西伯侯。武功：军事方面的功绩。
4 崇：古国名，殷商时国君为崇侯虎。丰：周国都名，在今陕西省西安市西南。

筑城伊淢，　　　　　　挖掘沟渠筑城墙，

作丰伊匹。[5]　　　　　与丰规模正相当。

匪棘其欲，　　　　　　并非急图己欲望，

遹追来孝。　　　　　　孝敬祖先兴周邦。

王后烝哉！[6]　　　　　君王美名四海扬。

王公伊濯，　　　　　　文王功绩真盛大，

维丰之垣。[7]　　　　　他像丰邑的城墙。

四方攸同，　　　　　　四方诸侯来归附，

王后维翰。　　　　　　君王像那主栋梁。

王后烝哉！[8]　　　　　君王美名四海扬。

5 伊：语中助词，无实义。淢：通"洫"，沟渠。匹：匹配。
6 匪：非。棘：通"亟"，急切，急迫。追来孝：追行孝道于前人，指敬重宗庙、祭祀
等，以尽孝道。来，语中助词，无实义。王后：君王。
7 公：通"功"。濯：盛大。维：是。垣：墙。
8 攸：所。同：会同，归附。翰：通"干"，草木的茎干，引申为骨干。

丰水东注，　　　　　　沣水向东注入河，

维禹之绩。[9]　　　　　大禹功绩不能磨。

四方攸同，　　　　　　四方诸侯来归附，

皇王维辟。　　　　　　武王是那好楷模。

皇王烝哉！[10]　　　　大王美名四海播。

镐京辟雍，　　　　　　镐京离宫营建成，

自西自东，[11]　　　　从西到东到南北，

自南自北，　　　　　　四方诸服来观赏，

无思不服。　　　　　　无人不服我周邦。

皇王烝哉！[12]　　　　大王美名四海扬！

9 丰水：古水名，即沣水。在陕西省西安市西南，注入渭水。绩：功绩。

10 皇王：大王。皇，大。辟：法则，典型。

11 镐京：西周国都，周武王灭商后，自丰徙都于此。故址在今陕西省西安市西南沣水东岸。辟雍：离宫。

12 思：语气助词，无实义。

考卜维王，　　　　　武王龟卜来决疑，

宅是镐京。[13]　　　　定居镐京最吉祥。

维龟正之，　　　　　迁都决策神龟定，

武王成之。　　　　　武王完工很顺畅。

武王烝哉！[14]　　　　武王美名四海扬！

丰水有芑，　　　　　沣水河畔柳枝长，

武王岂不仕？[15]　　　武王治政岂不忙？

诒厥孙谋，　　　　　留下治国好谋略，

以燕翼子。　　　　　庇护子孙万世昌。

武王烝哉！[16]　　　　武王美名四海扬！

13 考卜：以龟卜决疑。宅：定居。

14 正：决定。

15 芑：通"杞"。木名，此指杞柳。仕：通"事"。

16 诒：通"贻"，留给。孙谋：顺应天下人心的谋略。孙，通"逊"，顺。燕：安定。
翼：庇护。

这是赞颂文王、武王迁都丰、镐的诗。诗共八章，前四章写文王伐崇之后在丰邑建都，后四章写周武王伐商后营建镐都。全诗按照时间顺序叙事，但侧重点却不相同，前者重在"武功"，文中有武，后者重在"辟雍"，武中寓文，构思奇特，引人入胜。

生 民

厥初生民，	周族始祖何人生？
时维姜嫄。[1]	母亲是那姜嫄氏。
生民如何？	怎样生下周人来？
克禋克祀，[yīn]	虔诚祭祀敬上天，
以弗无子。[2]	祓除不孕求子嗣。
履帝武敏歆，	踩了天帝拇指迹，
攸介攸止。[3]	神灵保佑总吉利。
载震载夙，	姜嫄怀孕严守礼，
载生载育，	生下孩子育成器，
时维后稷。[4]	便是始祖名后稷。
诞弥厥月，	十月已满到产期，
先生如达。[5]	头胎生子很顺利。

1 厥初：其初。生民：诞生周人的始祖。时：是。姜嫄：周人始祖后稷之母，帝喾之妻。

2 克：能够。禋、祀：古代祭天的一种礼仪，先燔柴升烟，再加牲体或玉帛于柴上焚烧。弗无子：除去无子的不祥。弗，通"祓"，用斋戒沐浴等方法除灾求福。

3 履：践踏。武敏：足迹的拇指印。歆：心有所感的样子。攸：语气助词，无实义。介：通"祄"，福佑。止：通"祉"，神降福。

4 载：语气助词，无实义。震：通"娠"，怀孕。夙：通"肃"，肃敬，严肃。生、育：分娩，哺育。

5 诞：发语词。弥：满。厥：其。先生：始生子，第一胎。达：一说滑利。一说小羊。小羊为达，生如达之生，形容极易。

不坼不副，   产门完好生子易，

无菑无害，   无灾无害母子吉，

以赫厥灵。⁶   显出灵异与神奇。

上帝不宁，   天帝安然享禋祭，

不康禋祀，   安享禋祭心欢喜，

居然生子。⁷   结果平安产贵子。

诞置之隘巷，   把他丢在窄巷里，

牛羊腓字之。⁸ 牛羊喂养和护庇。

诞置之平林，   把他丢在树林中，

会伐平林。⁹   适逢樵夫又救起。

诞置之寒冰，   把他放在寒冰上，

鸟覆翼之。¹⁰   大鸟遮护用羽翼。

鸟乃去矣，   大鸟后来飞走了，

后稷呱矣。¹¹   后稷这才呱呱啼。

---

6 坼：裂开。副：剖开，裂开。菑：同"灾"。赫：显示。
7 不宁：丕宁，大宁。不康：丕康，大康。居然：安然。
8 腓：庇护。字：哺乳养育。
9 平林：平原上的林木。会：适逢，恰逢。
10 覆翼：用翅膀遮蔽、保护。
11 呱：婴儿哭声。

实覃实讦,　　　　　哭声又长又洪亮,

厥声载路。[12]　　　　声音满路人称奇。

诞实匍匐,　　　　　后稷才会地上爬,

克岐克嶷,　　　　　显得乖巧又聪明,

以就口食。[13]　　　觅食吃饱有本领。

蓺之荏菽,　　　　　不久就能种大豆,

荏菽旆旆。[14]　　　豆苗苗壮很繁盛。

禾役穟穟,　　　　　种出谷子穗头垂,

麻麦幪幪,　　　　　麻麦茂盛叶儿青,

瓜瓞唪唪。[15]　　　瓜儿累累布蔓藤。

诞后稷之穑,　　　　后稷耕田种地忙,

有相之道。[16]　　　助长五谷有门道。

12 实:是。覃:长,悠长。讦:大。载路:满路。
13 匍匐:手足着地爬行。岐、嶷:形容幼年聪慧。就:求。口食:食物。
14 蓺:种植。荏菽:大豆。旆旆:茂盛的样子。
15 禾役:禾穗,役,通"颖"。穟穟:禾穗成熟下垂的样子。幪幪:茂盛的样子。瓞:
小瓜。唪唪:结实累累的样子。
16 穑:耕种五谷。相:助禾苗生长。道:方法。

茀厥丰草，　　　　　　　拔去茂密的杂草，

种之黄茂。¹⁷　　　　　　优质良种播种早。

实方实苞，　　　　　　　种子渐白绽新芽，

实种实褎，　　　　　　　禾苗蹿出渐长高，

实发实秀，　　　　　　　禾茎拔节穗结实，

实坚实好，　　　　　　　谷粒饱满成色好，

实颖实栗。¹⁸　　　　　　禾穗沉沉产量高。

即有邰家室。¹⁹　　　　　定居邰地乐陶陶。

诞降嘉种：　　　　　　　上天仁慈赐良种：

维秬维秠，　　　　　　　既有秬秠两黑黍，

维穈维芑。²⁰　　　　　　又有红苗白苗谷。

恒之秬秠，　　　　　　　秬子秠子遍地生，

是获是亩。²¹　　　　　　收割之后堆垄亩。

17 茀：拔除，清除。丰草：茂密的草。黄茂：丰美的谷物。
18 实：是。方：谷种开始露白。苞：谷种吐芽，苗将出未出时。种：谷种生出短苗。
褎：禾苗渐渐长高。发：指禾茎舒发拔节。秀：禾初生穗结实。坚：指谷粒灌浆饱满。
好：颜色美好。颖：指禾穗末梢下垂。栗：收获众多的样子。
19 即：往，到。有邰：古国名，姜姓，炎帝之后。周代后稷母姜嫄，为有邰氏女。故址
在今陕西省武功县西南。有，词头。
20 降：赐给，给予。秬：黑黍。秠：一种黑黍，一壳二米。穈：谷的一种，初生时叶纯
赤，生三四叶后，赤青相间，七八叶后，色始纯青。芑：一种白苗的高粱。
21 恒：普遍。获：收割庄稼。亩：堆在田里。

恒之糜芑，   糜子高粱遍地生，

是任是负，   扛着背着运回家，

以归肇祀。[22]   归来忙着祭先祖。

诞我祀如何？   祭祀场面什么样？

或舂或揄，   舂谷舀米着实忙，

或簸或蹂。[23]   然后搓米又扬糠。

释之叟叟，   淘米叟叟声音响，

烝之浮浮。[24]   蒸饭热气向上扬。

载谋载惟，   仔细考虑齐商量，

取萧祭脂。[25]   香蒿牛脂味芬芳。

取羝以軷，   牵来公羊祭路神，

载燔载烈，   又烧又烤香气漾，

以兴嗣岁。[26]   祈求来年更兴旺。

22 任：挑起。负：背起。归：运回去。肇：开始。

23 舂：把东西放在石臼或乳钵里捣掉皮壳或捣碎。揄：从臼中将舂好的米舀出。簸：用簸箕颠动米粮，扬去糠秕和灰尘。蹂：通"揉"，用手来回擦或搓。

24 释：淘米。叟叟：淘米声。烝：用蒸汽加热。浮浮：热气上升的样子。

25 载：则。谋：计划。惟：思考，考虑。萧：香蒿。脂：牛油。

26 羝：公羊。軷：祭路神。燔：火烧烤整只牲畜。烈：将肉或别的东西穿起来架在火上烤熟。兴：兴旺。嗣岁：来年，新岁。

áng

卬盛于豆，　　　　　我把祭肉盛碗中，

于豆于登，　　　　　木碗瓦盆都用上，

其香始升。²⁷　　　它那异香升屋梁。

上帝居歆，　　　　　天帝安然来受享，

胡臭亶时。²⁸　　　祭品气味确实香。

后稷肇祀，　　　　　后稷开创祭祀礼，

庶无罪悔，　　　　　蒙神保佑无灾殃，

以迄于今。²⁹　　　至今仍是这个样。

---

27 卬：代词，表示第一人称，我。豆：古代盛肉或其他食品的器皿，形状像高脚盘。
登：陶制食器，盛肉用。
28 居歆：安然享用。胡臭：浓重的芳香气味。胡，大。臭，香气。亶时：确实好。亶，
确实。时，善，好。
29 肇：开创。庶：幸。

这是一首周人叙述其民族始祖后稷事迹并予以祭祀的诗。诗共八章。第一章写后稷之母姜嫄的神奇受孕。第二、三章写后稷的神奇诞生以及三弃三获救的灵异性。这几章写后稷的身世显现出神奇荒诞的气氛，很有吸引力。第四至六章生动形象地描绘各种农作物的生长过程，体现出后稷在农业种植方面的特殊天赋和才能。末两章写后稷为了祈求来年丰收，创立了祀典。后四章富有浓郁的生活气息，纪实性强。全诗纯用赋法，叙事生动，除首尾两章外，各章都用"诞"字领起，格式严谨。而且诗歌浪漫与纪实兼存，具有极大的艺术魅力。

行苇

háng

tuán
敦彼行苇，　　　　　　路旁芦苇生得密，

牛羊勿践履。[1]　　　　别让牛羊踩入地。

方苞方体，　　　　　　苇心含苞初成形，

维叶泥泥。[2]　　　　　苇叶柔润颜色碧。

戚戚兄弟，　　　　　　相亲相爱好兄弟，

莫远具尔。[3]　　　　　不要疏远要亲密。

或肆之筵，　　　　　　于是摆上宴酒席，

或授之几。[4]　　　　　年长客人设茶几。

肆筵设席，　　　　　　摆好酒菜铺上席，

授几有缉御。[5]　　　　侍者轮番端上几。

zuò
或献或酢，　　　　　　主人敬酒宾客回，

jiǎ
洗爵奠斝。[6]　　　　　洗杯捧盏来回递。

1 敦彼：聚集的样子。行苇：路旁的芦苇。践履：踩踏。

2 方：始，刚刚，才。苞：含苞未放的样子。体：已成形的样子。泥泥：柔润的样子。

3 戚戚：相亲相爱。远：疏远。具：通"俱"，都。尔：通"迩"，近。

4 或：则。肆：陈列，陈设。筵：酒席。几：小或矮的桌子。

5 设席：古人饮宴时铺设座席。缉御：侍者连续更替地侍候着。缉，连续。御，侍者。

6 献：古时特指主人向宾客敬酒。酢：客人用酒回敬主人。洗：洁。爵：古代青铜制酒器，三足。奠：放置。斝：古代青铜制的酒器，圆口，三足。

醓醢以荐，　　　　　　两种肉酱端上席，

或燔或炙。[7]　　　　　烧肉烤肉香气溢。

嘉殽脾臄，　　　　　　牛胃牛舌味道美，

或歌或咢。[8]　　　　　唱歌击鼓人人喜。

敦弓既坚，　　　　　　彩色雕弓势强劲，

四鍭既钧；[9]　　　　　四支利箭匀调习；

舍矢既均，　　　　　　放手一箭就中的，

序宾以贤。[10]　　　　　胜者为贤列上席。

敦弓既句，　　　　　　雕弓弓弦已拉紧，

既挟四鍭。[11]　　　　　四支利箭发弦疾。

四鍭如树，　　　　　　四箭中靶皆竖立，

序宾以不侮。[12]　　　　排列座次不轻鄙。

7 醓：带汁的肉酱。醢：把肉剁成酱。燔：烧肉。炙：烤肉。

8 脾：通"膍"，牛胃，俗称牛百叶。臄：牛舌头。咢：击鼓。

9 敦弓：雕饰之弓，为古代帝王所专用。鍭：古代用于打猎的一种箭，金属箭头，后段以羽毛为饰。钧：调和均匀。

10 舍矢：放箭。均：中。序：排列宾客的位次。贤：射中多者为贤。

11 句：通"彀"，张满弓。挟：指箭与弓弦相接。

12 如：而。树：竖立。箭射中靶子依然竖立着。侮：轻慢，不敬重。

曾孙维主，　　　　　　周之曾孙是主人，

酒醴维醹；[13]　　　　　美酒醇厚有香气；

酌以大斗，　　　　　　斟上美酒一大杯，

以祈黄耇。[14]　　　　敬祝老者寿无期。

黄耇台背，　　　　　　黄发老人高寿者，

以引以翼。[15]　　　　帮扶他们显孝义。

寿考维祺，　　　　　　年高长寿最吉利，

以介景福。[16]　　　　祈求洪福顺心意。

13 醴：甜酒。醹：（酒味）醇厚。

14 斗：盛酒器。黄耇：年高长寿的人。

15 台背：指寿高的老人。引：引导。翼：辅助。

16 寿考：年高，长寿。祺：吉祥。介：祈求。景福：大福。

这是一首写周王和族人燕饮、行射的诗。诗分四章，章八句。第一章以路旁芦苇柔嫩，勿使牛羊践履起兴，喻周王仁厚之心于草木尚如此，待骨肉兄弟当更亲爱。开篇即定下了宴席融洽欢乐的氛围。次章写热闹丰盛、礼仪周到的宴会。分别写了侍者摆筵、设席、授几的忙碌；主客酬酢的殷勤；菜肴的丰盛，烹调方式的多样；歌鼓演奏的热烈。第三章写行射，先后描绘了两次张弓、射箭、列座次的场面。末章写主人向长老敬酒祝福。诗歌场面描写相当成功，既有面有点，又写出了气氛，语言生动而富有感染力。

既 醉

既醉以酒，	既畅饮甘醇美酒，
既饱以德。	又饱尝主人恩惠。
君子万年，	祝愿主人寿万年，
介尔景福。[1]	赐您大福又大贵。
既醉以酒，	既畅饮甘醇美酒，
尔殽既将。[2]	又品尝美味佳肴。
君子万年，	祝愿主人寿万年，
介尔昭明。[3]	天赐前程多光耀。
昭明有融，	前程远大又光明，
高朗令终。[4]	美名显耀得善终。
令终有俶， chù	善终自然当善始，
公尸嘉告。[5]	神主吉言以相送。

1 介：佐助。景福：大福。
2 将：美。
3 昭明：光明。
4 有融：即"融融"，盛大永长。高朗：高明的声誉。令终：美好的结局。
5 俶：开始。公尸：古代代替死者受祭的活人，称为尸。祖先是君主，故称公尸。嘉
告：好话。指祝官代表尸向主祭者致嘏辞（赐福之辞）。

其告维何？ 神主吉言是什么？

筵豆静嘉。[6] 筵豆洁净又美好。

朋友攸摄， 宾朋好友来助祭，

摄以威仪。[7] 祭礼隆重都称妙。

威仪孔时， 祭礼完美无差错，

君子有孝子。[8] 主人又尽孝子情。

孝子不匮， 孝子孝心不缺失，

永锡尔类。[9] 上天常赐好章程。

其类维何？ 赐你章程是什么？

室家之壸。[10] 发达家业的根本。

君子万年， 祝愿主人寿万年，

永锡祚胤。[11] 天赐福运及子孙。

6 笾豆：古代祭祀或宴会时常用的两种器具。笾用竹制，豆用木制。静嘉：洁净美好。

7 攸：语气助词，无实义。摄：辅助。威仪：古代祭享等典礼中的动作仪节及待人接物的礼仪。

8 孔时：很好。时，善，嘉。有：又。

9 不匮：不竭，不缺乏。锡：赐。类：法则。

10 壸：本指宫中道路，引申为齐家。

11 祚胤：福运及于后代子孙。祚，福。胤，后代。

其胤维何？　　　　　　　子孙后代怎么样？

天被尔禄。[12]　　　　　　上天给您添福禄。

君子万年，　　　　　　　祝愿主人寿万年，

景命有仆。[13]　　　　　　天命所归神意附。

其仆维何？　　　　　　　天命归附又如何？

厘尔女士。[14]　　　　　　天赐才女做新娘。

厘尔女士，　　　　　　　天赐才女做新娘，

从以孙子。[15]　　　　　　生育子孙传代长。

12 被：盖，遮覆，加。

13 景命：大命。仆：附着，附属。

14 厘：通"赉"，赐予。女士：有士人操行的女性。

15 从以：随之以。孙子：即子孙。

这是周王祭祀祖先，祝官代表神主对主祭者周王的祝词。诗共八章。前两章总括后面六章，写公尸在庄严肃穆的祭礼中，感受主祭者进献美酒佳肴的诚敬并饱受其所具有的美好德泽，在欣然接受敬飨之时，回报以主祭者神赐的洪福。第三章为过渡段，先总提对君子的期许，再直接点出公尸，开启第四章以后公尸以美言嘉奖君子的具体内容。从尽孝、治家、多仆几个方面进行祝福。在艺术上，运用领字，如开篇的"既"字，以及半顶针修辞格，即上句末一字与下句的第二字重复是此诗的鲜明特色。

凫鹥
_{fú yī}

凫鹥在泾,^{jīng}	野鸭沙鸥在河中,
公尸来燕来宁。[1]	公尸赴宴很宽心。
尔酒既清,	你的美酒清又亮,
尔殽既馨。[2]	你的菜肴香喷喷。
公尸燕饮,	公侯之尸来宴饮,
福禄来成。[3]	神灵保佑福禄临。
凫鹥在沙,	野鸭沙鸥在河滩,
公尸来燕来宜。[4]	公尸赴宴很舒心。
尔酒既多,	你的美酒好又多,
尔殽既嘉。	你的菜肴鲜又新。
公尸燕饮,	公侯之尸来宴饮,
福禄来为。[5]	神灵相助福禄临。

---

1 凫:野鸭。鹥:沙鸥。泾:直流之水。公:君。尸:祭祀时代表死者受祭的活人。祖先是君主,故称公尸。燕:同"宴",宴饮。宁:安慰。
2 馨:芳香,散布很远的香气。
3 来成:前来成就。
4 沙:水边沙滩。宜:安适。
5 为:助。

凫鹥在渚，　　　　　　野鸭沙鸥在河洲，

公尸来燕来处。⁶　　公尸赴宴心欢乐。

      xǔ

尔酒既湑，　　　　　　你的美酒亮又清，

      fǔ

尔殽伊脯。⁷　　　你的肉干软又多。

公尸燕饮，　　　　　　公侯之尸来宴饮，

福禄来下。⁸　　　神灵相助福禄临。

      cóng

凫鹥在潀，　　　　　　野鸭沙鸥在河汊，

公尸来燕来宗。⁹　　公尸赴宴尊敬他。

既燕于宗，　　　　　　设宴摆席在宗庙，

福禄攸降。¹⁰　　　福禄就在那降下。

公尸燕饮，　　　　　　公侯之尸来宴饮，

福禄来崇。¹¹　　　福禄绵绵到你家。

6 渚：水中的小洲。处：安乐。

7 湑：（酒）滤去渣滓而变清。脯：肉干。

8 下：降临。

9 潀：小水流入大水，亦指众水汇合处。宗：尊敬。

10 宗：宗庙。

11 崇：重，指重重的福禄。

凫鹥在亹，   野鸭沙鸥在峡口，

公尸来止熏熏。[12]   公尸赴宴心欢欣。

旨酒欣欣，   美酒甘甜又醇香，

燔炙芬芬。[13]   佳肴味美好诱人。

公尸燕饮，   公侯之尸来宴饮，

无有后艰。[14]   今后无难无不幸。

12 亹：山峡中两岸相对如门之处。熏熏：欢欣的样子。
13 欣欣：香味四溢。燔炙：指烤肉，亦泛指佳肴。
14 艰：艰难，不幸。

鳧

这是周王祭祖次日，行宾尸之礼请其赴宴时所唱的诗。诗共五章，各章前两句均以凫鹥的位置起兴，凫鹥"在泾""在沙""在渚""在潨""在亹"，比喻公尸之祭祀与所在，写出了凫鹥的悠游自在以及"公尸来燕"的各种欢愉神态。中间两句补充描述公尸接受燕饮的详情；最后两句则总结公尸接受燕饮后，所传达的祝报之义。全诗在形式上具有整齐之美，但又能在细节描写中穿插些微变化，显出灵动之美。

假 乐

假乐君子，　　　　　令人敬爱的周王，

显显令德。[1]　　　　品德昭明又高尚。

宜民宜人，　　　　　德合庶民与贵族，

受禄于天。[2]　　　　福禄全由上天降。

保右命之，　　　　　天帝下令多保佑，

自天申之。[3]　　　　多赐福禄国兴旺。

干禄百福，　　　　　千重厚禄百重福，

子孙千亿。[4]　　　　子子孙孙数难量。

穆穆皇皇，　　　　　个个正派又坦荡，

宜君宜王。[5]　　　　为君为王理应当。

不愆不忘，　　　　　没有过错不忘本，
　qiān

率由旧章。[6]　　　　遵循先祖旧典章。

1 假：通"嘉"，赞美，嘉许。乐：爱悦。显显：鲜明的样子。令德：美德。
2 宜：适合。民：庶民。人：指在位的贵族。
3 保右：即保佑。申：反复，重复。
4 干：宜作"千"。
5 穆穆：端庄恭敬的样子。皇皇：光明的样子。
6 愆：罪过，过失。率由：遵循，沿用。旧章：昔日的典章。

威仪抑抑，　　　　　　　仪容美好而端庄，

德音秩秩。⁷　　　　　政教法令很谐畅。

无怨无恶，　　　　　　　无人怨恨与厌恶，

率由群匹。⁸　　　　　遵从群臣好声望。

受福无疆，　　　　　　　受天福禄无穷尽，

四方之纲。⁹　　　　　四方以您为法纲。

之纲之纪，　　　　　　　四方以您为法纲，

燕及朋友。¹⁰　　　　宴请朋友合众望。

百辟^{bì}卿士，　　　　诸侯卿士都参加，

媚于天子。¹¹　　　　爱戴君王齐颂扬。

不解于位，　　　　　　　勤于职守不懈怠，

民之攸塈^{jì}。¹²　　万民安居国祚长。

7 抑抑：通"懿懿"，美好的样子。德音：此指政教法令。秩秩：有条不紊。

8 群匹：众臣。

9 纲：法则。

10 之：这。燕：同"宴"，宴饮，宴请。

11 百辟：诸侯。卿士：泛指文武大臣。媚：爱，喜爱。

12 解：通"懈"。塈：休息。

这是群臣称颂赞美周王的诗。全诗四章，第一章开门见山地赞扬周王"显显令德"的德行品格以及能顺应民意、受天之福。第二章赞美周王德荫子孙，不忘旧典。第三章赞美周王的仪容和政令，成为万民"纲纪"。末章写周王宴饮群臣，得到群臣亲近爱戴，周王不懈于位，因而使万民安居乐业。全诗围绕德、章、纲、位四个方面热诚地歌颂了周王，情真意切。

公 刘

笃公刘，	诚实厚道的公刘，
匪居匪康。¹	不图安逸享安康。
乃埸乃疆， _yì_	整治田地划田疆，
乃积乃仓。²	粮食堆满内外仓。
乃裹糇粮， _hóu_	远行前夕备干粮，
于橐于囊。³ _tuó_	装进小袋和背囊。
思辑用光，	人民和睦争荣光，
弓矢斯张。⁴	良弓利箭齐武装。
干戈戚扬，	盾戟斧钺拿手上，
爰方启行。⁵	开始启程去远方。
笃公刘，	诚实厚道的公刘，
于胥斯原。⁶	前往平原视察忙。

---

1 笃：忠实厚道。公刘：古代周族的领袖，传为后稷的曾孙，他迁徙齒地定居，不贪享
受，致力于发展农业生产。匪：不。居、康：安康，安乐。
2 埸：田界。疆：划分田地的界限。积：露天堆积粮食的地方。仓：收藏谷物的仓库。
3 糇粮：干粮。橐囊：盛粮食的口袋。小而有底曰橐，大而无底曰囊。
4 思：发语词，无实义。辑：和，和睦。用：以。光：光荣。斯：语气助词。张：准备好。
5 干：盾牌。戈：平头戟。戚：古代兵器，像斧。扬：钺，像斧，比斧大。爰：于是。
方：始。启行：动身，启程。
6 胥：察看。斯原：这里的原野。

既庶既繁，	百姓众多紧跟随，
既顺乃宣，	民心归顺心舒畅，
而无永叹。[7]	没有悲伤和长叹。
陟则在巘，^{yǎn}	观察地势上山冈，
复降在原。[8]	转眼下到平原上。
何以舟之？	身上佩带为何物？
维玉及瑶，	美玉美石真漂亮，
鞞琫容刀。^{bǐngběng} [9]	玉饰刀鞘明晃晃。

笃公刘，	诚实厚道的公刘，
逝彼百泉，	前往汪汪泉水旁，
瞻彼溥原。[10]	视察平原宽又广。
乃陟南冈，	于是登上南山冈，
乃觏于京。^{gòu} [11]	发现豳是好地方。

7 既：太，甚。庶、繁：众多。顺：民心归顺。宣：舒畅。永叹：长久叹息。
8 陟：登高。巘：小山。
9 舟：佩带。瑶：似玉的美石。鞞：刀鞘。琫：刀鞘上的装饰物。容刀：作装饰用的佩刀。
10 逝：往。百泉：泉水多的地方。瞻：视察。溥：广大。
11 觏：看见。京：指豳的地名。

京师之野，	京城郊外好肥沃，
于时处处，	在此定居建新邦，
于时庐旅，[12]	于是开始造新房，
于时言言，	又说又笑喜洋洋，
于时语语。[13]	又笑又说闹嚷嚷。
笃公刘，	诚实厚道的公刘，
于京斯依。[14]	定居京师以生息。
跄跄济济，	群臣众多有威仪，
俾筵俾几。[15]	延请他们入宴席。
既登乃依，	座席依几安排毕，
乃造其曹。[16]	先把猪神来拜祭。
执豕于牢，	圈里捉猪做佳肴，
酌之用匏。[17]	匏樽斟酒礼数齐。

12 京师：京城。野：郊外。于时：于是，在此。处处：定居，安居。庐旅：寄居。
13 言言：欢言。语语：笑语。
14 斯：是。依：定居。
15 跄跄济济：形容步趋有节，多而整齐的样子。俾：使。筵：铺在地上供人坐的垫底的竹席。几：席地而坐时有靠背的坐具。
16 造：告祭。曹：祭猪神。
17 牢：养猪的圈。酌：斟酒。匏：葫芦的一种，一分为二地剖开，可做酒器。

食之饮之，	酒醉饭饱皆欢喜，
君之宗之。[18]	共推公刘主社稷。
笃公刘，	诚实厚道的公刘，
既溥既长。	开垦地头广又长。
既景乃冈，	既测日影又上山，
相其阴阳，	观察山冈阴和阳，
观其流泉。[19]	查明水源和流向。
其军三单，	组织军队分三班，
度其隰原，^{xí}	低湿之地测量好，
彻田为粮。[20]	开垦田地来种粮。
度其夕阳，	又到山西去测量，
豳居允荒。[21]	豳地确实大又广。

18 君、宗：推为君主、族主。
19 景："影"的古字，根据日影测定方位。冈：登上山冈察地形。相：观察。阴阳：指山之南北。山南为阳，山北为阴。
20 三单：周代分军为三，以一军服役，他军轮换。单，轮流值班。度：测量。隰原：低湿之地。彻田：垦治田地。
21 夕阳：指山的西面。允：确实，果真。荒：广大。

笃公刘，　　　　　　　　诚实厚道的公刘，

于豳斯馆。[22]　　　　　　豳原之地扩宫室。

涉渭为乱，　　　　　　　横流渡过那渭水，

取厉取锻。[23]　　　　　　取来砺石和锻石。

止基乃理，　　　　　　　基地既定治田地，

爰众爰有。[24]　　　　　　富庶民众纷沓至。

夹其皇涧，　　　　　　　皇涧两岸人住下，

溯其过涧。[25]　　　　　　面向过涧很舒适。

止旅乃密，　　　　　　　定居寄居人口密，

芮鞫之即。[26]　　　　　　芮鞫两岸户滋殖。

（芮鞫　ruì jū）

22 馆：营建宫室房舍。

23 渭：水名，源出甘肃省，流入陕西省，汇泾水入黄河。为：而。乱：横流而渡。取：采取。厉："砺"的古字，磨刀石。锻：锻铁用的砧石。

24 止：既。基：基地。理：治理。众、有：形容人多且富有。

25 皇涧：涧名，源出甘肃省，西南流入泾河。溯：面向。过涧：涧名。

26 止：居住。旅：寄居。密：密集，众多。芮鞫：指水湾。水湾之内称芮，水湾之外称鞫。之：是。即：就。

这是一首歌颂公刘由邰迁到豳，开疆创业的诗。诗共六章，均以"笃公刘"发端，表达了对公刘的赞叹之情。第一章写公刘率民出发前的准备，后几章依次写公刘到达豳地后划分疆域、勘察地形、测量土地以定种植、居住、养殖等事情，在人物行动中展示了当时的社会风貌。另外，诗歌在具体的场景中刻画了公刘这一人物形象，他深谋远虑、有杰出的领导才能、深受人民的爱戴和敬仰。

jiǒng

泂 酌

洞酌彼行潦,　　　　　远行去把积水汲,

lǎo

挹彼注兹,　　　　　舀回注入盛水器,

fēn chì

可以餴饎。[1]　　　　可以做饭蒸黍稷。

kǎi tì

岂弟君子,　　　　　和乐平易的君子,

民之父母。[2]　　　　为民父母顺民意。

洞酌彼行潦,　　　　　远行去把积水汲,

挹彼注兹,　　　　　舀回注入盛水器,

zhuó léi

可以濯罍。[3]　　　　可以把那酒壶洗。

岂弟君子,　　　　　和乐平易的君子,

民之攸归。[4]　　　　百姓一心想归依。

1 洞:远。行潦:路边的积水。挹:舀出。注:灌入。兹:此,指盛水的器皿。餴:蒸
饭。饎:炊黍稷。一说酒食。
2 岂弟:和乐平易。
3 濯:洗。罍:古代一种盛酒的容器。
4 攸:所。归:归附。

洞酌彼行潦，　　　　远行去把积水汲，

挹彼注兹，　　　　　舀回注入盛水器，

可以濯溉。^{zhuó gài} [5]　可以把那酒樽洗。

岂弟君子，　　　　　和乐平易的君子，

民之攸墍。^{jì} [6]　　万民所安万民息。

5 墍：通"概"，漆饰酒樽。
6 墍：休息，归附。

这是一首歌颂统治者得民心而为其亲附的诗。诗仅三章，每章均以远方流潦之水起兴，以舀来之水可以蒸黍稷，洗酒壶、酒樽，喻周王或诸侯能够关爱人民自然会得到人民的拥护。诗巧妙设喻，也颇含劝诫之旨。

^{quán}
卷 阿

有卷者阿，   蜿蜒曲折大山陵，

飘风自南。¹   旋风南来很强劲。

^{kǎi tì}
岂弟君子，   和乐平易的君子，

来游来歌，   至此游玩且歌行，

以矢其音。²   大家献诗抒心声。

伴奂尔游矣，   闲逸自在您出游，

优游尔休矣。³   悠闲自得您歇休。

岂弟君子，   和乐平易的君子，

俾尔弥尔性，   使你善性持长久，

似先公酋矣。⁴   继承祖业功千秋。

^{bǎn}
尔土宇昄章，   你的疆土和版图，

亦孔之厚矣。⁵   宽广辽阔望无际。

岂弟君子，   和乐平易的君子，

---

1 卷：卷曲。阿：大的山陵，大的土山。飘风：旋风，暴风。
2 岂弟：和乐平易。矢：陈列。
3 伴奂：闲逸自在的样子。优游：悠闲自得。
4 俾：使。尔：周天子。弥：终，尽。性：本性，善性。似：通"嗣"，继承。先公：对天子、诸侯祖先的尊称。酋：成功，功业。
5 土宇：疆土，国土。昄章：版图。昄，通"版"。孔：非常。厚：广大辽阔。

俾尔弥尔性，　　　使你善性长久立，

百神尔主矣。⁶　　众神由您来主祭。

尔受命长矣，　　　你受天命长且久，

^{fú}
茀禄尔康矣。⁷　福禄康宁都享有。

岂弟君子，　　　　和乐平易的君子，

俾尔弥尔性，　　　使你善性持长久，

^{gǔ}
纯嘏尔常矣。⁸　大福厚禄长享受。

有冯有翼，　　　　贤才良士辅佐您，

有孝有德，　　　　品德高尚有名望，

以引以翼。⁹　　引导辅助在君旁。

岂弟君子，　　　　和乐平易的君子，

四方为则。¹⁰　天下万民好榜样。

yóngyóng áng áng
颙颙卬卬，　　　　贤臣庄重志气昂，

如圭如璋，　　　　品德高贵如圭璋，

6 百神：各种神灵。主：主祭。
7 受命：受天之命。茀禄：福禄。茀，通"福"。康：康宁，康泰。
8 纯嘏：大福。常：长久。
9 冯：辅。翼：助。引：引导。
10 四方：天下。则：榜样。

令闻令望。[11]　　　　　　美名赞誉传四方。

岂弟君子，　　　　　　和乐平易的君子，

四方为纲。[12]　　　　　　天下万民好榜样。

凤皇于飞，　　　　　　翩翩飞来一凤凰，

huì huì
翙翙其羽，　　　　　　众鸟相随展翼翔，

亦集爰止。[13]　　　　　　凤凰栖止百鸟傍。

ǎi ǎi
蔼蔼王多吉士，　　　　　　贤士荟萃周王旁，

维君子使，　　　　　　任君驱使为智囊，

媚于天子。[14]　　　　　　爱戴天子忠家邦。

凤皇于飞，　　　　　　翩翩飞来一凤凰，

翙翙其羽，　　　　　　众鸟相随展翼翔，

亦傅于天。[15]　　　　　　上摩青天凌云扬。

蔼蔼王多吉人，　　　　　　贤士荟萃周王旁，

维君子命，　　　　　　听您命令不彷徨，

---

11 颙颙：庄重肃敬的样子。卬卬：气宇轩昂的样子。圭、璋：两种贵重的玉制礼器，比喻高尚的品德。令：美好。

12 纲：纲维，法度。

13 凤皇：即凤凰。翙翙：众多。羽：鸟类。集：鸟类群栖在树上。爰止：指凤凰所停止的地方。爰，于。

14 蔼蔼：众多的样子。吉士：善士，贤人。维：是。媚：喜爱，爱戴。

15 傅：靠近，迫近。

媚于庶人。¹⁶	爱护百姓好声望。
凤皇鸣矣,	凤凰鸣叫示瑞祥,
于彼高冈。	栖停在那高山冈。
梧桐生矣,	碧绿梧桐向阳长,
于彼朝阳。¹⁷	生在高冈东面上。
_{běngběng} 菶 菶 萋 萋,	枝叶茂盛郁苍苍,
_{yōngyōng jiē jiē} 雍 雍 喈 喈¹⁸。	凤凰和鸣声悠扬。
君子之车,	周王君子备大车,
既庶且多。¹⁹	车子既多又华奢。
君子之马,	周王君子备骏马,
既闲且驰。²⁰	熟练疾驰很谐和。
矢诗不多,	群贤陈诗真是多,
维以遂歌。²¹	为答周王以作歌。

16 吉人：同吉士。庶人：平民，百姓。
17 朝阳：山的东面。
18 菶菶萋萋：草木茂盛的样子。雍雍喈喈：鸟和鸣的样子。
19 多：通"侈"，车饰侈丽。
20 闲：熟练。
21 矢诗：陈诗。不：语气助词，无实义。遂：对，答。

这是一首记周王出游并对其歌功颂德的诗。诗共十章。第一章交代出游地点、时间及人物，领起全诗。第二至六章写周王无拘无束出游的原因：一是周室版图广大，疆域辽阔；二是周王和乐平易，勤于政事；三是贤才良士尽心辅佐，反衬周王有厚德。第七至九章以比喻的手法总括上文对周王的赞美。末章写出游的车马之盛以及群臣争相献诗的情景。诗歌结构完整，首尾呼应，运用比喻，如以凤凰百鸟喻周王贤臣，自然贴切。

梧桐

民 劳

民亦劳止，　　　　　　百姓劳苦心愿微，

汔可小康。¹　　　　只求稍稍得安康。

惠此中国，　　　　　　惠爱京师老百姓，

以绥四方。²　　　　以安四方诸侯邦。

无纵诡随，　　　　　　切莫盲从奸佞辈，

以谨无良。³　　　　无良之人要提防。

式遏寇虐，　　　　　　遏止残贼凶暴者，

憯不畏明。⁴　　　　不畏国法竟张狂。

柔远能迩，　　　　　　亲善近邻抚远邦，

以定我王。⁵　　　　以固国基保我王。

民亦劳止，　　　　　　百姓劳苦心愿微，

汔可小休。⁶　　　　只求稍稍得休闲。

1 止：语气助词，无实义。汔：庶几。小康：稍微安康。
2 惠：爱。中国：京师。绥：安。四方：四方诸侯之国。
3 无：勿，不。纵：听从。诡随：不顾是非而妄随人意的人。谨：谨慎，小心。
4 式：句首语气词，无实义。遏：阻止。寇虐：残贼凶暴之人。憯：竟然。畏明：畏惧明法。
5 柔远：安抚远人或远方邦国。能迩：能亲善邻国而与之和睦相处。
6 小休：稍得休息。

惠此中国，　　　　　　　惠爱京师老百姓，

以为民逑。[7]　　　　　　安居乐业人人欢。

无纵诡随，　　　　　　　切莫盲从奸佞辈，

以谨惛恢。[8]　　　　　　警惕纷争政昏乱。

（hūn náo）

式遏寇虐，　　　　　　　遏止残贼凶暴者，

无俾民忧。[9]　　　　　　莫使人民心忧烦。

无弃尔劳，　　　　　　　切莫抛弃你功劳，

以为王休。[10]　　　　　以行善政使王安。

民亦劳止，　　　　　　　百姓劳苦心愿微，

汔可小息。[11]　　　　　只求暂时得休息。

惠此京师，　　　　　　　惠爱京师老百姓，

以绥四国。[12]　　　　　安抚四方边鄙地。

无纵诡随，　　　　　　　切莫盲从奸佞辈，

以谨罔极。[13]　　　　　警惕政乱无法纪。

7 民逑：人民欢聚安居乐业。逑，聚合。
8 惛恢：喧哗争吵。
9 俾：使。
10 尔：指在位者。劳：功劳，功绩。休：美好，美善。
11 小息：暂时休息。
12 四国：四方诸侯国。
13 罔极：不中。罔，无。极，中。

式遏寇虐，　　　　　　遏止残贼凶暴者，

无俾作慝。[14]　　　　不要作恶太得意。

敬慎威仪，　　　　　　恭敬谨慎重容仪，

以近有德。[15]　　　　常与贤士多亲密。

民亦劳止，　　　　　　百姓劳苦心愿微，

汔可小愒。[16]　　　　只求暂时得歇息。

惠此中国，　　　　　　惠爱京师老百姓，

俾民忧泄。[17]　　　　使民除去忧与戚。

无纵诡随，　　　　　　切莫盲从奸佞辈，

以谨丑厉。[18]　　　　警惕丑类趁乱起。

式遏寇虐，　　　　　　遏止残贼凶暴者，

无俾正败。[19]　　　　莫使政坏又萎靡。

戎虽小子，　　　　　　你虽是个年轻人，

而式弘大。[20]　　　　作用巨大无人及。

14 作慝：作恶。慝，恶。
15 敬慎：恭敬谨慎。威仪：仪容举止。
16 小愒：稍稍休息。
17 泄：发泄，消除。
18 丑厉：丑恶之人。
19 正败：国政败坏。正，通"政"。
20 戎：表示第二人称，相当于"你""你们"。小子：年轻人。式：作用。弘大：巨大。

民亦劳止，   百姓劳苦心愿微，

汔可小安。[21]   只求可以略平安。

惠此中国，   惠爱京师老百姓，

国无有残。[22]   国家安定免摧残。

无纵诡随，   切莫盲从奸佞辈，

qiǎnquǎn
以谨缱绻。[23]   警惕结党造祸乱。

式遏寇虐，   遏止残贼凶暴者，

无俾正反。[24]   莫使政倾蒙灾难。

王欲玉女，   王啊我想爱护你，

是用大谏。[25]   因此竭力来规劝。

21 小安：略微平安。
22 残：害。
23 缱绻：固结不解，此指结党营私。
24 正反：政事颠倒。
25 玉女：爱你。女，通"汝"。是用：因此。大谏：竭力规劝。

这是一首劝告厉王安民防奸的诗。诗共五章，每章皆以"民亦劳止"起始，反映了西周末年民不堪命的现实情景。诗中对统治集团的残暴、丑恶和欺诈行为做了无情的揭露，对人民的苦难与不幸寄予了一定的同情。诗人对执政者从恤民、保京、防奸、止乱几个方面谆谆告诫并寄予希望。

板

上帝板板，　　　　　　　天帝乖戾多变端，

下民卒瘅！¹　　　　百姓劳累多病患！

出话不然，　　　　　　　话儿说得不合理，

为犹不远。²　　　　筹谋政令不远瞻。

靡圣管管，　　　　　　　无视圣贤自决断，

不实于亶。³　　　　不讲诚信是非乱。

犹之未远，　　　　　　　筹谋政令无远见，

是用大谏！⁴　　　　因此竭力来规劝。

天之方难，　　　　　　　老天正在降灾难，

无然宪宪。⁵　　　　不要这样欣欣然。

天之方蹶，　　　　　　　老天正在降骚乱，

无然泄泄。⁶　　　　不要这样喋喋言。

辞之辑矣，　　　　　　　政令如果谐而缓，

---

1 上帝：指周厉王。板板：乖戾，反常。下民：百姓，人民。卒瘅：劳累多病。卒，通"瘁"，劳累。

2 不然：不合理，不对。犹：通"猷"，计谋，谋划。不远：无远见。

3 靡：无。管管：无所凭依、自以为是的样子。不实：不实行。亶：诚信。

4 是用：因此。大谏：竭力规劝。

5 方：正。难：灾难。无然：不要这样。宪宪：欣欣，喜悦的样子。

6 蹶：动乱，扰乱。泄泄：喋喋多言。

民之洽矣。[7]　　　　百姓齐心政自安。

辞之怿矣，（yì）　　政令如果散而乱，

民之莫矣。[8]　　　　百姓自然遭忧患。

我虽异事，　　　　你我职务虽不同，

及尔同寮。[9]　　　　却是官场的同僚。

我即尔谋，　　　　我找你们来筹谋，

听我嚣嚣。[10]（áo áo）　不听善言神气傲。

我言维服，　　　　我言切合治政道，

勿以为笑。[11]　　　　切莫当作是玩笑。

先民有言，　　　　古人有话说得好，

询于刍荛。[12]（chú ráo）　应向樵夫去求教。

天之方虐，　　　　上天逞威正肆虐，

无然谑谑。[13]（xuè xuè）　不要忘形地喜乐。

7 辞：政治教令。辑：和缓协调。洽：和谐团结。
8 怿：通"斁"，败坏。莫：通"瘼"，病，疾苦。
9 异事：职司不同。及：与，和。同寮：即同僚，同朝或同官署做官的人。寮，百官，官吏。后多作"僚"。
10 即：就。谋：商量。嚣嚣：傲慢的样子。
11 维：是。服：用，治。笑：戏言，笑谈。
12 先民：古代贤人。询：问，征求意见。刍荛：割草采薪之人。
13 虐：凶恶，残暴。谑谑：喜乐的样子。

老夫灌灌，　　　　　　　老夫情真意恳切，

小子蹻蹻^{jué jué}。¹⁴　　　小子傲慢很不屑。

匪我言耄^{mào}，　　　　不是我说糊涂话，

尔用忧谑。¹⁵　　　　　你却将我来戏谑。

多将熇熇^{hè hè}，　　　　坏事都被你做绝，

不可救药。¹⁶　　　　　无药可救国将灭。

天之方懠^{qí}，　　　　　上天正在发脾气，

无为夸毗^{pí}。¹⁷　　　不要逢迎随人意。

威仪卒迷，　　　　　　　君臣礼节都乱套，

善人载尸。¹⁸　　　　　贤良如尸将口闭。

民之方殿屎^{xī}，　　　　人民呻吟又叹息，

则莫我敢葵。¹⁹　　　　我今怎敢猜其意。

丧乱蔑资，　　　　　　　死丧祸乱财物尽，

曾莫惠我师。²⁰　　　　怎可安抚我民黎。

---

14 老夫：老人，诗人的自称。灌灌：情意恳切的样子。小子：指周厉王。蹻蹻：骄傲无礼的样子。

15 匪：非。耄：昏乱糊涂。忧谑：戏谑。

16 熇熇：炽盛的样子。

17 懠：愤怒。夸毗：以谄谀、卑屈取媚于人。

18 威仪：君臣间的礼节。卒：尽。迷：迷乱。善人：贤良的人。载：则。尸：祭祀时代表死者受祭的人，终祭不言。

19 殿屎：愁苦呻吟。葵：通“揆”，审度。

20 蔑：无，没有。资：财产，财货。曾：怎。惠：施恩。师：民众。

天之牖民，	上天诱导我人民，
如埙如篪，²¹（xūn chí）	吹奏埙篪声悠扬，
如璋如圭，	如执圭璋明又亮，
如取如携。²²	如提如携来相帮。
携无曰益，	培育扶植不设防，
牖民孔易。²³	因势利导很顺当。
民之多辟，	如今人民多邪僻，
无自立辟。²⁴	自立法度用不上。
价人维藩，^{jiè}	善人好比篱笆桩，
大师维垣，	大众好比外围墙，
大邦维屏，	大国是那高屏障，
大宗维翰。²⁵	同族就像那栋梁。
怀德维宁，	怀有德行国安宁，
宗子维城。²⁶	嫡子就是那城墙。

21 牖民：诱导人民。牖，通"诱"。埙：古代用陶土烧制的一种吹奏乐器，圆形或椭圆形，有六孔，亦称陶埙。篪：古代一种用竹管制成像笛子一样的乐器，有八孔。
22 璋、圭：两种贵重的玉制礼器。携：提。
23 曰：语气助词，无实义。益：通"隘"，阻碍。孔：甚，很。
24 多辟：多邪僻。辟，通"僻"。立辟：立法。辟，法律，法度。
25 价人：善人。维：是。藩：篱笆。大师：大众。垣：墙。大邦：大国。屏：屏障。大宗：周王同姓的宗族。翰：通"干"，草木的茎干，引申为骨干、栋梁。
26 怀德：怀有德行。宁：国家安宁。宗子：周王的嫡长子。

无俾城坏，　　　　　莫使城墙毁坏了，

无独斯畏。[27]　　　不要孤立自遭殃。

敬天之怒，　　　　　敬畏上天发脾气，

无敢戏豫。[28]　　　不敢嬉戏太安逸。

敬天之渝，　　　　　敬畏上天变化疾，

无敢驰驱。[29]　　　不敢放纵太恣意。

昊天曰明，　　　　　苍天如镜多明晰，

及尔出王。[30]　　　与你出行去游历。

昊天曰旦，　　　　　苍天如镜多明晰，

及尔游衍。[31]　　　与你纵情地游弋。

27 独：孤独。斯：此，这。畏：怕。
28 敬：敬畏。戏豫：嬉戏安逸。
29 渝：改变。驰驱：放纵自恣。
30 昊天：苍天。曰：语气助词，无实义。明：光明。出王：出行。王，通“往”。
31 旦：犹“明”。游衍：恣意游逛。

这是一首讽刺周厉王的诗。诗共八章，第一章开宗明义，说明作诗劝谏的原因和目的。次章既承认周承天命，又强调天命对君王的制约。第三、四章假托劝诫同僚向周王说明听取谏言的重要性。第五至七章提出救治乱政的方法，即重视民心，救下民于水火，表现了诗人对人民的极大关心和同情。末章呼应开篇，再次劝谏周厉王要敬畏天命。诗歌感情激切，正言直说，诗人忧国忧民，拳拳之心跃然笔端。

荡

荡荡上帝，　　　　　　天帝骄纵又放荡，

下民之辟。¹　　　　他是百姓的君王。

疾威上帝，　　　　　　天帝贪心又暴戾，

其命多辟。²　　　　他的政令太反常。

天生烝民，　　　　　　上天生养众百姓，

其命匪谌。³　　　　政令多变无信讲。

靡不有初，　　　　　　万事开头都不错，

鲜克有终。⁴　　　　却都少有好收场。

文王曰咨，　　　　　　文王一声长叹息，

咨女殷商！⁵　　　　可怜可叹那殷商！

曾是强御，　　　　　　竟然这么多强梁，

曾是掊克，　　　　　　竟然暴敛又贪赃，

曾是在位，　　　　　　竟然身居高位上，

---

1 荡荡：恣纵、无所约束的样子。上帝：指周王。下民：百姓，人民。辟：君主。
2 疾威：暴虐，威虐。多辟：多邪僻。辟，通"僻"。
3 烝：众多。匪谌：不诚，不守信用。谌，诚。
4 靡：无。鲜：少。克：能。
5 咨：叹息声。女：通"汝"。

曾是在服。⁶	有权有势竟称王。
天降滔德，	天降放纵不法徒，
女兴是力。⁷	为非作歹助邪长。
文王曰咨，	文王一声长叹息，
咨女殷商！	可怜可叹那殷商！
而秉义类，	你若任用善良辈，
强御多怼。⁸ ^{duì}	豪强之徒多怨怅。
流言以对，	流言蜚语道短长，
寇攘式内。⁹ ^{rǎng}	强横侵扰在朝堂。
侯作侯祝，	诅咒贤士害忠良，
靡届靡究。¹⁰	无尽无休造祸殃。
文王曰咨，	文王一声长叹息，
咨女殷商！	可怜可叹那殷商！
女炰烋于中国，^{páo xiāo}	嚣张跋扈在京师，

6 曾：竟然。是：如此，这样。强御：强横凶暴。掊克：聚敛，搜括。在位：居于君主之
位。在服：在职，居官。
7 滔：放纵，傲慢。女：通"汝"，指不法之臣。
8 而：通"尔"，你。秉：操持，用。义类：善类。强御：豪强，有权势的人。怼：怨恨。
9 流言：没有根据的话。寇攘：劫掠，侵扰。式：于，在。内：指朝廷内。
10 侯：有。作：诅。祝：通"咒"。靡：没有。究：穷。

敛怨以为德。[11]	多行不义自标榜。
不明尔德，	你们没有识人智，
时无背无侧。[12]	不辨叛臣与忠良。
尔德不明，	你们没有知人明，
以无陪无卿。[13]	不知公卿谁能当。

文王曰咨，	文王一声长叹息，
咨女殷商！	可怜可叹那殷商！
天不湎（miǎn）尔以酒，	上天未让你酗酒，
不义从式。[14]	不宜纵酒而发狂。
既愆（qiān）尔止，	行为容止已失当，
靡明靡晦。[15]	不分白天和晚上。
式号式呼，	大呼小叫不像样，
俾昼作夜。[16]	日夜颠倒政事荒。

11 炰烋：猛兽怒吼，此形容人嚣张或暴怒。敛：聚集。怨：可恨之人。
12 不明：没有知人之明、不辨善恶。时：所以。无背无侧：不能辨清背叛倾仄之人。
13 陪：辅佐。卿：卿大夫。
14 湎：沉迷。义：宜。从：通“纵”，放纵。式：用。
15 愆：罪过，过失。止：容止。晦：夜晚。
16 式：句首语气词，无实义。俾昼作夜：把白昼当作夜晚，指不分昼夜地寻欢作乐。

文王曰咨，　　　　　　文王一声长叹息，

咨女殷商！　　　　　　可怜可叹那殷商！

如蜩如螗，　　　　　　朝政纷乱如蝉嚷，
（tiáo）（táng）

如沸如羹。[17]　　　　社会动荡如沸汤。

小大近丧，　　　　　　大小政事近败亡，

人尚乎由行。[18]　　　你却还是照老样。

内奰于中国，　　　　　京师人民怨怒盛，
（bì）

覃及鬼方。[19]　　　　怒火蔓延及远方。

文王曰咨，　　　　　　文王一声长叹息，

咨女殷商！　　　　　　可怜可叹那殷商！

匪上帝不时，　　　　　不是天帝不善良，

殷不用旧。[20]　　　　是你不用旧典章。

17 蜩：蝉。螗：一种较小的蝉。沸：沸腾的水。羹：菜汤。
18 小大：指大小事。丧：失败。人：指周厉王。由行：照老样子做。
19 奰：怒。覃：延及。鬼方：远方。
20 不时：不善。旧：旧的典章制度。

虽无老成人， 虽无旧臣在身旁，

尚有典刑。[21] 还有成法可依傍。

曾是莫听， 竟然如此不听劝，

大命以倾。[22] 天命倾覆国将亡。

文王曰咨， 文王一声长叹息，

咨女殷商！ 可怜可叹那殷商！

人亦有言： 前人有话不可忘：

颠沛之揭， 大树倒伏根必扬，

枝叶未有害， 枝叶看似没有伤，

本实先拨。[23] 实际树根已枯亡。

殷鉴不远， 殷商借鉴并不远，

在夏后之世。[24] 应知夏桀啥下场。

21 老成人：旧臣。尚：还。典刑：旧的法度。
22 曾是：竟然如此。大命：天命。一说国家命运。
23 颠沛：倾倒，此指树木倒下。揭：高举，此指树根翻起。拨：败。
24 鉴：古代用来盛水或冰的青铜大盆，此指教训、警诫。夏后：指夏桀。

这是一首讽刺厉王无道的诗。诗共八章，章八句。第一章揭示上天"荡"和"疾威"的特点，提纲挈领。后七章均以"文王曰咨"起笔，假托文王慨叹纣王无道的方方面面。第二章斥责纣王重用贪暴之臣。第三章展现贤良遭摈、祸乱横生的局面。第四章讥刺纣王刚愎自用、恣意妄为，必招大难。第五章讽刺纣王纵酒败德。第六章指出国人对纣王的怨怒已由国内蔓延至荒远之国。末二章对纣王的错误再作申说。全诗构思奇特，明是托为文王叹纣之词，实则"托商以陈刺"斥责厉王，寓意深刻，振聋发聩。

蜩

抑

抑抑威仪，	仪容严肃且端庄，
维德之隅。[1]	品行方正又高尚。
人亦有言：	有句俗话这样讲：
靡哲不愚。[2]	智者无不像愚氓。
庶人之愚，	常人如果不聪明，
亦职维疾。[3]	是因缺点的影响。
哲人之愚，	智者如果不聪明，
亦维斯戾。[4]	那可真是很反常。
无竞维人，	国力强盛重贤良，
四方其训之。[5]	四方顺服疆域广。
有觉德行，	德行方正又直爽，
四国顺之。[6]	四国归顺都敬仰。

1 抑抑：缜密的样子。威仪：容止礼节。隅：角落。引申为方正。
2 哲：智者，聪明人。
3 庶人：一般人，众人。职：主要。维：是。疾：缺点，毛病。
4 斯：其。戾：违背，乖谬。
5 无：发语词，无实义。竞：强劲。维：由于。人：贤人。四方：四方诸侯之国。训：通"顺"，顺服。
6 觉：通"梏"，正直。

^{xū}
讦谟定命，　　　　建国大计定法令，

远犹辰告。⁷　　　远谋按时告国邦。

敬慎威仪，　　　　行为举止要恭谨，

维民之则。⁸　　　人民以此为榜样。

其在于今，　　　　其人处在当今世，

兴迷乱于政。⁹　　朝政昏聩胡乱来。

颠覆厥德，　　　　你的品德已败坏，

^{dān}
荒湛于酒。¹⁰　　沉湎美酒不悔改。

女虽湛乐从，　　　你迷酒色和逸乐，

弗念厥绍。¹¹　　不思祖业怎么来。

罔敷求先王，　　　先王治道不广求，

克共明刑？¹²　　明法如何作安排？

7 讦：广大，远大。谟：计谋，策略。定命：审定法令。犹：通"猷"，谋略。辰：按
时，及时。告：告诫，宣告。
8 敬慎：恭敬谨慎。则：法则，标准。
9 兴：发语词，无实义。迷乱：昏乱。
10 颠覆：败坏。厥：其。荒湛：沉湎。湛，逸乐无度。
11 女：汝。湛乐：过度逸乐。从：从事。弗：不。念：思。绍：继承先人传统。
12 罔：不。敷：广。克：能。共：通"供"，执行。明刑：明法。刑，法。

肆皇天弗尚，　　　　　上苍不再来佑助，

如彼泉流，　　　　　　如那泉水空流去，

无沦胥以亡。[13]　　　君臣相率要亡卒。

夙兴夜寐，　　　　　　早起晚睡勤忙碌，

洒扫庭内，　　　　　　里外洒扫除尘土，

维民之章。[14]　　　　为民表率立法度。

修尔车马，　　　　　　修好你的车和马，

弓矢戎兵，　　　　　　备好弓箭和军服，

用戒戎作，　　　　　　为防战事准备足，

用逷蛮方。[15]　　　　要将南蛮来铲除。
　ti

质尔人民，　　　　　　好好安定老百姓，

谨尔侯度，　　　　　　恭谨遵守好法度，

用戒不虞。[16]　　　　戒慎祸乱备不虞。

13 肆：发语词，无实义。皇天：对天及天神的尊称。尚：佑，佑助。无：发语词，无实义。沦胥：相率牵连。沦，率。以：而。
14 夙兴夜寐：早起晚睡。洒扫：先洒水在地上浥湿灰尘，然后清扫。维：为。章：章法。
15 戎兵：军服和兵器。用：以。戒：准备。戎：战事。作：起。逷：治，除。蛮方：南蛮。
16 质：安定。侯：句中助词，无实义。度：法度。不虞：指意料不到的事。

慎尔出话，　　　　　说话开口要慎重，

敬尔威仪，　　　　　仪表举止要端肃，

无不柔嘉。¹⁷　　处处妥善又和睦。

白圭之玷，^{diàn}　　白玉上面一点污，

尚可磨也；¹⁸　　尚可研磨而去除；

斯言之玷，　　　　　话语如果被玷污，

不可为也！¹⁹　　无法把它收回去。

无易由言，　　　　　不要轻率就发言，

无曰苟矣，　　　　　莫说这是说着玩，

莫扪朕舌，　　　　　没人把我舌头钳，

言不可逝矣。²⁰　话既说出难回返。

无言不雠，^{chóu}　口出良言有人应，

无德不报。²¹　　施德总能得恩典。

17 话：言语或政令。柔嘉：柔和妥善。

18 玷：白玉上的斑点。

19 斯：其。

20 无：不。易：轻率。由言：说话。苟：随便。扪朕舌：即握住舌头使不能说话。朕，
我。逝：及，追。

21 雠：应答，对答。报：报答。

惠于朋友，　　　　　　　仁爱朋友及群臣，

庶民小子。²²　　　　　百姓子弟同等看。

子孙绳绳（mǐn mǐn），　　　子孙世代不断绝，

万民靡不承。²³　　　　万民顺服保平安。

视尔友君子，　　　　　　看你对待朋友们，

辑柔尔颜，　　　　　　　神情温和又高兴，

不遐有愆（qiān）。²⁴　　　唯恐过失会发生。

相在尔室，　　　　　　　当你独处内室时，

尚不愧于屋漏。²⁵　　　不做坏事愧神明。

无曰不显，　　　　　　　不说这里光线暗，

莫予云觏。²⁶　　　　　没人能把我看清。

神之格思，　　　　　　　神明随时会降临，

不可度思，　　　　　　　不可揣测其行踪，

矧（shěn）可射（yì）思。²⁷　怎能厌弃不尊敬。

22 惠：仁爱。小子：平民百姓。
23 绳绳：众多、绵绵不绝的样子。承：顺承。
24 视：看待。友君子：朋友。辑柔：和顺，和悦。辑，和。柔，安。颜：神态，表情。
不：发语词，无实义。遐：何。愆：罪过，过失。
25 相：发语词。在尔室：即"尔在室"。屋漏：古代室内西北隅施设小帐，安藏神主，
为人所不见的地方称作"屋漏"。
26 不显：不显明。莫：不。云：句中助词，无实义。觏：遇见，看见。
27 格：至。思：语气助词，无实义。度：揣测。矧：况且。射：通"斁"，讨厌，厌弃。

辟尔为德，　　　　　　修明善德与懿行，

俾臧俾嘉。[28]　　　　　使它美善又端正。

淑慎尔止，　　　　　　行为举止要谨慎，

不愆于仪。[29]　　　　　莫失礼仪的规定。

不僭不贼，（jiàn）　　　不犯过失不害人，

鲜不为则。[30]　　　　　很少不以为准绳。

投我以桃，　　　　　　别人投赠我甜桃，

报之以李。　　　　　　我用熟李来回敬。

彼童而角，　　　　　　无角公羊说生角，

实虹小子。[31]（hóng）　实是小子好欺哄。

荏染柔木，（rěn）　　　又柔又韧好树木，

言缗之丝。[32]（mín）　　装上丝弦成琴瑟。

温温恭人，　　　　　　宽厚谦恭的人啊，

维德之基。[33]　　　　　美好品德为内核。

28 辟：修明。俾：使。臧、嘉：美善。
29 淑慎：使和善谨慎。淑，善。止：行为举止。
30 僭：差失，罪过。贼：害。鲜：少。则：法则。
31 童：牛羊等未生角或无角。而：以。虹：通"讧"，惑乱。
32 荏染：柔软的样子。柔木：质地柔韧之木，亦指可制琴瑟的桐、梓、椅、漆等木。言：语首助词，无实义。缗：安装（弦）。丝：指琴、瑟、琵琶等弦乐器的弦。
33 温温：谦和的样子。恭人：宽厚谦恭的人。

其维哲人，　　　　　　　如果你是聪明人，

告之话言，　　　　　　　告你善言和嘉话，

顺德之行。³⁴　　　顺从实行不打折。

其维愚人，　　　　　　　如果你是愚笨人，

　　jiàn
覆谓我僭，　　　　　　　反说是我错出格，

民各有心。³⁵　　　人心各异多隔阂。

於乎小子，　　　　　　　哎呀哎呀这小子，

未知臧否。³⁶　　　你真不分好和歹。

匪手携之，　　　　　　　不但用手提携你，

言示之事。³⁷　　　教你办事巧安排。

匪面命之，　　　　　　　不但当面教导你，

言提其耳。³⁸　　　提你耳朵劝你改。

借曰未知，　　　　　　　假如说你还无知，

亦既抱子。³⁹　　　也已抱有自己孩。

34 话言：美善之言，有道理的话。
35 覆：反而。僭：错。
36 臧否：好歹，善恶。
37 匪：非但。携：提携。言：发语词，无实义。示：指点。
38 面：当面。命：教导。提其耳：恳切教导。
39 借曰：假如说。未知：无知无识。抱子：生子。

民之靡盈，　　　　　　　人们如果不自满，

谁夙知而莫成？ [40]　　　哪会早慧晚成才？

昊天孔昭，　　　　　　　辽阔苍天多光明，

我生靡乐。 [41]　　　　　我生不乐真悲情。

视尔梦梦，　　　　　　　看你糊涂昏聩样，

我心惨惨。 [42]　　　　　我心愁闷难安宁。

诲尔谆谆，　　　　　　　曾经耐心教导你，

听我藐藐。 [43]　　　　　你却轻视全不听。

匪用为教，　　　　　　　不但不当成教令，

覆用为虐。 [44]　　　　　反而当作是笑柄。

借曰未知，　　　　　　　假如说你还无知，

亦聿既耄。 [45]　　　　　也已年老到高龄。

於乎小子，　　　　　　　哎呀哎呀这小子，

告尔旧止。 [46]　　　　　让我告你旧典章。

---

40 民：人。靡盈：不盈，不自满。夙知：早知道，早慧。莫成：晚成。莫，"暮"的古字。

41 昊天：苍天。孔：很。昭：明。

42 梦梦：昏乱不明。惨惨：忧闷，忧愁。

43 谆谆：耐心引导、恳切教诲的样子。藐藐：轻视而听不进去的样子。

44 虐：通"谑"，戏谑，开玩笑。

45 聿：发语词，无实义。耄：年老。

46 旧：旧的典章制度。止：语气助词，无实义。

听用我谋，　　　　　　　听从采用我主张，

庶无大悔。[47]　　　　　　或少悔恨和忧伤。

天方艰难，　　　　　　　时势艰难到这样，

曰丧厥国。[48]　　　　　　只怕国家要灭亡。

取譬不远，　　　　　　　我的比方不迂长，

昊天不忒。[49]　　　　　　苍天赏罚不冤枉。

回遹其德，　　　　　　　如果邪僻性不改，

俾民大棘。[50]　　　　　　就使百姓大遭殃。

47 听用：听从并予采用或任用。庶：表示希望发生或出现某事，进行推测，但愿，或许。
48 天：天运，运道，时势。曰：发语词，无实义。
49 譬：比方。不忒：没有差错。
50 回遹：邪僻。大棘：巨大的灾难。棘，通"急"。

这是一首老臣劝告、讽刺周王的诗。诗共十二章。前三章陈说"靡哲不愚"的普遍道理，从求贤、立德的重要性以及失德的诸种表现作正反两方面的规劝讽谏。第四至九章进一步申述君王该为和不该为之事，特别在对待臣民的礼节态度、出言的谨慎不苟上反复诉说。末三章用"於乎小子"的呼告语气，警告周王当听从箴规，否则有亡国之祸。诗歌结构完整，厚重典雅，情感忧愤急切，语言精练，富有哲理意味，催人警醒。

桑柔

菀彼桑柔，
青青桑叶嫩又密，

其下侯旬。[1]
浓荫下面好休息。

捋采其刘，
捋采过后枝叶稀，

瘼此下民。[2]
害得百姓无遮蔽。

不殄心忧，
连绵不绝的愁思，

仓兄填兮。[3]
使我久久感悲凄。

倬彼昊天，
光明辽阔的苍天，

宁不我矜[4]！
为何不把我怜惜！

四牡骙骙，
四匹公马很强壮，

旟旐有翩。[5]
鸟隼龟蛇旗飘扬。

乱生不夷，
祸乱兴起不太平，

靡国不泯。[6]
没有一国不遭殃。

1 菀：草木茂盛的样子。桑柔：桑树的嫩叶。侯：是。旬：树荫遍布。
2 捋：手握着桑条向一端抹取。刘：剥落，凋残。瘼：病，疾苦。
3 不殄：不断绝。仓兄：亦作"怆怳"，悲怆失意的样子。填：久。
4 倬彼：光明的样子。昊天：苍天。昊，元气博大的样子。宁：岂，难道。矜：可怜，怜悯。
5 骙骙：马强壮的样子。旟旐：画有鸟隼龟蛇图案的旗。有翩：旗帜飘动的样子。
6 夷：平定。泯：混乱。

桑柔　933

民靡有黎，　　　　　　万姓死亡人烟少，

具祸以烬。[7]　　　　　劫后余生濒绝望。

於乎有哀，　　　　　　心中无比地悲伤，

国步斯频！[8]　　　　　国运艰难竟这样！

国步蔑资，　　　　　　民穷财尽国运窘，

天不我将。[9]　　　　　老天不肯来相帮。

靡所止疑，　　　　　　没有去处可前往，

云徂何往？[10]　　　　想走不知去何方？

君子实维，　　　　　　君子扪心自思量，

秉心无竞。[11]　　　　争权夺利不曾想。

谁生厉阶？　　　　　　是谁制造祸乱端？

至今为<ruby>梗<rt>gěng</rt></ruby>。[12]　　至今作梗把灾降。

7 黎：众多。具：通"俱"，都。以：而。烬：残余，剩余或残迹。

8 国步：国家的命运。步，时运。斯：这样。频：危急，紧急。

9 蔑：无。资：资财。将：扶持，扶助。

10 止疑：停息。疑，通"凝"，定。云：发语词。徂：到，往。

11 君子：指当时贵族们。维：通"惟"，思。秉心：持心。无竞：不争，没有竞争。

12 厉阶：祸端。梗：灾害。

忧心殷殷，　　　　　心中忧愁又悲伤，

念我土宇。[13]　　　思念故居和家乡。

我生不辰，　　　　　生不逢时世道凉，

逢天僤怒。[14]　　　碰上老天怒火降。

自西徂东，　　　　　从那西方到东方，

靡所定处。[15]　　　居无定所最凄惶。

多我觏痻，　　　　　遭遇祸事一桩桩，

孔棘我圉。[16]　　　又逢寇敌侵边疆。

为谋为毖，　　　　　谋划必须慎思量，

乱况斯削。[17]　　　才能减轻混乱状。

告尔忧恤，　　　　　教导你要为国忧，

诲尔序爵。[18]　　　授官要按序排行。

谁能执热，　　　　　谁在解除体热时，

逝不以濯？[19]　　　不用冷水来冲凉？

13 殷殷：忧伤的样子。土宇：乡土和屋宅。

14 不辰：不得其时。僤：大。

15 定处：固定的居处。

16 觏：遭遇。痻：困病。孔棘：很紧急，很急迫。棘，急。圉：边境。

17 谋：谋划。毖：谨慎。斯：则。削：减少。

18 忧恤：忧虑。序爵：按等次授予官爵。

19 执热：解救炎热。逝：发语词，无实义。濯：洗。

20 淑：善。载：则。胥：都。

其何能淑，　　　　　　庸人治国哪能好，

载胥及溺。[20]　　　　都将淹死把命丧。

如彼溯风，　　　　　　好比走路对着风，

亦孔之僾。[21]　　　　呼吸困难口难张。
　ài

民有肃心，　　　　　　人民虽有上进心，

荓云不逮。[22]　　　　其力难及空惆怅。
pēng

好是稼穑，　　　　　　爱好耕种和收获，

力民代食。[23]　　　　使民辛劳代供养。

稼穑维宝，　　　　　　耕种收获是珍宝，

代食维好。[24]　　　　力耕代禄心舒畅。

天降丧乱，　　　　　　天降祸乱与死亡，

灭我立王。[25]　　　　要灭我们所立王。
　　　máo
降此蟊贼，　　　　　　降下害虫吃根节，

---

21 溯风：对着风。溯，逆。僾：呼吸不畅的样子。

22 肃心：上进之心。荓：使。不逮：不及。

23 好：爱好。稼穑：耕种和收获，泛指农业劳动。力民：勤民。代食：以力耕所得代替禄食。

24 维：是。

25 灭我立王：灭我所立之王。指周厉王被国人流放于彘的事。

稼穑卒痒。[26]　　　　　　庄稼全都病殃殃。

哀恫中国，
（tōng）　　　　　　哀痛我们中原人，

具赘卒荒。[27]　　　　　　一起连累遭饥荒。

靡有旅力，　　　　　　　　没有人来献力量，

以念穹苍。[28]　　　　　　哪能感动那上苍。

维此惠君，　　　　　　　　仁厚爱民的君王，

民人所瞻。[29]　　　　　　人民衷心地敬仰。

秉心宣犹，　　　　　　　　心地明达顺事理，

考慎其相。[30]　　　　　　审慎考察择宰相。

维彼不顺，　　　　　　　　不顺事理坏君王，

自独俾臧。[31]　　　　　　独自一人把福享。

自有肺肠，　　　　　　　　心思怪异费思量，

俾民卒狂。[32]　　　　　　使民眩惑而发狂。

26 蟊贼：吃禾苗的两种害虫。蟊，吃苗根的害虫。贼，吃禾节的害虫。卒：完全。痒：病，受损害。

27 哀恫：悲痛。具：通"俱"。赘：通"缀"，接连，连缀。荒：饥荒，饥馑。

28 旅力：出力，尽力。念：感动。穹苍：苍天。

29 惠君：仁厚爱民之君。民人：人民，百姓。

30 宣犹：明达而顺乎事理。犹，通"猷"。考慎：审慎考察。相：辅佐大臣。

31 不顺：不顺理。臧：善，好。

32 肺肠：心思。狂：眩惑而至于狂乱。

瞻彼中林，　　　　　　　遥望丛林莽苍苍，

牲牲其鹿。³³（shēnshēn）　鹿儿成群多欢畅。

朋友已谮，^{（jiàn）}　　　朋友相欺不来往，

不胥以榖。³⁴　　　　相互敌对善意藏。

人亦有言：　　　　　　　人们也都这样讲：

进退维谷。³⁵　　　　进退两难令心伤。

维此圣人，　　　　　　　唯这圣人有眼光，

瞻言百里。³⁶　　　　高瞻远瞩百里望。

维彼愚人，　　　　　　　唯那愚人不远想，

覆狂以喜。³⁷　　　　沾沾自喜太狂妄。

匪言不能，　　　　　　　并非我们不能说，

胡斯畏忌？³⁸　　　　为何这般畏忌样？

33 中林：林野。牲牲：众多的样子。
34 谮：通"僭"，相欺而互不信任。胥：相互。榖：善。
35 进退维谷：进退两难。谷，比喻穷困之境。
36 圣人：哲人。瞻言百里：有远见，有远虑。言，语气助词。
37 覆：反而。
38 匪言不能：即"匪不能言"。胡：何。斯：这样。

维此良人，　　　　　唯有这人心善良，

弗求弗迪。³⁹　　不为名利钻营忙。

维彼忍心，　　　　　唯有那人坏心肠，

是顾是复。⁴⁰　　前瞻后顾变无常。

民之贪乱，　　　　　百姓为啥要作乱，

宁为^{tú}荼毒。⁴¹　实因暴政太难扛。

大风有隧，　　　　　大风疾吹呼呼响，

有空大谷。⁴²　　长长山谷真空旷。

维此良人，　　　　　唯有这人心善良，

作为式榖。⁴³　　所作所为都高尚。

维彼不顺，　　　　　唯有那人不顺理，

征以中垢。⁴⁴　　行为污秽太荒唐。

---

39 良人：贤者，善良的人。弗：不。迪：进。

40 忍心：狠心、昧着良心的人。顾：前瞻后顾。复：反复无常。

41 宁：乃。荼毒：毒害，残害。

42 有隧：即"隧隧"，形容大风呼呼疾吹。空大：长大。

43 式：句中助词，无实义。

44 征：往。中：隐暗。垢：污秽。

大风有隧，　　　　　　　大风呼呼在疾吹，

贪人败类。[45]　　　　　贪婪小人是败类。

听言则对，　　　　　　　顺意的话就答对，

诵言如醉。[46]　　　　　听到劝谏装酒醉。

匪用其良，　　　　　　　根本不用贤良辈，

覆俾我悖。[47]　　　　　反而视我理常悖。
　pì

嗟尔朋友，　　　　　　　哎呀朋友听我说，

予岂不知而作。[48]　　　我岂不知你所作。

如彼飞虫，　　　　　　　像那天上的飞鸟，

时亦弋获。[49]　　　　　有时射中遭擒获。

既之阴女，　　　　　　　已经看透这家伙，

反予来赫。[50]　　　　　如今反来恐吓我。

45 贪人：贪婪的人。败类：毁害族类的人。
46 听言：顺从心意的话。对：答对。诵言：劝诫进谏的话。
47 俾：通"睥"，眼睛斜着向旁边看。悖：违理。
48 予：作者自称。
49 飞虫：飞鸟。时：有时。弋获：射中而擒获。
50 既：已经。阴：通"谙"，熟悉。女：汝。赫：通"吓"。

民之罔极，　　　　　百姓言行无准则，

职凉善背。[51]　　　　凉薄行事叛君王。

为民不利，　　　　　你做不利人民事，

如云不克。[52]　　　　好像还嫌不张扬。

民之回遹，　　　　　百姓走上邪僻路，

职竞用力。[53]　　　　因你施暴太横强。

民之未戾，　　　　　百姓言行不善良，

职盗为寇。[54]　　　　已成盗寇掠夺忙。

凉曰不可，　　　　　诚挚之言你不听，

覆背善詈。[55]　　　　背后反骂我混账。

虽曰匪予，　　　　　虽然被你来诽谤，

既作尔歌。[56]　　　　终将作歌讽君王。

51 罔极：无法则。职：主张。凉：凉薄。背：背叛。
52 云：句中助词，无实义。不克：不能制胜、不能做到。
53 回遹：邪僻。职竞：专事竞逐。用力：用暴力。
54 未戾：不善，无良。
55 凉曰：谅直之言。凉，通"谅"，诚实，诚信。背：背后。詈：骂，责骂。
56 曰：句中助词，无实义。匪：通"诽"，诽谤。既：终。作尔歌：作此歌。尔，此。

这是周朝大臣芮良夫讽刺厉王失政、好利而暴虐的诗。诗共十六章。前八章为第一部分，总说国家产生祸乱的原因。第一章以茂盛的桑树因捋采而变稀疏起兴，比喻百姓受掠夺之深，因而发出怜悯下民的呼号。第二至四章叙述征役不息、民无定居致使国家动荡不安。第五至八章诗人申述治政之道：谋划要周到慎重、授官要选用贤能、对人民要体恤同情、用人要得当、君主要明于治道等。此部分是诗歌的主体，体现了诗人忧国忧民的悲慨。后八章为第二部分，谴责同僚执政者助纣为虐。第九章以仁兽鹿起兴，反喻同僚互相排挤、陷害的现实。第十至十五章将圣人与愚人、良人与坏人对比，并直斥贪人败类。第十六章指出执政者是致乱的根本缘由，并直陈作诗讽谏的决心。诗歌章法完整，主题突出，直陈己意，不事雕饰而寄意深长。运用比喻、对比、夸张等多种修辞手法，增强了说理的艺术性。

云 汉

倬彼云汉，   浩瀚银河多宽广，

昭回于天。[1]   星辰流转多明亮。

王曰於乎，   周王仰天叹息长，

何辜今之人！[2]   今人为何遭罪殃！

天降丧乱，   天降祸乱与死亡，

饥馑荐臻。[3]   接二连三闹饥荒。

靡神不举，   没有神灵未祭祀，

靡爱斯牲。[4]   献祭牺牲很大方。

圭璧既卒，   礼神圭璧已用光，

宁莫我听！[5]   竟不听我诉衷肠！

旱既大甚，   旱灾已经很严重，

蕴隆虫虫。[6]   酷暑难耐热气烘。

不殄禋祀，   不断祭天求降雨，

---

1 倬彼：倬倬，浩大。云汉：银河，天河。昭回：星辰光耀回转。

2 王：周宣王。於乎：呜呼，叹词。辜：罪。

3 荐臻：接连到来，屡次降临。

4 靡：无。举：祭祀。爱：吝惜。斯：这些。牲：牺牲。

5 圭璧：古代帝王、诸侯祭祀或朝聘时所用的一种玉器。卒：尽。宁：何。

6 大：太。甚：过。蕴：通"煴"，闷热。隆：盛。虫虫：灼热的样子。

自郊徂宫。⁷　　从那郊外到王宫。

上下奠瘗，　　祭天祭地埋祭品，

靡神不宗。⁸　　没有神灵不敬奉。

后稷不克，　　后稷不能止灾情，

上帝不临。⁹　　天帝不降佑众生。

耗斁下土，　　损伤残害下方民，

宁丁我躬！¹⁰　　我身遭逢这苦痛！

旱既太甚，　　旱灾已经很严重，

则不可推。¹¹　　无法消除心如焚。

兢兢业业，　　整天小心又谨慎，

如霆如雷。¹²　　如对雷霆般惊心。

周余黎民，　　周地剩余的人民，

靡有孑遗。¹³　　没有存活一个人。

7 殄：尽，绝。禋祀：古代祭天的一种礼仪。先燔柴升烟，再加牲体或玉帛于柴上焚烧。徂：往，到。

8 上：天上。下：地下。奠：设酒食以祭天。瘗：掩埋，埋葬。将祭品埋在地下以祭神。宗：尊奉。

9 后稷：周之先祖。相传姜嫄践天帝足迹，怀孕生子，因曾弃而不养，故名之为"弃"，虞舜命为农官，教民耕稼，称为"后稷"。克：能。

10 耗斁：损耗败坏。斁，败。下土：下界，人间。丁：当，遭逢。我躬：本身，我自己。

11 推：排除。

12 兢兢业业：谨慎戒惧的样子。

13 黎民：民众，百姓。孑遗：遗留，残存。

昊天上帝，　　　　　苍天天帝心好狠，

则不我遗。[14]　　　　对我从来不恤问。

胡不相畏？　　　　　教人怎么不害怕？

先祖于摧。[15]　　　　祖先坟茔将灭堙。

旱既太甚，　　　　　旱灾已经很严重，

则不可沮。[16]　　　　没有办法可阻挡。

赫赫炎炎，　　　　　烈日炎炎干又热，

云我无所。[17]　　　　哪有遮蔽的地方。

大命近止，　　　　　生命即将要消亡，

靡瞻靡顾。[18]　　　　没有气力前后望。

群公先正，　　　　　诸侯公卿众神灵，

则不我助。[19]　　　　不肯降临来相帮。

父母先祖，　　　　　父母祖先在天上，

胡宁忍予！[20]　　　　为何忍心看我丧！

14 昊天：苍天。遗：体恤，恤问。
15 先祖：祖先。于：句中助词，无实义。摧：折断，喻灭亡。
16 沮：阻止。
17 赫赫：炎热炽盛。炎炎：形容夏天阳光猛烈。云：荫，遮蔽。
18 大命：天年，寿命。止：停止，指死亡。
19 群公：先世诸侯之神。先正：前代的贤臣。
20 忍予：对我忍心。

旱既太甚，　　　　　　旱灾已经很严重，

涤涤山川。[21]　　　　　山秃河干空荡荡。

　bá
旱魃为虐，　　　　　　旱魔为害太猖狂，

　tán
如惔如焚。[22]　　　　　像火焚烧一个样。

我心惮暑，　　　　　　长期暑热令人畏，

忧心如熏。[23]　　　　　忧心如焚似火烫。

群公先正，　　　　　　诸侯公卿众神灵，

则不我闻。[24]　　　　　不闻不问把我忘。

昊天上帝，　　　　　　悠悠苍天和上帝，

宁俾我遁！[25]　　　　　难道要我去逃亡！

旱既太甚，　　　　　　旱灾已经很严重，

黾勉畏去。[26]　　　　　努力祷请求上苍。

　diān
胡宁瘨我以旱？　　　　为何害我把旱降？

　cǎn
憯不知其故。[27]　　　　不知缘故费思量。

21 涤涤：形容草枯水干、山川荡然无存的样子。

22 旱魃：传说中引起旱灾的怪物。为虐：为害。惔：火烧。

23 熏：烧灼，火烫。

24 闻：问。

25 宁：岂，难道。俾：使。遁：逃。

26 黾勉：勉力。

27 瘨：灾害。以：用。憯：竟然。

祈年孔夙，　　　　　　　　祈年祭礼举行早，

方社不莫。²⁸　　　　　　　也未延迟祭四方。

昊天上帝，　　　　　　　　悠悠苍天和上帝，

则不我虞。²⁹　　　　　　　不肯降临来相帮。

敬恭明神，　　　　　　　　一向恭敬诸神明，

宜无悔怒。³⁰　　　　　　　不该恨我怒气旺。

旱既太甚，　　　　　　　　旱灾已经很严重，

散无友纪。³¹　　　　　　　饥荒离散无法章。

鞫哉庶正，　　　　　　　　贫穷困扰众官长，

疚哉冢宰。³²　　　　　　　冢宰脸上忧虑状。

趣马师氏，　　　　　　　　趣马师氏穷又窘，

膳夫左右；³³　　　　　　　膳夫左右都这样；

靡人不周，　　　　　　　　无人不须人相帮，

28 祈年：祈祷丰年。孔夙：很早。方社：指四方之神和土地神。莫："暮"的古字，晚。

29 虞：助。

30 敬恭：恭敬奉事。明神：神明。宜：应该。悔怒：愤恨。

31 散：离散。友纪：纲纪。

32 鞫：贫穷。庶正：众官之长。疚：忧虑。冢宰：为六卿之首，如后世宰相。

33 趣马：管马的官。师氏：掌管辅导王室、教育贵族子弟以及朝仪得失之事的官。膳夫：掌管周王食饮膳馐的官。左右：周王左右的大臣。

无不能止。³⁴	可是无法止灾荒。
^{yǎng} 瞻卬昊天，	绝望之下把天望，
云如何里？³⁵	何人能除我忧伤？
瞻卬昊天，	仰望苍天忧忡忡，
^{huì} 有嘒其星。³⁶	星光微小而亮明。
大夫君子，	公卿大夫众君子，
昭假无赢。³⁷	明告神灵没私情。
大命近止，	大限虽近将死亡，
无弃尔成！³⁸	不要放弃前日功！
何求为我，	祈雨并非为自己，
以戾庶正。³⁹	为求众官的安定。
瞻卬昊天，	仰望苍天求神明，
曷惠其宁？⁴⁰	何时赐我民安宁？

34 周：通"赒"，接济，救济。
35 瞻卬：仰望。卬，通"仰"。云：发语词，无实义。里：通"悝"，忧伤。
36 有嘒：形容星光微小而明亮。
37 昭假：向神祷告，昭示其诚敬之心。无赢：没有私心。
38 成：成功。
39 戾：安定。
40 曷：何，什么时候。惠：恩赐。

这是一首写周王忧旱的诗，反映了当时旱灾的严重和周王愁苦焦急的心情。诗共八章，章十句。除首尾章外，其余各章以"旱既大甚"的慨叹领起，突出现实形势的严峻。前两章写祭神祈雨。第三、四章写旱灾严重带来的危害以及畏惧旱灾的心理。第五、六章进一步写旱灾肆虐及对灾难的反思。第七、八章写君臣忧旱的情态以及周王虔诚祭神呼救。全诗情辞恳切，感人至深。

崧 高
sōng

崧高维岳，　　　　　　　名山大岳高又峻，

jùn

骏极于天。¹　　　　　　巍峨耸峙接天壤。

维岳降神，　　　　　　　大岳有灵神明降，

生甫及申。²　　　　　　生下甫侯申侯俩。

维申及甫，　　　　　　　就是申侯与甫侯，

维周之翰。³　　　　　　辅佐周朝做栋梁。

四国于蕃，　　　　　　　侯国以之为屏障，

四方于宣。⁴　　　　　　四方以之为围墙。

wěi wěi

亹亹申伯，　　　　　　　申伯勤勉本领强，

王缵之事。⁵　　　　　　王命他把祖业扬。

于邑于谢，　　　　　　　分封于谢建新邑，

南国是式。⁶　　　　　　南方诸侯作榜样。

1 崧高：山大而高。岳：高大的山。骏：通"峻"，山高而陡。极：至。
2 维：发语词，无实义。甫：国名，此指甫侯。申：国名，此指申伯。
3 翰：通"干"，草木的茎干，引申为骨干、栋梁。
4 于：是。蕃：通"藩"，藩篱，屏障。宣：通"垣"，围墙。
5 亹亹：勤勉不倦的样子。缵：继承，此处为使动用法。

王命召伯，	周王下令召伯虎，
定申伯之宅。⁷	确定申伯的住房。
登是南邦，	建成南方一邦国，
世执其功。⁸	子孙守业国祚长。
王命申伯，	周王下令给申伯，
式是南邦。⁹	要作南国的榜样。
因是谢人，	依靠这些谢邑人，
以作尔庸。¹⁰	修筑你的新城墙。
王命召伯，	周王命令召伯虎，
彻申伯土田。¹¹	垦治申伯的田疆。
王命傅御，	王命那些治事官，
迁其私人。¹²	迁其家臣到谢邦。
申伯之功，	申伯建邑的事情，
召伯是营¹³。	全靠召伯来经营。

6 于邑：建邑。于谢：在谢。谢，地名。南国：南方诸国。式：法则。
7 召伯：姓姬名虎，封于召国，亦称召穆公，周初召公奭之后，周厉王、宣王、幽王时
的大臣。定：确定。
8 登：建成。南邦：南国，指谢邑。执：守。功：功业，事业。
9 式是南邦：即"南邦是式"。式，榜样。
10 因：依靠。是：这些。谢人：谢邑之人。庸：通"墉"，城墙。
11 彻：垦治，开发。
12 傅御：辅佐王或诸侯治事之官。私人：家臣。
13 功：事。营：经营，办理。

有俶其城，　　　　　　　　城墙修得很齐整，

寝庙既成，　　　　　　　　寝庙也已建造成，

既成藐藐。¹⁴　　　　　　　富丽堂皇很伟雄。
（miǎomiǎo）

王锡申伯，　　　　　　　　周王赐物给申伯，

四牡蹻蹻，　　　　　　　　四匹骏马很壮勇，
（jiǎo jiǎo）

钩膺濯濯。¹⁵　　　　　　　革带缨饰艳又明。
（zhuózhuó）

王遣申伯，　　　　　　　　王遣申伯去谢邦，

路车乘马。¹⁶　　　　　　　大车驷马作犒赏。
（shèng）

我图尔居，　　　　　　　　我已考虑你去处，

莫如南土。¹⁷　　　　　　　莫如南方最理想。

锡尔介圭，　　　　　　　　赐你珍贵的介圭，

以作尔宝。¹⁸　　　　　　　作为国宝永珍藏。

往讫王舅，　　　　　　　　去吧尊贵的王舅，
（jì）

南土是保。¹⁹　　　　　　　南方全靠你保障。

---

14 有俶：即"俶俶"，营缮完美的样子。寝庙：古代宗庙的正殿称庙，后殿称寝，合称寝庙。藐藐：华丽的样子。

15 锡：赐。蹻蹻：雄壮勇武的样子。钩膺：马领及胸上的革带，下垂缨饰。濯濯：光泽鲜明的样子。

16 路车：大车，诸侯贵族所乘的车。乘马：驷马。

17 图：考虑，思虑。尔：指申伯。

18 介圭：亦作"介珪"，大圭。圭，上尖下方的一种玉。天子圭一尺二寸，诸侯圭九寸以下。

19 讫：语气助词，相当于"啊"。保：保有，占有。

申伯信迈，	申伯决定起行程，
王饯于郿。²⁰	王到郿邑来饯行。
申伯还南，	申伯就要去南方，
谢于诚归。²¹	真心实意回谢城。
王命召伯，	周王下令召伯虎，
彻申伯土疆。²²	申伯疆界要划定。
以峙其粮，	于是备足路上粮，
式遄其行。²³	快快动身不留停。
申伯番番，	申伯勇武又强壮，
既入于谢，	进入谢城摆仪仗，
徒御啴啴。²⁴	随从人众列成行。
周邦咸喜，	举国人民喜洋洋，
戎有良翰。²⁵	你有辅佐的贤良。

méi（王饯于郿）
zhāng（以峙其粮）
chuán（式遄其行）
tān tān（徒御啴啴）

20 信：果真。迈：行。饯：设酒食送行。郿：古地名，春秋周邑，在今陕西省眉县东北。
21 谢于诚归：即"诚归于谢"。
22 土疆：领土，疆界。
23 以：于是，就。峙：储备。粮：粮食。式：用。遄：快，迅速。
24 番番：勇武的样子。徒御：挽车驭马的人。啴啴：人多势众的样子。
25 周邦：举国。咸：都。戎：表示第二人称，相当于"你""你们"。良翰：贤良的辅佐。

不显申伯，　　　　　高贵显赫的申伯，

王之元舅，　　　　　王之大舅人敬仰，

文武是宪。²⁶　　　　文武双全好榜样。

申伯之德，　　　　　申伯品德很高尚，

柔惠且直。²⁷　　　　温顺柔和又直爽。

揉此万邦，　　　　　安抚万国计谋良，

闻于四国。²⁸　　　　声名闻达于四方。

吉甫作诵，　　　　　吉甫作诗来吟唱，

其诗孔硕，　　　　　歌词美妙篇幅长。

其风肆好，　　　　　曲调典雅不寻常，

以赠申伯。²⁹　　　　赠给申伯表衷肠。

26 不：通"丕"，大。显：显赫。元舅：长舅，大舅。宪：法式，模范。
27 柔惠：温顺柔和。
28 揉：通"柔"，使降顺。
29 作诵：作诗。孔硕：很美。硕，大，引申为美。肆好：极好。

这是尹吉甫赠送给申伯的诗，其旨意是歌颂申伯辅佐周王室、镇抚南方侯国的功劳。全诗共八章，章八句。第一章以极具传奇色彩的描述叙申伯降生的奇异，并总写其在周朝的地位和诸侯中的巨大影响力。第二至五章，作者再三渲染，讲述宣王赐命申伯之词以及宣王赏赐丰厚，遣召伯前往代理国家事宜。第六、七章，叙宣王为申伯饯行和启程时的盛况。末章写申伯荣归封地，作者写诗颂功赞美。诗歌采用先追溯，再记叙，最后论赞的结构，层次清晰，脉络顺畅。起笔以"崧高维岳，骏极于天"起兴，将自然景物与称颂对象功勋、品德融为一体，具有崇高的美感。

烝 民

zhēng

天生烝民，	老天降下众生民，
有物有则。[1]	自有法则施万物。
民之秉彝，	人们执守于常道，
好是懿德。[2]	爱好美德趋似鹜。
天监有周，	上天临视我周朝，
昭假于下。[3]	仁德昭明已流布。
保兹天子，	为保这位周天子，
生仲山甫。[4]	降生山甫来辅助。
仲山甫之德，	若论山甫的品德，
柔嘉维则。[5]	柔和美善有原则。
令仪令色，	仪容有度好神色，
小心翼翼。[6]	小心谨慎不出格。

1 烝：众。物：事物。则：法则。
2 秉彝：持执常道。秉，执。彝，常。好：爱。懿德：美德。
3 监：观察。昭假：明告。
4 保：保佑。仲山甫：人名，樊侯，为宣王卿士，字穆仲。
5 柔嘉：柔和美善。
6 令：善。仪：仪容，态度。色：神色。

古训是式，　　　　　效法先王的遗训，

威仪是力。[7]　　　尽力做到礼节合。

天子是若，　　　　天子重用仲山甫，

明命使赋。[8]　　　颁布政令来贯彻。

王命仲山甫，　　　周王命令仲山甫，

式是百辟。[9]　　　做好诸侯的榜样。

zuǎn
缵戎祖考，　　　　先祖功业要发扬，

王躬是保。[10]　　辅佐天子振朝纲。

出纳王命，　　　　受命司令你执掌，

王之喉舌。[11]　　作为喉舌代宣讲。

赋政于外，　　　　颁布命令到各地，

四方爰发。[12]　　施行贯彻到四方。

肃肃王命，　　　　王命威严出朝廷，

仲山甫将之。[13]　山甫全力来奉行。

7 式：用，效法。威仪：祭享等典礼中的动作仪节及待人接物的礼仪。力：勉力做到。
8 若：选择。明命：政令。赋：颁布。
9 式：法则，榜样。百辟：诸侯。
10 缵：继承。戎：表示第二人称，相当于"你""你们"。祖考：先祖。王躬：指周王。
11 出纳：传达帝王命令。喉舌：比喻代言者。
12 赋政：颁布命令。爰：乃，于是。发：施行。
13 肃肃：严肃。将：奉行，秉承。

邦国若否，	国家政事好与坏，
仲山甫明之。[14]	山甫明了看得清。
既明且哲，	头脑睿智又聪明，
以保其身。[15]	善于应付保身名。
夙夜匪解，^{xiè}	日日夜夜不懈怠，
以事一人。[16]	侍奉周王很恭敬。
人亦有言：	前人有话不可忘：
柔则茹之，[17]	柔软东西吃下去，
刚则吐之。	硬的吐出到一旁。
维仲山甫，	只有这位仲山甫，
柔亦不茹，	柔软东西他不吃，
刚亦不吐。	硬的吞下到肚肠。
不侮矜寡，^{guān}	鳏夫寡妇不欺侮，
不畏强御。[18]	不惧恶徒与强梁。

14 若：善。否：坏。
15 明、哲：明智之意。保其身：顺理以守身。
16 夙夜：早晚。匪：不。解：通"懈"。一人：周天子。
17 茹：食，吃。
18 矜寡：鳏寡。矜，通"鳏"。强御：豪强，有权势的人。

人亦有言：　　　　　　前人有话不能忘：

德輶如毛，　　　　　　品德即使轻如毛，
（yóu）

民鲜克举之。[19]　　　很少有人能举上。

我仪图之，　　　　　　暗自揣摩细思量，

维仲山甫举之，　　　　唯有山甫做得棒，

爱莫助之。[20]　　　　爱惜他却无力帮。

衮职有阙，　　　　　　天子龙袍有破缺，

维仲山甫补之。[21]　唯有山甫能补上。

仲山甫出祖，　　　　　山甫出行祭路神，

四牡业业，　　　　　　四匹骏马多雄壮，

征夫捷捷，　　　　　　左右随从急匆匆，

每怀靡及。[22]　　　王命未达不敢忘。

四牡彭彭，　　　　　　四马奋蹄彭彭响，
（luán）

八鸾锵锵。[23]　　　八只鸾铃响叮当。

19 德輶如毛：德轻得像羽毛一样。鲜：少。克：能。
20 仪图：揣想忖度。爱：爱惜，爱重。
21 衮职：君主的职位。衮，天子所穿绣有龙图案的礼服。阙：缺。
22 出祖：外出前祭路神。牡：公马。业业：高大雄壮的样子。捷捷：举止敏捷。靡及：没有达到。
23 彭彭：盛多貌；强壮有力貌。鸾：铃铛。

王命仲山甫，　　　　　　周王委命仲山甫，

城彼东方。[24]　　　　　　前去东方筑城墙。

四牡骙骙，　　　　　　　四匹骏马奔驰忙，
^{kuí kuí}

八鸾喈喈。[25]　　　　　　八只鸾铃响叮当。
^{jiē jiē}

仲山甫徂齐，　　　　　　山甫奉命赴齐地，

式遄其归。[26]　　　　　　盼他早日返故乡。
^{chuán}

吉甫作诵，　　　　　　　吉甫作诗来吟唱，

穆如清风。[27]　　　　　　和美如风令人爽。

仲山甫永怀，　　　　　　山甫临行顾虑多，

以慰其心。[28]　　　　　　宽慰其心志气昂。

24 城：筑城。

25 骙骙：马强壮的样子。一说马不停蹄的样子。喈喈：拟声词，铃声。

26 徂：往。遄：快，迅速。

27 作诵：作诗。穆如清风：和美如清风化养万物。

28 永：长。怀：思虑。慰：宽慰，安慰。

这是一首以赞颂仲山甫美德和政绩为内容的赠别诗。诗共八章，章八句。第一章叙写仲山甫应天而生，特别突出其"懿德"，在结构上总领全诗。第二至六章作者利用对比手法分别从德、能、勤、绩等方面突出仲山甫的杰出品德与政绩，塑造出一位德才兼备、忠于职守的名臣形象。第七、八章写仲山甫赴齐的壮丽场面以及尹吉甫临别作诗相赠。诗歌开篇以说理领起，中间夹叙夹议，突出仲山甫之德才与政绩，最后偏重抒情，以送别场面作结，点出赠别主题，章法整饬，表达灵活，是一首成功的赠别诗作。

韩 奕
（yì）

奕奕梁山，	高峻梁山巍然立，
维禹甸之，	大禹曾经亲治理，
有倬其道。[1]	宽广大道早开辟。
韩侯受命，	韩侯受命于天子，
王亲命之：[2]	周王亲自来宣例：
缵（zuǎn）戎祖考，	继承先祖的功绩，
无废朕命。[3]	莫把册命轻抛弃。
夙夜匪解（xiè），	日日夜夜要勉力，
虔共（gōng）尔位，	虔诚恭谨尽职守，
朕命不易。[4]	册命自然不会易。
干不庭方，	匡正不朝王庭者，
以佐戎辟。[5]	好好辅佐你君帝。

1 奕奕：高大的样子。梁山：山名，在今陕西省韩城市境。维：是。禹：大禹。甸：治理。有倬：即"倬倬"，显著，大。

2 受命：受爵命，受封。王：周宣王。

3 缵：继承。戎：表示第二人称，相当于"你""你们"。祖考：先祖。废：废弃懈怠。朕：我。

4 夙夜：早晚。匪：不。解：通"懈"。虔共：虔诚恭谨。共，通"恭"。不易：不变。

5 干：正，匡正。不庭：不朝于王庭。方：方国，诸侯国。佐：辅佐。辟：君。

6 牡：公马。奕奕：从容闲习的样子。孔：很。修：高，长。张：大。

四牡奕奕，　　　　　四匹公马从容样，

孔修且张。[6]　　　　体态修长又雄壮。

韩侯入觐，　　　　　韩侯入觐见天子，

以其介圭，　　　　　手执介圭到朝堂，

入觐于王。[7]　　　　恭敬行礼拜周王。

王锡韩侯，　　　　　周王隆重赐韩侯，

淑旂绥章；[8]　　　　交龙旗饰真漂亮；

簟茀错衡，　　　　　竹席车篷辕涂金，

玄衮赤舄，　　　　　黑色龙袍红鞋帮，

钩膺镂钖；[9]　　　　马饰垂缨金铃装；

鞹鞃浅幭，　　　　　亮革毛皮裹车轼，

鞗革金厄。[10]　　　马络车轭闪金光。

---

7 入觐：诸侯于秋季入朝进见天子。介圭：亦作"介珪"，大圭。圭，上尖下方的一种玉。天子圭一尺二寸，诸侯圭九寸以下。

8 淑：美，善。旂：绘有交龙并杆头挂有铜铃的旗子。绥章：指旗上图案花纹优美。

9 簟茀：竹席做的车篷。错衡：以金涂饰成文采的车辕横木。玄衮：古代帝王及上公所穿的一种绣着卷龙的黑色礼服。赤舄：红鞋。钩膺：马颔及胸上的革带，下垂缨饰。镂钖：马额上的金属制装饰品。

10 鞹鞃：指车轼当中用皮革包裹的把手处。浅幭：用浅毛兽皮做的车轼上的覆盖物。鞗革：马络头的下垂装饰。金厄：以金为饰的车轭。厄，通"轭"。

韩侯出祖，　　　　　韩侯出行祭路神，

出宿于屠。[11]　　　　行至屠地来住宿。

显父饯之，　　　　　显父设宴来饯行，

清酒百壶。[12]　　　　备有清酒一百壶。

其殽维何？　　　　　他的佳肴是什么？

炰鳖鲜鱼。[13]　　　　蒸煮鳖肉新鲜鱼。

^{páo}

其蔌维何？　　　　　他的蔬菜是什么？

^{sù}

维笋及蒲。[14]　　　　轻脆竹笋和嫩蒲。

其赠维何？　　　　　他的赠品是什么？

乘 马路车。[15]　　　　驷马大车好礼物。

^{shèng}

笾豆有且，　　　　　盘盘碗碗摆满桌，

^{biān}　^{jū}

侯氏燕胥。[16]　　　　诸侯宴乐好和睦。

11 出祖：外出前祭路神。屠：地名。

12 显父：人名，周之卿士。饯之：为韩侯饯行。清酒：古代指祭祀用的陈酒。

13 炰：蒸煮。

14 蔌：蔬菜。蒲：蒲菜。

15 乘马：驷马。路车：大车，古代天子或诸侯贵族所乘的车。

16 笾豆：古代祭祀或宴会时常用的两种器具。笾用竹制，豆用木制。且：多。侯氏：诸侯。燕胥：燕乐。

筍

韩侯取妻，　　　　　　　　韩侯吉日迎娶妻，

汾王之甥，　　　　　　　　妻是汾王的甥女，

蹶父之子。[17]　　　　　　又是蹶父女公子。

韩侯迎止，　　　　　　　　韩侯前去迎娶她，

于蹶之里。[18]　　　　　　来到蹶父的乡里。

百两彭彭，　　　　　　　百辆彩车声彭彭，

八鸾锵锵，　　　　　　　八只铃铛响声齐，

不显其光。[19]　　　　　　大显荣耀和瑞气。

诸娣从之，　　　　　　　　众多女弟作陪嫁，

祁祁如云。　　　　　　　　犹如天上云霞集。

韩侯顾之，　　　　　　　　韩侯行过曲顾礼，

烂其盈门。[20]　　　　　　满门光彩真欢喜。

---

17 取：通"娶"。汾王：大王。蹶父：周的卿士。

18 迎止：迎亲。止，通"之"。

19 百两：百辆车，泛言车辆多。彭彭：盛多的样子。鸾：铃铛。不显：大显，非常显耀。不，通"丕"。

20 娣：妹妹。祁祁：盛多的样子。顾：回头看。一说曲顾之礼。烂：光彩明耀。

蹶父孔武，　　　　　　　蹶父勇武有气魄，

靡国不到。[21]　　　　　　没有侯国不曾到。

为韩姞相攸，　　　　　　他为韩姞觅嫁所，

莫如韩乐。[22]　　　　　　韩国最让人称道。

孔乐韩土，　　　　　　　身在韩国很逍遥，

川泽讦讦。[23]　　　　　　山川湖泽很广袤。

鲂鱮甫甫，　　　　　　　鳊鱼鲢鱼大而多，

麀鹿噳噳，　　　　　　　母鹿小鹿齐聚邀，

有熊有罴，　　　　　　　有熊有罴在山林，

有猫有虎。[24]　　　　　　还有老虎和山猫。

庆既令居，　　　　　　　庆贺处所很美好，

韩姞燕誉。[25]　　　　　　韩姞居此乐陶陶。

21 孔武：非常勇猛。
22 韩姞：蹶父之女，姞姓，嫁韩侯为妻，故称韩姞。相攸：择可嫁之所。
23 讦讦：广大的样子。
24 鲂：鳊鱼。鱮：鲢鱼。甫甫：大而众多的样子。麀：母鹿。噳噳：众多鹿聚集的样子。罴：熊的一种，即棕熊，又叫马熊。
25 令居：美好居所。燕誉：安乐。誉，通"豫"。

溥彼韩城，　　　　　　　扩大建筑韩国城，

燕师所完。[26]　　　　　征役燕民已筑成。

以先祖受命，　　　　　　用其先祖所受命，

因时百蛮。[27]　　　　　统辖蛮地百国民。

王锡韩侯，　　　　　　　王对韩侯来赐封，

其追其貊。[28]　　　　　追族貊族听号令。
duī mò

奄受北国，　　　　　　　北方各国都管辖，

因以其伯。[29]　　　　　因而以他做首领。

实墉实壑，　　　　　　　城墙筑起壕沟挖，

实亩实藉。[30]　　　　　田亩治好税法定。

献其貔皮，　　　　　　　献上珍贵的貔皮，
pí

赤豹黄罴。[31]　　　　　赤豹黄罴送镐京。
pí

26 溥：广大。燕师：燕国众民。完：筑完，筑成。

27 时：即"司"，掌管，统辖。百蛮：众多的蛮服之国。

28 追、貊：北方两个少数民族。

29 奄受：尽受。奄，完全。伯：古代诸侯联盟的首领。

30 实：是。墉：城墙，此为筑城墙。壑：壕沟，此为挖壕沟。亩：田亩，此为治理田亩。藉：通"籍"，税收，此为正其税法。

31 貔：传说中的一种野兽。

这是一首尹吉甫赞美韩侯的诗。全诗共六章，章十二句。第一章从大禹开山辟路写起，再写韩侯受封。第二、三章写韩侯领赏、饯别返国。第四章写韩侯迎亲。第五章描述了韩国的地理环境及物产。第六章写韩侯所肩负的镇抚北方诸侯的重任，赞美中寄寓着厚望。诗歌叙述脉络分明，各章重点突出，主人公韩侯的形象突出、性格鲜明。

貓

江汉

江汉浮浮，　　　　　　长江汉水起波浪，

武夫滔滔。¹　　　　　　众多武士多勇壮。

匪安匪游，　　　　　　不为安逸和游乐，

淮夷来求。²　　　　　　讨伐淮夷士气昂。

既出我车，　　　　　　已经出动我兵车，

既设我旟。³　　　　　　竖起军旗迎风扬。

匪安匪舒，　　　　　　不为安逸和舒畅，

淮夷来铺。⁴　　　　　　讨伐淮夷令其降。

江汉汤汤，　　　　　　长江汉水浩荡荡，

武夫洸洸。⁵　　　　　　武士果敢又雄壮。

经营四方，　　　　　　经略营谋定四方，

告成于王。⁶　　　　　　战事成功告我王。

1 江：长江。汉：汉水。浮浮：水流盛大的样子。武夫：武士，勇士。滔滔：形容大水
奔流的样子。
2 淮夷：古代居于淮河流域的部族。来：语气助词，含有"是"之义。求：通"纠"，
讨伐。
3 出我车：出动兵车。设：竖起。旟：画着鸟隼的军旗。
4 铺：陈师以伐之。一说止，停止在淮夷的土地上。
5 汤汤：水势浩大、水流很急的样子。洸洸：坚决勇敢的样子。
6 经营：规划营治。

四方既平，　　　　　四方战乱已平定，

王国庶定。[7]　　　　王国安定国运昌。

时靡有争，　　　　　这样平靖无战事，

王心载宁。[8]　　　　周王心宁意安详。

江汉之浒，　　　　　长江汉水边岸处，

王命召虎：[9]　　　　周王命令召伯虎：

式辟四方，　　　　　努力开辟四方境，

彻我疆土。[10]　　　　认真治理我疆土。

匪疚匪棘，　　　　　没有忧病和急患，

王国来极。[11]　　　　王国依则来佐辅。

于疆于理，　　　　　划分田界治土地，

至于南海。[12]　　　　延至南海才止步。

7 庶：庶几。

8 靡：无。载：则。

9 浒：水边。召虎：召伯，姓姬名虎，封于召国，亦称召穆公。周初召公奭之后。周厉王、宣王、幽王时的大臣。

10 式：发语词，无实义。辟：开辟。彻：治。

11 疚：病。棘：通"急"。

12 于：于是。疆：划分田地的界限。理：治理土地。南海：泛指南方近海之地。

王命召虎，	周王命令召伯虎，
来旬来宣：[13]	速宣王命并广布：
文武受命，	文王武王受天命，
召公维翰。[14]	你祖召公为国柱。
无曰予小子，	莫说为了我缘故，
召公是似。[15]	召公遗烈要承续。
肇敏戎公，	尽心竭力建大功，
用锡尔祉。[16]	因此赐你大福禄。
厘尔圭瓒，	隆重赐你玉圭瓒，
秬鬯一卣。[17]	还有黑黍酒一壶。
告于文人，	祭告文德昭著祖，
锡山土田。[18]	赐你山田和沃土。

秬 jù 鬯 chàng 卣 yǒu

13 旬：通"徇"，当众宣示。
14 召公：召虎之先祖召公奭，姬姓，封于召，助武王灭商有功。翰：通"干"，草木的茎干，引申为骨干。
15 无曰：你不要说。予小子：宣王自称。似：通"嗣"，继承，嗣续。
16 肇敏：尽心竭力。戎：大。公：通"功"。用：以。锡：赐。祉：福禄。
17 厘：通"赉"，赐。圭瓒：古代的一种玉制酒器，形状如勺，以圭为柄，用于祭祀。秬鬯：古代以黑黍和郁金香草酿造的酒，用于祭祀降神及赏赐有功的诸侯。卣：有柄的酒壶。
18 告：告祭。文人：先祖之有文德者。锡：赐。

于周受命，	前往岐周受封祜，
自召祖命。[19]	仪式按照你先祖。
虎拜稽首，	召虎叩头来拜谢，
天子万年![20]	大周天子万年福！

虎拜稽首，	召虎叩头来拜谢，
对扬王休。[21]	答谢颂扬王美意。
作召公考，	特铸青铜召公簋，
天子万寿![22]	祝颂天子寿无期！
明明天子，	勤勉从公周天子，
令闻不已。[23]	美名流播不停息。
矢其文德，	施行礼法文治德，
洽此四国。[24]	协和四方有功绩。

19 自：用。召祖：召虎的祖先，指召公奭。命：册命的典礼。
20 稽首：一种跪拜礼，叩头至地，是九拜中最恭敬者。
21 对扬：答谢颂扬。休：美好。此指美好的赏赐册命。
22 考：通"簋（guǐ）"，古代盛食物器具，圆口，双耳。
23 明明：勤勉。令闻：美好的声誉。
24 矢：通"施"，施行。洽：协和。

这是一首以周宣王命召穆公召虎平定淮夷一事为叙写内容的诗。诗凡六章，章八句。首两章言南征之军的浩大声势和平淮之叛夷的出师目的。第三至五章倒叙征前宣王隆重的策命之礼及对召虎的殷切勉励。末章写平淮凯旋，王命受赏，召虎铭恩纪功，颂扬天子。此诗后半专叙王命及召公对扬之词，在体式上与程式化铭文格式相近为其主要特色。

常 武

赫赫明明，	多么威严和英明，
王命卿士。	王命卿士去出征。
南仲大祖，	太祖庙中召南仲，
大师皇父。[1]	太师皇父也同行。
整我六师，	整顿六军待命令，
以修我戎。[2]	积极备战修甲兵。
既敬既戒，	加强警戒不放松，
惠此南国。[3]	恩惠延至南国境。
王谓尹氏，	周王诏告尹吉甫，
命程伯休父，	吉甫令程伯休父，
左右陈行，	左右列队排列好，
戒我师旅。[4]	临战告诫我师旅。

1 赫赫：威严的样子。明明：英明的样子。卿士：周王朝的执政大臣。南仲：人名，周
宣王时卿士。大祖：太祖庙。大师：即太师，三公之最尊者。
2 六师：周天子所统六军之师。戎：兵器。
3 敬：警戒。惠：施恩。南国：南方诸国。
4 尹氏：掌卿士之官。一说尹吉甫。程伯休父：人名，周宣王时大司马。陈行：列队。
戒：告诫。师旅：军队。

率彼淮浦，　　　　　　率领军队到淮浦，

省此徐土。⁵　　　　巡视徐国边境土。

不留不处，　　　　　　杀其祸首安其民，

三事就绪。⁶　　　　三卿安心司职务。

赫赫业业，　　　　　　多么高大和雄壮，

有严天子，　　　　　　威重庄严周宣王，

王舒保作。⁷　　　　徐缓前行不慌张。

匪绍匪游，　　　　　　不为游乐和舒畅，

徐方绎骚。⁸　　　　徐国阵容自惊慌。

震惊徐方，　　　　　　王师神威震徐方，

如雷如霆，　　　　　　犹如雷霆气势强，

徐方震惊。　　　　　　徐国君臣惊惶惶。

---

5 率：循，沿着。淮浦：淮水边。省：巡视。徐土：指徐国。

6 不：语气助词，无实义。留：通"镏"，杀。处：安处。三事：三公，三卿。就绪：安心从事其本业。

7 业业：高大雄壮的样子。有严：威重庄严的样子。舒：徐缓。保作：安行。

8 匪：非。绍：缓。徐方：徐国。绎骚：骚动，扰动。

王奋厥武，　　　　　　周王奋发以耀武，

如震如怒。[9]　　　　　如击雷霆如发怒。

进厥虎臣，　　　　　　勇猛武士先开路，

阚如虓虎。[10]　　　　咆哮怒吼如猛虎。

铺敦淮濆，　　　　　　陈兵屯驻淮水岸，

仍执丑虏。[11]　　　　就此擒获众俘虏。

截彼淮浦，　　　　　　截断敌方在淮浦，

王师之所。[12]　　　　这是王师征服处。

王旅啴啴，　　　　　　人多势众王师强，

如飞如翰，　　　　　　迅疾如鸟高高翔，

如江如汉。[13]　　　　声势浩大如汉江。

如山之苞，　　　　　　如山环绕可依傍，

如川之流。[14]　　　　如水奔腾相激荡。

9 奋：奋发，扬起。厥：其。

10 进：进军。虎臣：如猛虎般的武士。阚如：阚然，虎怒的样子。虓虎：咆哮怒吼的虎，多用来比喻勇士猛将。

11 铺敦：陈兵屯驻。濆：水边，高岸。仍：因。执：捉。丑虏：对俘虏的蔑称。

12 截：绝。浦：水滨。所：处所，地方。

13 啴啴：人多势众的样子。翰：高飞。一说鸟名。

14 苞：通"包"，包裹，怀抱，引申为环绕。

绵绵翼翼，　　　　　军队连绵又整齐，

不测不克，　　　　　不可克胜不可量，

zhuó
濯征徐国。¹⁵　　　大军讨徐不可挡。

王犹允塞，　　　　　周王谋略确诚信，

徐方既来。¹⁶　　　徐国已经来归从。

徐方既同，　　　　　徐国臣服成一统，

天子之功。¹⁷　　　这当归于天子功。

四方既平，　　　　　四方邦国已平定，

徐方来庭。¹⁸　　　徐国入觐上朝廷。

徐方不回，　　　　　徐国不敢违王命，

王曰还归。¹⁹　　　王说回朝返镐京。

15 绵绵：连续不断的样子。翼翼：整齐的样子。不测：不可估量、测度。不克：不可
胜。濯：大。
16 犹：通"猷"，谋略，谋划。允：确实，果真。塞：诚实。
17 同：一致，一统。
18 来庭：来朝，朝觐天子。
19 回：违背。

这是一首尚武之歌，赞美周宣王亲征徐国，平定叛乱而凯旋。诗凡六章，章八句。首两章叙史实，写宣王委任将帅并部署备战。第三至五章，写宣王亲征进击徐夷。从声威、列阵、阵容等方面突显崇尚武力之旨意。末章写王师凯旋。全诗叙事井然有序，结构完整。尤其是第五章尤为精彩，串联比喻、排比，技巧娴熟，令人叹服。

瞻卬
_{yǎng}

瞻卬昊天，^{hào}　　　　仰望苍天心悲哀，

则不我惠。[1]　　　　　老天对我不惠爱。

孔填不宁，^{chén}　　　　人间长久不安宁，

降此大厉。[2]　　　　　降下如此大灾害。

邦靡有定，　　　　　国家没有安定时，

士民其瘵。[3]^{zhài}　　　士民贫病实难耐。

蟊贼蟊疾，^{máo}　　　　好比庄稼受虫灾，

靡有夷届。[4]　　　　　没完没了真无奈。

罪罟不收，^{gǔ}　　　　刑罪之网不收起，

靡有夷瘳。[5]^{chōu}　　　民生疾苦无人睬。

人有土田，　　　　　别人有了肥沃田，

女反有之。[6]　　　　　你却贪婪去侵占。

1 瞻卬：即瞻仰。卬，通"仰"。昊天：苍天。惠：爱。
2 孔：很。填：通"尘"，长久。大厉：大恶，大祸害。
3 靡：无。士民：士人与平民。瘵：病。
4 蟊：吃苗根的害虫。贼、疾：害。夷届：终止，止息。
5 罪罟：刑罪之网。罟，网。夷瘳：疾病痊愈，比喻生民疾苦的解除。
6 女：通"汝"，你。有：占有。

人有民人，	别人有了众家口，
女覆夺之。[7]	你却无耻去夺占。
此宜无罪，	这个本是无辜者，
女反收之。[8]	你却拘他如罪犯。
彼宜有罪，	那个本是有罪人，
女覆说之。[9] (tuō)	你却开脱无忌惮。
哲夫成城，	男子多谋能兴邦，
哲妇倾城。[10]	妇人多谋致祸乱。
懿厥哲妇，	哎呀那个聪明妇，
为枭为鸱。[11]	如同枭鸟鸱鹰般。
妇有长舌，	她有长舌善谮言，
维厉之阶。[12]	正是祸乱的根源。

7 民人：人民，百姓。覆：反。
8 宜：应当，应该。收：逮捕，拘押。
9 说：通"脱"，解脱，赦免。
10 哲夫：足智多谋的男子。成城：兴邦。哲妇：多谋虑的妇人。倾城：倾覆国家。
11 懿：通"噫"，叹词。厥：其，那个。为：是。枭：猫头鹰。鸱：鸱鹰。
12 阶：因由。

乱匪降自天，　　　　大乱并非降自天，

生自妇人。[13]　　　只因此妇工于谗。

匪教匪诲，　　　　君王听不进劝谏，

时维妇寺。[14]　　　唯此内侍话是瞻。

鞫人忮忒，　　　　害人不断多变诡，

谮始竟背。[15]　　　谗言首尾相违背。

岂曰不极？　　　　难道凶狠还不够？

伊胡为慝！[16]　　　为何作恶不知悔！

如贾三倍，　　　　如同商人获厚利，

君子是识。[17]　　　君子察其心术微。

妇无公事，　　　　妇人不做分内事，

休其蚕织。[18]　　　纺织蚕桑都停废。

13 匪：非。

14 教、诲：教导。寺：通"侍"，内侍。

15 鞫：穷尽。忮：害。忒：变。谮：进谗言。竟：终。背：违背。

16 曰、伊：语气助词，无实义。极：狠。胡：为何。慝：恶，错。

17 贾：商人。三倍：获取三倍或多倍利润。三，虚数，多数之称；或为实数。君子：在朝执政者。识：知。

18 公事：即"功事"，指妇女所从事的纺织蚕桑之事。休：停止。

天何以刺？　　　　　　上天为何把罪究？

何神不富？[19]　　　　　神明为何不福佑？

舍尔介狄，　　　　　　放纵大奸和大恶，

维予胥忌。[20]　　　　　却把忠良视若仇。

不吊不祥，　　　　　　人们遭难不恤问，

威仪不类。[21]　　　　　仪容举止常出丑。

人之云亡，　　　　　　贤良之人都离去，

邦国殄瘁。[22]　　　　　邦国危难令人忧。

天之降罔，　　　　　　上天降下刑罪网，

维其优矣。[23]　　　　　它们繁多又重厚。

人之云亡，　　　　　　贤良之人都离去，

心之忧矣。　　　　　　我心如煎好忧愁。

天之降罔，　　　　　　上天降下刑罪网，

19 刺：指责，责备。富：福佑。
20 介狄：披甲的夷敌。介，甲，一说大。维：只。胥：相。忌：忌恨。
21 吊：慰问，抚恤。威仪：仪容举止。类：善。
22 人：贤良之人。云：语气助词，无实义。亡：逃亡。殄瘁：困病，忧病。
23 降罔：加人罪名。罔，同"网"，罪网。优：厚，多。

维其幾矣。[24]   它们危殆又急骤。

人之云亡，   贤良之人都离去，

心之悲矣。   我心悲伤无尽愁。

bì jiàn
觱沸槛泉，   泉水喷涌四处流，

维其深矣。[25]   只因源头很深幽。

心之忧矣，   我心如煎好忧愁，

宁自今矣？[26]   难道只是始今秋？

不自我先，   恶政不在我身前，

不自我后。   也不实施我身后。

藐藐昊天，   高远深邃的苍天，

无不克巩。[27]   万物受控于他手。

无忝皇祖，   不要辱没祖先名，

式救尔后。[28]   悔过才能救子幼。

24 幾：危。
25 觱沸：泉水涌出的样子。槛泉：喷涌四流之泉。槛，通"滥"，泛滥。
26 宁：岂，难道。
27 克：能。巩：巩固，指约束控制。
28 无：勿。忝：辱没，有愧于。式：用。救：挽救。

这是一首讽刺周幽王宠幸褒姒，斥逐贤良，以致乱政祸民，国运濒危的诗。诗凡七章，章十句。第一章直斥上天，总言祸乱。第二章以两"反"两"覆"形容混乱、颠倒的朝政。第三章揭露"哲妇""长舌"类女宠是致祸的根源。第四章斥责褒姒进谗，干预朝政，祸国殃民。第五、六章抒发幽王听信谗言，忌贤用佞，以致贤人远离朝堂的悲愤之情。末章自伤生于乱世，以劝诫幽王改悔作结。诗歌感情浓烈，言辞凄楚激越，塑造了一位悯时忧国的诗人形象，具有极强的艺术魅力。

召旻
(mín)

旻天疾威，	老天暴虐威慑强，
天笃降丧。[1]	重大丧乱接连降。
瘨我饥馑， (diān)	饥馑遍地灾情重，
民卒流亡，	百姓到处在流亡，
我居圉卒荒。[2] (yǔ)	国土荒芜真凄凉。
天降罪罟， (gǔ)	苍天降下刑罪网，
蟊贼内讧。[3] (máo)	蟊贼互轧吵嚷嚷。
昏椓靡共， (zhuó)	谗言乱政不供职，
溃溃回遹， (yù)	昏乱邪僻太无良，
实靖夷我邦。[4]	实是毁灭我国邦。
皋皋訿訿， (zǐ zǐ)	欺诳诋毁祸心藏，
曾不知其玷。[5]	身有污点不买账。

1 旻天：泛指天。疾威：暴虐，威虐。笃：厚，多。丧：丧乱。

2 瘨：灾害。饥馑：灾荒，庄稼收成很差或颗粒无收。卒：尽。居：城中所居之处。圉：边境。

3 罪罟：刑罪之网。蟊贼：喻危害人民或国家的人。内讧：集团内部互相倾轧。

4 昏椓：昏乱谗谤。靡共：不供职。溃溃：坏乱，昏乱。回遹：邪僻，曲折。靖夷：图谋毁灭。靖，图谋。夷，铲除，诛灭。

5 皋皋：愚顽。一说欺诳。訿訿：诋毁，诽谤。曾：乃。玷：白玉上的斑点，喻人的缺点、过失。

兢兢业业，　　　　　　谨慎戒惧时提防，

孔填不宁，　　　　　　依然长久心发慌，

我位孔贬。[6]　　　　　职位遭贬更心伤。

如彼岁旱，　　　　　　像那大旱之荒年，

草不溃茂，　　　　　　百草不能茂盛长，

如彼栖苴。[7]　　　　　像那枯草焦又黄。

我相此邦，　　　　　　看看国家这个样，

无不溃止。[8]　　　　　溃乱颓败快灭亡。

维昔之富不如时，　　　昔时富足人享福，

维今之疚不如兹。[9]　　今朝贫病多遭殃。

彼疏斯粺，　　　　　　人吃粗饭他细粮，

胡不自替？　　　　　　何不引退居朝堂？

职兄斯引。[10]　　　　贫病丧乱日增长。

6 兢兢业业：谨慎戒惧。孔：很。填：长久。我位：我的职位。贬：贬黜。
7 溃茂：繁盛，丰茂。栖苴：枯草僵伏。
8 相：察看。溃：溃乱颓败。止：语气助词。
9 时：是，此，指今时。疚：贫穷。
10 疏：糙米。粺：精米。自替：自请罢去职务。职：主。兄：通"况"，滋益，更加。
　　引：延长，增长。

池之竭矣，　　　　　　　池水干涸非一日，

不云自频？¹¹　　　　岂不始自水边上？

泉之竭矣，　　　　　　　泉水枯竭已多时，

不云自中？¹²　　　　岂不始自水中央？

溥斯害矣，　　　　　　　这场祸害太普遍，

职兄斯弘，　　　　　　　贫病丧乱急增长，

不灾我躬？¹³　　　　怎不延至我身上？

昔先王受命，　　　　　　昔日先王承天命，

有如召公。　　　　　　　佐臣召公是榜样。

日辟国百里，¹⁴　　　日辟百里扩封疆，

今也日蹙国百里。¹⁵　如今国土日损伤。

於乎哀哉！　　　　　　　呜呼哀哉令人叹！

维今之人，　　　　　　　如今朝中文武官，

不尚有旧！¹⁶　　　　谁会奉行旧典章！

11 频：通"滨"，水滨。
12 中：中央，中间。
13 溥：普遍，广大。弘：大。不：无实义。灾：殃及。
14 辟：开辟。
15 蹙：收缩。
16 於乎：即"呜呼"。尚：尊尚，奉行。旧：旧的章法。

这是一首讽刺幽王任用奸小，致使朝政日非、内忧外患严重、行将灭亡的诗。诗共七章。第一章责备上天降下灾荒。第二章斥责幽王昏聩乱政。第三章抨击权奸并感叹自己职卑无力扭转时局。第四章以天灾喻人祸。第五章今昔对比，突显时局危困。第六章以比兴告诫幽王迷途知返，否则国将覆亡。第七章念及前代功臣，希望有贤明之士挽狂澜于既倒。全诗音调凄恻，低回掩抑，悯时哀苦衷肠毕现，令人感喟。